穿越扬子江峡谷

［英］阿奇博尔德·约翰·利特尔◎著

许辉辉◎译

中国文史出版社

出版说明

1840 年，鸦片战争打开了中国闭关锁国的大门，大量外国人来华，或居住，或经商，或考察，或传教，或工作。他们中的很多人记录下了在华的经历和所见所闻所感。

翻阅这些浸染着岁月沧桑的文字，我们可以看到从一个别样的视角描述的中华辽阔的大地、壮美的山河、悠久的历史，当然，还有贫穷落后的社会和苦难深重的人民。我们选择其中"亲历、亲见、亲闻"性的文字及历史图片资料，比如裴丽珠女士的《北京纪胜》、利特尔先生的考察记《穿越扬子江峡谷》、乔斯林勋爵的《随军六月记》等等，编辑本丛书，以期为了解、研究近代中国提供助力。

这些异域的作者，由于不同的文化背景与生活背景，在给我们带来观察、审视近代中国别样角度的同时，也或多或少失之因缺乏对中国社会历史文化的深刻了解而产生误会与误读，甚至是偏见。虽然，本丛书重在采择"亲历、亲见、亲闻"的叙述性文字，对整章整节等大量议论、评价类文字进行了删节，但作者的观点和情感常常是渗透在文章的字里行间的，请读者在阅读过程中予以注意。

此外，有些作品中的地名、人名是作者根据当地百姓的口语发音记录下来的，时至今日已不可考，所以在翻译过程中只能根据语音翻译，特此说明。

编者
2018 年 8 月

目录

序　章

中国政府——革命——贸易——
税收——英国在四川的利益——进口
与出口——所有省份的贸易比较

从东印度公司时代至今，我们与中国的交流史只不过是和一个民族旷日持久的角力记录，角力的核心是打开其国门并发展贸易。中华民族的历史可追溯至普林尼所谓"和野兽无差，与其他生物相遇便四散逃走"的时代。其人民与官员徒劳地挣扎着想抗拒外界的污染，这种固执的抗拒中有一些悲壮的意味，任何公正的旁观者都无法不真心地同情他们。官员依然贪赃枉法，不过虽然他们对人民算不上治理有方，倒也没有施以恶政。这里的财富被公平地分配，并没有出现欧洲的常见现象——令人难以忍受的贫困与极端的富裕产生鲜明的反差。税收微乎其微，人们对于秩序有一种天生且普遍的热爱，所以一个省里的地方政令背后仅有数百官员，而他们的一个省和欧洲的一个王国一样大。优秀的研究者们估算出，中央政府与地方政府每年的花费总额不超过四千万英镑，如果除以总人口数，那就是每人两先令。另外，他们的教育是普遍且自发的。

这样的局面要归因于人们对儒家伦理思想的广泛接受，而这又使人们难免对来自西方的种种改革满腹狐疑。就像中国人所说，西方国家在机械应用上有着显著的优势，但这些国家长久处于靠武力维持和平的状态中，这种状态造成了一种长久的张力，只有愈演愈烈的频繁战乱才能释放这种紧张，而且伴随着战乱而来的还有债务和贫困的重担。

中国每隔一长段时间也会发生革命，但和平还是帝国的正常状态。因此，自上一次王朝变迁（公元1644年）以来，除了本世纪与我们自己以及法国人的小规模战争外，中国人一直沐浴在连续不断的和平繁荣之中。甚至连可怕的太平天国起义（1848－1864）可能都是由传教士的过度活跃引起的。这种活跃导致起义领袖洪秀全改变了信仰，尽管他真诚皈依了中国版的基督教，但人们援引他的例子时通常认为他是误入歧途。他还模仿了犹太教领袖的行为，他的战斗标语是"收妖""尽灭偶像崇拜者"。但我们这些必须在中国谋生的人，商人或传教士，并不是公正的旁观者，我们都有自己的信条需要灌输给那些不愿倾听的耳朵，我们都认为摒弃了我们的信条便无法得救。自由贸易如此，基督教也如此。双方都随意地使用武力，双方的宣传都指责对方妨碍了自己的成功之路。中国人信仰的儒学推崇理性与知行合一，因此他们本能地不信任这样一种教条：它在理论上很高尚，然而却无法得到实施。更不用说对他们而言，旧约和新约在文字翻译中展现出了令人费解的教义矛盾，而我们强迫中国人接受外国二道贩子到处散发宣扬它们，却对此既不评论，也不解释。商人公开宣扬一种更自私的信条，这种宣传同样不会立即呈现有益的效果。但我们既然致力于让中国人接受这一信条，就必然要延续这种必需的压力，因为我们期望不仅为我们自己的人民，也为中国人更进一步增加物质利益，即便是目前颇受限制的商贸，无疑也能提供这种利益。

考虑到这里庞大的人口——现在估计已超过四亿人，还有肥沃的土地、适宜的气候、取之不尽的矿产，最重要的是人民不知疲倦的勤勉，而目前的商贸来往所带来的利益还不及我们本应寻求的利益的九牛一毛。在英格兰人的外国客户里，中国人排在第十七位，恰好和斯堪的纳维亚人一样。我们向这个天朝大国的出口额不及向美国出口额的六分之一，后者的人口是六千万。它也只有我们向英属印度出口额的六分之一，并且不及向澳洲和其他殖民地出口额的十分之一。除了印度外的所有国家都以苛刻的关税为防护，其范围从30%至60%不等，至于中国，根据条约，我们的出口商品只需负担微不足道的5%关税。香港也是周边许多国家的补给站，如果将它包括在内，那么我们向中国输入的贸易总额将达九百万英镑，相当于向人口稀少的南美大陆出口总额的二分之一。中国道路的破损状况、采矿业的滞后、内陆税收站点令人烦恼的复杂性都是巨大的弊端，它们妨碍了我们与中国的贸易，使其水平无法与其资源、文明以及人口数量相匹配。

这些障碍如下。首先就是交通的困难。扬子江至汉口的河道（仅600英里）被强制开放蒸汽机船后，上海的贸易额迅速翻了两番。之后，因为云南马嘉里事件，政府勉强做出退让，又开放了400英里河道，一直延伸至坐落于第一处险滩脚下的宜昌。但宜昌对我们来说只是一座贫穷的山城，唯有作为富裕省份四川的中转港口，它才有了那么一点有限的重要性。四川省位于众多险滩之上的遥远西部，为了抵达那里，本土商人必须乘坐脆弱的本地船只，通过急流的严酷考验，以及一连串关卡带来的更严酷的考验。他们不得不经受彻头彻尾的盘查——尤其是在夔关，而这种盘查对货物造成的延误和损坏给贸易带来了伤害，这种伤害更甚于实际税收带来的损失。为了避开这种妨害，我们在使宜昌于1877年开放的条约中插入了一条限定条款，期望通过它来开放商业枢纽重庆，这将是又一次400英里的进步。用后来当地一位常驻领事的话说，四川的商业大都会如果都能成为通商口岸，中国西部将诞生另一个上海，这同时会使大西部富裕起来，而重庆是这其中的关键。但中国人在这一步上无法下定决心。另外，我们允许他们在自由港香港为鸦片贸易设立一处海关，自此完全承担了烟台条约中超出我方义务的责任。但是，我们却竟然还未从他们那里得到上游试航蒸汽机船的许可。这困难取决于地方官员，这种改变威胁到了他们的利益。但是一个强硬的大使只需要向北京的中央政府施加足够的压力，让他们屈服，并随后向地方政府诉诸"不可抗力"因素，后者自然会像那众多先例一般，愠怒但迅速地默许改变。到目前为止，中国政府以帆船船夫将会失业为理由延期。虽然这个理由本身出发点是好的，但其他向蒸汽机船开放的港口已经以它们的经验反对了这种说法。在那些港口中，交通所刺激的衍生贸易渠道是如此繁荣，受雇于运输交易的本地人比以前更多了。

然而，要实现如蒸汽交通这样彻底的变革，同时促进所有阶层——包括那些既得利益受到威胁的阶层——共同繁荣。我们应该期望人们能获得许可，可以自由地利用那些几乎未开采的矿产。从官方的角度看，正是采矿企业有意地阻挠，才造成了我刚刚列举过的，妨害贸易发展的三大障碍中的第二个。李希霍芬指出，宜昌边上就是世界上矿产最丰富的煤田之一，因此，所谓的蒸汽机船在深入内陆1000英里的宜昌要烧进口的日本煤才能驱动——这种说法完全就是谣言。四川红色盆地下方广袤的石炭纪沉积层，以及扬子江与其支流峡谷中的露头矿层，全都吸引着该区域的所有旅行者，然而它们仍是一本未解封的书。如果这些矿产能被允许以西方器械开采，这些煤、铁、贵金属和石油能被正确地开发，那么此地不仅仅能发展出可观的贸易——那些帆船和蒸汽机船加在一起也难以完成全部运输。而且，即便帆船被完全取代，失业的数千纤夫也将不足以满足劳力缺口的十分之一。他们如今艰苦又危险的劳动所获得的那一点点可悲的报酬，将被充足的薪水取代，这些薪水能让他们过上相当舒适的生活。

中国政府一贯都不相信所有由私人发起的企业。中国有一家蒸汽机船公司，名为"中国商业蒸汽航运公司"，还有一家煤矿公司，都在天津北边的开平市。这两家公司的运营规模都很大并且很成功，但它们都是由政府主办的，尽管他们都雇用了众多欧洲助理，管理者是清廷高官。两家公司的资金在很大程度上都是从商人阶级中征补而来，这些非官方的股东苦涩地抱怨账目不对，抱怨分发到手的红利又少又随意。这两家重要企业的官方管理造成了股东极其强烈的不信任，以至于政府最近号召大家为天津到大沽的铁路筹集资金时，商人阶级到目前为止还完全没有响应。而且现在看来，如果没有西方各大竞争财团代理人一直以来大方提供的外国资金，官方很可能将无法实现建造铁路的计划。

无论如何，中国高官敌视国内所有不是他们自己创办并管理的商贸企业。这是个事实，并且是必须要考虑的因素。如果他们最终没能成功地建成铁路，以自己的系统运营矿产，并雇佣一些外国员工担任下属岗位，那么外国企业在中国的占比将大幅度减小。近年稳步加深的集权化进程，将导致清朝政府发生结构上的改变，其结果难以预见。如果没有烦人的起义干扰社会，那么人民的富裕必然会像这个国家的资源潜力一样缓慢提升，而他们的消费能力也会因此而发展。外国海关回复的一些数据表明了目前的消费状况，从中可以看出我们向中国的出口总额是如何的稳定不变，尤其现在欧洲货物出口至中国西部的数量是多么微不足道。

以下表格显示了整个中国的国外贸易年值，而大清皇家海关1886年据此所收的税额总计为1500万关银（鉴于1两5先令，即 375 万英镑）。这还不包括内地税额，后者可能也有这么多。

年	1879	1886
从所有国家进口……	£ 20557000	£ 21870000
向所有国家出口……	18070000	19300000
总计	£ 38627000	£ 41170000
年	1879	1886
从英格兰进口……	£ 5083000	£ 5508000
向英格兰出口……	6531000	4936000
总计	£ 11614000	£ 10444000

　　以下对比表格显示了 1886 年上海的外国货物进口价值，以及由上海输入宜昌以运进中国大西部的货物价值比例，已换算为英镑：

城市	上海	宜昌
棉料布匹……	£ 4882000	£ 158000
羊毛布匹……	932000	110000
金属……	705000	4000
木材……	156000	无
鸦片……	3811000	100
煤油、煤炭、染料、海带、数量低于 200 件的杂货……	2390000	75000
总计	£ 12876000	£ 3471000

1886 年中国西部进口量总额，同上图……		£ 347100
从中国西部经宜昌出口量	丝绸，废丝与蚕茧……	247000
	药物、白蜡、杂项制品……	216500
	银锭（扣除财富流通）……	36600
	总计	500100
出口量超出进口量……		£ 153000

后一张表格显示出口量比进口量多出 40% 以上。1877 年宜昌确立了外国检查制度，自那时以来，统计数据的收集工作就已经开始，而这种出口顺差的状态一直是贸易的显著特征，在某些年份，顺差甚至是进口额的两倍。遗憾的是，这些由大清皇家海关印刷的数据并不完美（实际上所有的统计数据都如此），因此它可能产生误导，因为它们没有包含从常关①通过的货物，后者包括了抵达口岸，并由本土帆船派送的所有货物。住在宜昌时，我努力想要从本地海关官员那里得到这些遗失的数据，但是徒劳无功。我的努力仅得到了这样的结论：就像在中国的任何其他政府企业中一样，准确性是人们最后才会去关注的东西。实际上，从最底层到最高层的贪污数字是如此庞大，以至于每一个相关者都会为了自己的利益而隐瞒一切事实。

上述数据并没有呈现中国西部盐的出口量，盐井出产的盐是四川的主要出口货物，其交易量每年可达数千吨，进一步加大了上述的进出口差额。我可以合理地推测，在贸易的长期自我平衡中，差额还受到了原棉及手织棉布的影响。在 11 月棉花丰收结束后，满载这些货物的帆船日复一日从汉口启航，直接驶向重庆（四川的商业中心），从而躲开了洋关的所有注意。

---

① 常关：指清朝原设的税关。鸦片战争后，外国人在沿江口岸设置海关，专门查验外洋船舶和货物，并对其征收关税，这种海关被称为"洋关"或"新关"。清朝原本的税关则专门对中国帆船和货物进行查验和征税，这些国内关卡被称为"常关"或"旧关"。——译者注

中国西部经济有一个特征：这个国家不适宜棉花栽种。一旦所有如今妨碍流通的不利因素有所减轻，将大有可能为英格兰制造业带来利润。今后，除了所有阶层都大量穿着的丝绸外，这些广阔地区的所有衣着都必须依靠进口。云南由缅甸稀少的供应量支持，贵州依靠两广，四川则依靠江苏（上海）。由中国人打包的原棉是一种体积极其庞大的货物，但是它很轻，易于操作，而且，它在急流中的总体损失要少于沉重的货物。很难确定这些棉花的进口数据高达多少，但是只要于冬季在扬子江上游旅行，你就会为那在连续险滩中挣扎向上的、无穷无尽的运棉船队所震撼。

海关数据中准确地呈现了宜昌以西所消费的外国布料比例及其与上海进口总额的对比。以下表格来自柏百福先生最近的数据估计，其中提供了相对人口数量，添于此处以示对比。（柏百福先生是俄国驻北京外交秘书，他的数据是以最近的省人口普查为依据的，我们认为其相当准确。）

上海所供应的省份：

1. 东部与中部人口：

吉林	17937000
山东	36546000
山西	10791000
陕西	8432000
甘肃	5411000
河南	22117000

湖北	33600000
湖南	21005000
江西	24541000
安徽	20597000
浙江	11685000
江苏	21260000
	——————— 233922000

2. 西部人口：

四川	71074000
云南	11721000
贵州	7669000
	——————— 90464000

其余地区人口（香港供应省份）：

广东	29740000
广西	5121000
福建	25800000
	——————— 60661000

18 个省的总人口数量：——————— 385047000

上海进口量			
	过去 3 年的年平均进口总额（布匹）	经宜昌输出量（布匹）	中国西部接收的百分比
本色细平布	4627000	512000	11.13%
茶几布	1969000	65000	3.30%
斜纹布	541000	21000	3.87%

上海进口量			
	过去3年的年平均进口总额（布匹）	经宜昌输出量（布匹）	中国西部接收的百分比
羽纱	102000	15000	14.71%
厚实斜纹布	103000	38000	36.90%
粗斜纹呢	73000	16000	21.92%
总计	7415000	667000	9.0%
在上海供应的省份中，西部人口相对于东部及中部人口的比例			27.88%

这些数据也许近于准确，它们显示，30%的人口只吸收了布匹总进口量的9%，而他们同时也是最需要外国布匹、并且最富有的人口。

我们现在要说到贸易实际增长中的第三大阻碍，即内陆税关的复杂性。

至上海上游1000英里处的宜昌，即扬子江上开放的海拔最高的通商口岸，货物只需缴纳一次进口税，再无其他费用。然而，由此再往上至四川省的贸易大枢纽重庆，短短400英里的水路，却必须通过十几个大大小小的税关。

没错，过境签行系统只收取一项附加费用，其总数为进口税的一半，此后便没有其他税收，但是你必须忍受帆船被反复截停，而货物被来回检查（给检查官塞足赏钱，就能使检查力度有所减轻）。四川省的所有主要市镇中都有本地摄影师，他们急需一件物品，即"干片①"，但这种物品频频因过多的检

---

① 干片为一种照相感光材料，其片基上常涂布卤化银照相乳剂以制成干的感光片，与湿的感光片不同，故称干片，或干版。——译者注

查而损毁，因此它们现在全都靠重金走私。在抵达重庆的过程中，过境签行的货物在转运至周边乡村不同地点之前，往往会被处以无上限的罚金。将重庆打造成通商口岸将使我们达成一个宏伟的目标：我们将有权力在此卸下外国货物，但只需缴纳一次进口税，也就是再多交一次总计为进口税一半的费用，便能将它们发送至中国西部各地，直达西藏边境线。只要欧洲人在此确立过境规章，上述情况便可能实现，同时也可以在相对有利的条件下输出取之不尽的地区产品，以进一步提升人们的购买力。

总之，在上述摘要中，我尽力表明了一种情况，即我们在中国的贸易，尤其是在西部的贸易，还未达到正当条件下应该达到的十分之一。我之所以这样说是因为（Ⅰ）西部地区的规模；（Ⅱ）这个国家庞大的自然资源；（Ⅲ）工业人口很少。这种状况并非不可补救，它是以下人为障碍造成的：

I. 糟糕的交通状况。

II. 不鼓励开办新的采矿企业及其他企业（这能为人们提供工作机会），而代之以改善原有企业。

III. 内陆税关的复杂性。

这影响到了所有关心贸易改善及制造业繁荣的人，为自身利益，他们应尽全力减轻这些障碍。对于中国的贸易，不能像其西部城市那样任由其自然发展。无论看起来多么惹人怨恨，我们都必须承认：过去的进展源于压力，而这份压力必须继续保持。我们的商会应该启发并唤醒公众，劝说我们的外交部继续派遣他们最得力的大使来到这个国家。在这里，大使的个人魅力在贸易事务中的影响力远远大于在欧洲或美国。

事实表明，中国人自我改善的意愿太弱了。例如我们在上海的租借地就在中国的城墙下，拥有极好的欧洲供水系统。中国官员自己就住在大清最肮脏污秽的城市里，却无视本地居民的迫切需要，仍然完全不同意供水公司再三的请愿——后者希望能将自己的服务扩大至租界之外。另外，由于希望能在"烟台条约"相关事宜上守住坚定的立场，我们执行了自己这一方的职责，却允许中国人无限期地延迟履行其相关义务。条约自1877年开始实行（9年后它才被认可，哪怕其大多数条款在许久前就已生效），但是，迄今为止中方仍然在坚决拒绝我们再三的申请——申请许可一艘蒸汽机船实验性地航行至扬子江上游。中国官员可以被催促，也应该被催促，以履行其促进贸易的职责。但这种催促需要一种旺盛的精力，使人在面对不断拖延造成令人沮丧的影响时还能坚持不懈。在拖延的艺术上中国人是公认的"老手"，催促者必须不急躁也不停歇，或谓"不慌不辍"。

第一章

扬子江河谷地貌

长度和落差——三角洲的发展——河道走向——峡谷和急流——没有道路——煤田——动植物——矿物资源

扬子江在中国人的概念里是一条"江"，也就是无与伦比的"河""长江"或"很长的河"，它还经常被叫作"大江"或"大河"。它的长度几近3000英里，从西至东横贯整个国家，也许可以说，它把中华帝国划分成了两个大小几乎相等的部分——有8个省位于它的左岸，南岸的省份也有这么多，除了安徽省和江苏省，这两个省横跨了两岸。这迢迢河道有三分之二奔流于山地间一条绵延不断的峡谷中，而峡谷的任何一处都不比河床更宽。直到河道的下游，也就是剩下的三分之一处，峡谷变宽，河水流经一片冲积平原，大体上沿着峡谷南线流动。不过在湖北和江西省交界的石灰岩地域，也就是九江港北方，扬子江从山间横穿而过，冲出了自己的河道，流过英文地图上名为马鞍山和鸡头山的陡峭崖壁，最后重新出现在江阴的三角洲河段上，再往下110英里便抵达扬子江入海口。江流在宜昌峡谷离开山岭，此处离其入海口仅 1000 海里，再往下约 50 英里，上游的卵石和砂砾便让位给了松软的冲积河岸。尽管有雄伟的堤坝力图使河水留在河道内，但冲积河岸的轮廓线每个季节都在变化。这样的河岸始于商业枢纽沙市上游不远处，沙市坐落于湖北平原中部，在宜昌下游 83 英里处。顺便说说，沙市也是我们被禁止贸易的重要市镇之一，而我们的蒸汽机船在所谓开放口岸间航行时，常常要经过这里。沙市的贸易量至少是宜昌的十倍。我们发现，夏季洪期中，这里的河水比周边乡野高出 10 到 15 英尺，以 6 海里/小时的速度奔流。北岸的大堤一直延伸，直至接近汉口，但南岸的堤坝年久失修，在目之所及处都已向洪水敞开了怀抱。这就形成了一片广阔的内海，河水和洞庭湖的湖水混在一起，以至于无法分辨其疆界。由此处流往下游河床的水量相对来说便不值一提了。

对比重庆（四川）和徐家汇（上海附近的耶稣会观象台）三年里的同期气压数据，并从贝德禄先生的相关主题论文所列举的约 4000 项观察结果中选取数据，我们可以发现这两地的海拔只差 630 英尺，这个高度差几乎小到令人难以置信。现在，这河水往下流经大大小小的险滩——这些险滩阻碍着重庆与宜昌间全程 400 海里的河道——河流的平均速度不小于 6 海里/小时，同时，就这两地间的距离而言，每英里 14 英寸的落差实在算不上大。所以这 400 英里的落差总共是 467 英尺，而剩下的 163 英尺被留给了宜昌和海洋间的 1000 英里路程。河床的纯天然巨大落差位于前半程的上游河段。在川西与西藏的羊肠峡道内，奔涌的山间急流令船只无法通行，贝德禄先生估计此地的河床落差不会小于每英里6英尺。屏山位于目前帆船通航的最顶端，离海1700海里。从这个城市开始，下游的后半段河水相对来说较为平静。但正如布莱基斯顿船长所言，河水的平均速度仍然是尼罗河与亚马孙河的两倍，是恒河的三倍。

这位观察者还测量得出，在6月份，从宜昌每秒流经的水量为675800立方英尺；而据皇家海军舰艇"大黄蜂号"上的格皮博士所言，同期汉口的每秒流量接近100万立方英尺。水量的增长源于洞庭湖水与汉江的汇入，后者是宜昌与汉口两地间唯一的真正支流。我们可以注意一下，相比于这些数字，我们亲切的老泰晤士河在入海处的每秒流量大约是2300立方英尺。以格皮博士对汉口的每月观察数据为基础，用布莱基斯顿船长提供的6月份宜昌数据来计算，我们会发现宜昌河段全年的平均每秒流量为56万立方英尺，这说明这个城市的水量是伦敦泰晤士河的244倍，而它离海还有1000英里远。

在这两个城市间，不同河流每年各自携带的沉积物从200万立方英尺至50亿立方英尺不等，或者可以说是1比2500的比例。将扬子江流域算作50万平方英里，再按上述数据估算其沉积物，布莱基斯顿船长和格皮博士的数据都表明，整个集水盆地的陆相剥蚀率大约是每3000年一英尺。我们估计这些沉积物总量中有五分之四被用于增高河岸，并在夏季洪期里填补峡谷，而剩下的五分之一足以在太平洋中每年创造出一个一平方英里50英寻深的新岛屿。海岸线飞速地向海中扩张，这离奇的视觉证据呈现在上海每个老居民的眼前，因此并不令人意外。点缀着海岸的无数岩岛现在已经突显在河口泥泞的浅水中，在不久的将来，它们中任何一座的脚下都可能变成围堤中的稻田，恰恰就如上海以内屹立在田中的那些丘陵，后者也是经由相同的过程，在最近的历史时代中升起的。

在相当近的时代里，扬子江刚刚离开山脉，穿过一连串湖区，将它的江水倒进海洋，而湖水剩下的部分在冬季里仍然占领了大部分洼地，到了夏季里，洪水又将它们的表面积扩充到了原样——在我看来这是件毫无疑问的事。这些湖区中的第一个是在湖北境内形成的，每8到9年就会发生一次最强洪汛，它藐视那无数巨大的堤坝，将整个乡野淹没在几英尺水下。于是中国中部就形成了一个巨大的内海，唯有一些树冠和屋顶仍然立在水中，让水面看上去不那么浩渺无际。每个夏天都会有差不多半英寸的沉积物沉淀下来，郊野的地面每年都如此升高，看到这一切时，我们不禁要惊叹于一个事实：必然有一个广阔的湖盆等待填满——四川江道侵蚀所带走的泥土让原本的高原降低了数百英尺，即便如此，这些泥土到现在也无法完全填满这个湖床。另一个惊人的事实是现在的地形是近期形成的。简言之：中国，作为政治上最古老的国家，在地质上却是最新的国家之一。这个事实尤其符合中国中部与北部的状况，直至最近，中华帝国的疆界还限制在这些区域。从地质学角度讲，再过一些年，这个湖盆以及其他湖盆将被完全填满，而被带走的所有沉积物还能促进海岸线的前进，这推进的过程如此迅速，以至于现在活着的人也许在余生里就能看到上海变成一个内陆城市，潮汐水面将无法再触及它。上述第一大湖区由河水被拦截而成，这些河水经过武穴地区的丘陵向海而去，由一条狭窄的河道奔腾着流入下一个盆地——安徽，极其类似于底特律河将密歇根湖的湖水全倾倒进安大略湖。

九江以北的平原、南京以西的谷地以及鄱阳湖水域是下一个湖盆：它靠海的那一侧也有一道横向山脉，河流在山中冲出了一条道路，这条狭窄蜿蜒、岩石遍布的河道以"大、小矶山"闻名。此处往下，我们再次来到以芜湖为中心的宽广平原，东部的出水口要穿过"天门山"。接着我们来到南京，它的南部如今扩展出一大片冲积平原，低洼处在一年中相当长的时期里都低于河面。在过去，这片平原显然和江南太湖相连，共同构成了扬子江的古河口，那个时候，江水在这里转向南方，流入杭州湾。现在，我们发现这些古代湖泊实际上已经被填满了，在如今占据湖泊位置的陆地上，我们这些人只来得及看到每年夏洪带来的最后润色。过去体积庞大的沉积物被禁锢在这些湖泊里，但还未形成三角洲。然而与此同时，堤岸正因此迅速抬高，我们没有理由指望洪水会很快完全消退，一眼看去，你会觉得以下这个结果是自然而然的：由于河床必然一边向海中延伸一边升高，因此河岸也需要不断地升高。

600年前，马可·波罗在他的《称作江的大河》中写道，"有些地方宽10英里，有些地方8英里，还有些地方6英里，而从一头航行到另一头要超过一百天的时间——它看上去真的更像一片海，而不是一条河。"如果马可在夏季洪汛期间造访了这条河——这是很可能的，这些陈述没有任何夸大的地方。出于好奇，我发现尤尔上校批评这段文章过于夸张，还为此给出了大概的解释，猜测说马可对于这条河流的表述是从精神上考量了"Dalai"一词，这个词的意思是海，蒙古人似乎用它来指称这条河。

由东至西，我们沿着一系列广阔的阶梯上升，中国话很到位地将它们形容为"门槛"。每一阶门槛上都流淌着著名的滩流之一——可敬的著名自然学家谭卫道神甫称这些滩流为"吓人的瀑布"。不过同时，还有少数一些曾沿河爬升的欧洲人认为，这些急流也照样会屈服于蒸汽动力。这些阶梯领着我们通过巨大的峡谷，穿过石灰岩山脉，这些石灰岩圈住了四川东部的边界，将其腹地与广阔的湖广平原（湖北）隔开——后者被称为"千湖之省"，紧邻宜昌下方开始就是平原的平坦区域。

如果我们摊开一张印支地图，就会立刻震惊于扬子江的特殊性，它和同源于西藏高原东部边缘的其他大河截然不同。扬子江、萨尔温江、湄公河与伊洛瓦底江四条河流都从这里出发，向海奔流。在开始时，四条河流都沿着平行的深涧从北向南流淌，但只有后三条河一直遵循着山脉的大体走向，坚持向南奔入印度洋和交趾支那海①。扬子江却与它们不同——藏民

---

① 交趾支那是越南旧称，交趾支那海为南海旧称。——译者注

24

称其为布曲（蓝色的水），江水继续往下流经四川西部时，又被中国人称为"金沙江"，即"金色沙土之河"。它陪着那些不那么活跃的邻居一起向下穿行了近乎 10 个纬度，就在快要抵达云南大理府附近时，突然掉头向北，抛弃它的伙伴，冲出了自己的一条道路，横跨过横断山脉的屏障，这些山脉完全无法扭转它坚定往东海而去的流向。故此，扬子江河道的主要方向就是横跨那些较高的横截它的山脉，鉴于这种情况，我们可以发现，它由此直至出现在湖北平原上那一刻，中间的这段河道是一系列的之字形，包括了一连串彼此成直角的河段，一会儿向西南，一会儿向东北，一会儿又向西北，一会儿再往东南。在之前的那一段旅程中，它奔流在相对开阔的山谷中，和围护它的山脉的走向平行；而到了后一段，它沿着刀砍斧劈般的宏伟裂峡一路冲破这些山脉。后半段的峡谷多半是水平岩层，或仅有少许倾斜，看上去它们部分是岩石中的天然裂口，峡谷纯粹是由侵蚀作用生成，就如尼亚加拉大瀑布下方的地形一样。某些峡谷自然而然呈现了最令人震撼的景色，在这些地方，裂谷出现了直角程度的急转弯，这种情况只可能出现在水平岩层的垂直裂口中。这种剥蚀进行时的景象极其令人震撼，我得说，它们也为自己短期的地质形态给出了明确无误的证据。交错纵横的山体隔开了湖北和四川，从宜昌下方不远处开始，延伸至夔州城，从东至西约 100 英里。山峦的主体走向似乎都是火成岩，主要是片岩，由垂直岩层中的斑岩岩脉纵向贯穿。它们没有被穿透，但一直在被水流分解，其碎片如今堆成了巨人国般的石堆，填补了景色荒芜的河谷。这道河谷打断了宜昌和西陵峡那些宏伟的石灰岩峡谷的连续性，而在岩堆中奔流的危险河段被当地船夫称为"腰叉河"。腰叉河流域如今已是一片广阔的洼地，填满了低矮散乱的岩堆，众多险峻的石灰岩山岭以极其温和的倾角包围在它的两侧。这些石灰岩向东延伸至宜昌峡谷的谷口，往下落入构成山脉外沿边角的砂岩和粗糙砾岩中。宜昌城坐落在这砾岩之上，而砾岩又沉入砂岩之下，之后消失在从宜昌下方50英里外开始的冲积平原中。往"腰叉河"流域的西边去，我们再次横穿过石灰岩到了另一头，这些石灰岩在此与四川的红砂岩高原相遇，并消失在后者下方。然而，在进一步溯河而上时，我们又将遇到相同石灰岩构造的新横向山脉，这个省取之不竭的煤层就唾手可得地斜躺在山脉侧翼上。

越过夔州，我们进入了李希霍芬所言的红色盆地，河流在这里横穿过川东广袤的新石灰岩结构，其河谷从表面向下切入500英尺或更深。由于岩石的质地更加柔软，这里的湍流没有那么暴烈，不过我们还是常常要和一股凶猛的急流抗争。这样的状况一直延续至我们抵达扬子江于叙州的分汊口，一边是山地急流"金沙江"，它穿过无法通航的峡谷来到这里；另一边是"泯江"，尽管这股水流要小得多，但中国人似乎把它视为真正的"江"——也许是考虑到它更适合航行。无法航行的金沙江绕着金阳奔涌，沿河居住着罗罗语野蛮部落。我们沿着泯江的分支驾轻舟向上，来到独特的成都平原，这里是四川省的首府。这片高原是由重庆往上的新一层台阶，比重庆又高了600英尺。这片高原以其富饶和精巧的灌溉系统著称，它往西北和东南方向延伸，长90英里，宽40英里。从这里往上，西边的山脉（最近的高峰是庙宇遍布的著名圣山峨眉山）迅速升高至12000英尺以上，形成了西藏大高原的东部屏障。成都的这片冲积平原上如今流淌着一片水流清澈的水网，水底都是碎石。这里似乎曾经是一片湖泊，湖床渐渐被来自西部山脉的卵石和更粗糙的岩屑填满。第三纪时，这片巨大的内海可能曾占据川东崎岖的郊野，地表下方有它存在过的证据，煤层与其上方覆盖的砂岩在这湖中沉积下来，如今这些砂岩的表面已经固化了。在第三纪以后的时代里，陆地上升，前海床的表面必然被逐步暴露，经受剥蚀，现有的河道开始被雕刻出来。如果那时内海的东边有一道堤坝——这看起来是可能的，而这堤坝又没有破碎，那么后来水流也就不会顺着打开的峡谷向东海流去。连绵平行的砂岩山脉以宽阔的间隔由表及里横贯了这片砂岩平原，它们全都多少倾向于南北走向，并抬高至2000至3000英尺的海拔，形成了"横断山脉"，扬子江及其支流如今就在这山脉中冲出了一连串宏伟的峡谷。而插入其中的这片高原依然是原始的海拔高度，只在抵御这些"横断山脉"的侧翼隆起时倾斜了一点，从那时到现在，侵蚀作用将它磨成了一片奇异且崎岖的风景，让人想起萨克森瑞士①的别致景色，只

---

① 萨克森瑞士：位于德国东部，拥有奇特的白垩纪侵蚀景观和中欧仅有的白垩砂岩岩石景观，被称为德国的"张家界"。——译者注

不过这里的规模比后者更加宏大。大大小小的每一道河流都凿出了陡峭的沟涧，流于其中。于是陆地上的道路只能是狭窄的小径，并时不时就被一些上上下下的石阶打断，强健的夔州小马以惊人的平稳在石阶上飞奔上下。在河流上方的这些砂岩悬崖上，我们发现到处都有无数的方孔，那是原始土著居民住所的入口，现代本省居民都称前者为"蛮子"。煤田躺在这整个结构的下方，而在扬子江及其支流河谷贯穿横断山脉的地方，煤就被暴露到了表面。采煤主要用的是中国的原始采矿法，中国的主要燃料都出于此。上游的帆船全都有自己的砖砌烟囱，到了饭点，烟囱里就吐出烟煤的烟，使船只看上去完全就像是简版的蒸汽机船。

那些大峡谷的石灰岩山都被山涧从各个方向劈开。每一股小河都凿出了属于自己的峡谷，比起大河主干流里岩石嶙峋湍流飞溅的峡谷，其景色也许没那么壮观，但通常都更别致。在这些小溪涧中，除了河床没有其他的路可走，上面必然到处纵横着许多滑溜溜的垫脚石。这片土地灌溉良好，而石灰岩碎片提供了最有益的土壤，于是其植被极其繁盛。我们也许应该预见到了，这里有种类繁多的蕨类植物，除此之外，还有开花植物，它们绚烂无匹地覆盖在岩石上，其中有许多种类迄今都被人以为只在日本出现。当你在任何一个幽谷中散步时，最常见到的植物包括：山茶、玫瑰、燕草、路边菊（马兰）、秋海棠、向日葵、铃兰、紫葳、紫藤、薰衣草、栀子、忍冬、黄茉莉、红百合。最后一种和其他的花儿一样漂亮，不过还没有常用英文名。乡间花园里到处是石榴、枇杷、桃子、李子、橙子和其他果树。在悬崖上方更高的山坡上，我们发现了郁郁葱葱的胡桃和栗子树，还有有用的乌桕树。它们有着美丽的多彩叶片，开着芬芳浓郁的花朵，长得到处都是。后者是穆勒所称的Excalcaria Sebifera，在四川被叫作"桊子树"，在湖北被叫作"木子树"。

四川遍布着优良的林木，有一些树几乎围绕着每一个山村：

"南木"（南方的树木）①，一种红色硬木，被用于制作房屋的柱子，Persea namu oliv.，现指桢楠属。

"檀木"，出产一种致密的硬木，用于制作无处不在的榨油行业中的捣槌，可能是黄檀属的一种。（关于此处以及后述的植物学名，我要感谢宜昌的亨利博士，他是位不知疲倦的观察者。）

"椆木"，一种有白色木材的栎树。

"栎木"，一种栎树，非常坚硬且有弹性，它的板材是一种很受欢迎的材料，用于制作在这些岩石丛生的河流中航行的船只。

"松木"（马尾松 Pinus massoniana）。

"柏木"（垂柏 Cupressus funebris）。

"沙木"（杉木 Cunninghames sinensis），是优良板材。

---

① 此处应指楠木。——译者注

我们还有三种"桐"树——它们都分布广泛。

"梧桐"（Sterculia platinifolia）。

"泡桐"（Paulonia imperialis）。

最后是"桐子树"（Aleurites cordata M.）。这是一种有名的油桐，其桐油被用在全中国的房屋、船只和家具上，是一种非常好的油料。船夫们的船上涂一层桐油，在干燥冬季的年度检修里，他们会用手把桐油擦在船上，这样就能防止船体腐烂，并且使它们几乎可以无限期地使用下去。这种树非常值得印度当局投以关注，并且尽早引进英属印度。务必别把它和另一种树搞混：

"漆树"（Rhus vernicifera），同样也是一种极有价值的漆料树。

在大河干流及其附属小支流沿岸，有一种到处可见的最普通的树，它是湖北人说的"柳树"，或是四川人称的"麻柳"。外国常常把它译为"willow - tree（柳树）"，但其实它不是，而是枫杨（Pterocarya stenoptera）。

有两种皂树非常引人注意，它们的种荚是输送往中国东部的商品，这些种荚被晒干后，就可以替代肥皂，直接用于洗涤。以下是两个主要品种：

1. 肥皂荚（Gymnocladus sinensis）——它更常见，长着红色的短豆荚，以及很像金合欢的幼小精致的叶片。

2. 皂荚（Gleditschia sinensis）：长着又长又胖的黑豆荚。

到处都是各种各样的常绿树，北纬 31 度地区内可能生长的种类这里都有。我只在这里提提"黄葛"，它繁茂的暗绿色叶片是乡间美妙的点缀，对于疲惫的旅行者来说，还是出色的遮荫树。人们特别喜欢用它来美化寺庙。它暂时还未被西方植物学家鉴定，其属于榕属，一个粗心的观察者可能很容易会把它认成菩提树。到了湖北，神庙的装饰树就变成了"冬青"（柞木 Xylosma japonica S. and Z.）①，它很像月桂树，花香浓郁。在我的常见常绿树列表中，还一定不能漏了冬青树和"蜡树"（女贞树 Ligustrum lucidum）。

有这样丰富的植被，加上如此充裕的花朵和水果，我们大体上可以预见到相应繁盛的昆虫界和动物群落。我必须提到那些令谭卫道神甫特别感兴趣的种类，然后继续简单地列举那些最打动我这个过路者的生物。华美的蝴蝶；我见过的最灿烂的萤火虫群落；无数小鸟，哪怕还有许多鹞和鹰（中国人称"崖鹰"，悬崖之鹰），小鸟中最常见的是金黄鹂（Urocina sinensis）、冠蓝鸦和无处不在的麻雀。有两种红尾巴的小岩雀，其中一种有白色的冠毛，在水边的岩石上蹦蹦跳跳。山里头有红腹锦鸡、白鹇和白冠长尾雉，前者我只看过关在笼子里贩售的，而后者的尾羽常常被用来装饰戏台上用的帽子。这些白冠长尾雉尤其钟爱宜昌对面的砾岩山，欧洲冒险家们在那里捕获过好几只。鸫鸟和鹩哥也很常见，鸬鹚和温顺的水獭一样，在各处都受雇捕鱼。至于哺乳动物，除了家养的牛、猪、

---

① 实际上是柞木，在某些地区被称为冬青，但并非冬青树。——译者注

羊和狗外很少看到别的生物，对于一位陌生人来说，四川遍地都是狗也是个大麻烦。你会听说很多关于豹子趁夜下山来袭击猪圈的事。还有猴子，成群的猴子会在凌晨突袭山坡高处的玉米地。在更险峻的山峰上，是"山羊"的家，它们是一种岩羚羊：冒险家们曾射中过一两只样本，但某些羊永远不会被逮到。

四川的鱼又小又少，因此很昂贵。满是泥沙的急流和岩石丛生的河床不适合它们的生长，与其他许多方面一样，扬子江上游与下游在这方面也形成鲜明的对比。这种区别在宜昌峡谷脚下猛然突显出来。上游河流中没有已知的大型鱼类，但到了宜昌河段，你可能每天都能看到成群的江豚在清澈的河水中玩耍——这是少雨冬季中的特有现象；偶尔会捕到巨大的鲟鱼，而且众所周知，河中挤满了各种类型的鱼；甚至还有蜥蜴类，小短吻鳄（扬子鳄 Alligator sinensis）成群出没在更下游的河段和毗连的溪谷中，偶尔还能在上海租借地外的黄浦江里被逮到。

关于四川的谷物和经济产品，在那些冗长的报告里，我们的领事官们是不是并没有详细描述过它们，它们是不是被埋藏在了那些很少有人阅读但最有价值的作品——蓝皮书里了？我们完全可以说，在四川，几乎每一种粮食作物都欣欣向荣，包括糖，当然也不会少了鸦片，还有源源不绝的药物供应。整个季节里，成船成船的药品从重庆往外输送，给药房带来了财富，也毁掉了顾客的胃——富裕阶级的胃部实在脆弱。谷草被编成了世界上最精美的草辫。到处都生长着风味绝佳不过味道很浓的烟草，它们被卷成雪茄的样子，用烟管抽吸，每个烟民的袋子里都带着包裹的材料和填充的烟叶。除了棉花以外，中国东部生长的一切在四川都生长得更好。它境内的山脉也许可以被看作是喜马拉雅山最东部的延伸，而它的茶自然也非常明显地分享了印度阿萨姆邦的风格。

四川的地界面积几乎完全等同于法国的面积，这里甚至有更优越的气候，和远多于后者的人口——同样勤勉又节俭。这片土地有着赏心悦目的崎岖地貌，最高的山坡上都适合种植。这个壮美的省份中的产品也许应该被洋洋洒洒地书写好几卷，不过碍于篇幅的显著，我只能将自己局限在这快速写就的梗概里。

这里矿产的种类与其分布一样广泛。扬子江长长的急流可以输送能供应整个欧洲的铜矿。尽管官员们阻碍了矿业发展，但我们还是找到了小规模作业的铁矿，它们沿着巫山和万县间的 100 英里河道断续分布。铁矿因本地贸易影响而被制成小细条，经由两地之间左岸众多的小支流向下运送。四川的砂岩中灌满了大量的铁，水流冲刷而下，给汉口平原的夏季洪水染上了红色。这些洪水每年都在 8 月 1 日左右涨至洪峰，它们的成因看来显然是季风雨，另外就像常常被提及的一样，小部分成因是西藏的融雪。另一方面，多山的地貌无疑还提供了金沙，它们在每个夏季都会有新一层沉积，到冬季在沙洲上经过反复地冲洗，摊开晾干——往东远至洞庭湖都是如此。因此，上述所展示的富饶的基质，也许会令此地成为另一个可为世界供应金矿的加州。

以上概述可以表明，在这片宽广的地域里，还有无数事物依然等待着被观察被发现。尽管很多探险家已经对中国局部地区进行了探索，但是其对欧洲的科学作家仍然具有价值，因为关于中国的很多情况被普通的科学常识忽视了。只有李希霍芬通过检视西北那片广袤的黄土地，证实了大气作用改变地表的可能性，以前人们认为这种改变只可能源自水。而曾经是王朝谷仓的山西省现在正备受反复干旱的折磨，这又开启了另一个有益研究的领域。黄河在规模和重要性上仅次于扬子江，现在它于我们眼前发生的变化又是一个问题，其颠覆了我们在水文学上许多先入为主的概念。此处我们所说的是一条浩瀚的河流，其历史意义远胜于长江，它所奔流的河床比其流域地面高出相当多，而这本应该让它自然地流干。这条河在不到 30 年前将河口向北挪动了 300 英里，在一个夏季里抛弃黄海直奔北直隶湾，淤塞了天津港，并迅速把海湾转变成了一片农业平原。铁路设计者侃侃而谈要让铁路延伸往各个方向，随意地画着他们"虚构"的路线，让它们穿过北方破碎的黄土台地、以及西部连绵不绝的险峻山岭和深幽峡谷。可是谁知道在这样一个国家里，我们未作变革的西方铁路系统又能适合它多久？

在更详细地研究这片大地的环境和历史后，被暴露出来的不只是物理问题，还有社会、政治及伦理问题。如果能有人不带偏见地进行这样的研究，那研究结果无疑将改变我们对这些主题的许多认识。比如说，只要对这里的人民做一次近距离的研究，你就不会再认为秩序、公平和文明的高级状态是基督教国家的专属特性。然而，欧洲的善人们继续花光我们与这个国家交易时赚的钱，徒劳地想把我们西方的伦理和信仰植入到一片完全不适合它们的土壤上，他们显然相信，要连根拔起一个在过去如此根深蒂固、如此彻底贴合其民族特质的系统，只是一个人力与财力的问题。中国共有 18 个省，每一个省的面积和人口密度都相当于一个欧洲王国，其可供观察的领域完全可以容纳无数探索者——不仅在于物理科学的各个分支，还同样在于历史、伦理与语言研究领域。我们这里所说的这个国家，它的文明与尼尼微和巴比伦源自同一时期，由于意外的隔绝状态，其文化对于批判性的 19 世纪完全可以是崭新的启迪。等我们能够正确地理解并完全欣赏这个从远古时幸存下来的有趣文明时，我们难道不能从中获得一些线索，以解决如今西方面临的众多严重的伦理问题吗？这个从起源和发展上都完全独立的文明必定可以对我们有所教诲，并且这种影响不会小于我们的文明可对中国人产生的影响。两者交融的最后结果是什么，我们尚未可知。至目前为止，中国人似乎只急于从我们对战争艺术的出众领悟中得益，然而这个目标——若非其结果——只会让国家纷纷反目。让我们期望两种文明最终能融合到一起，希望那一天不再遥远，彼时将如中国经典文学中意味深长的表述：

"上应天时，下占地利，中通人和。"

第二章

上海到宜昌

从上海到汉口是一段 600 英里的航程，由一种美国大型蒸汽机船来完成。自 1860 年扬子江向外国开放贸易以来，这些蒸汽船便每日来回于这两个港口之间。二月中旬正是中国新年的前夕，我在一个午夜搭乘一辆人力车来到嘉定码头，乘上停泊在一边的"太和"号，入住我的舱房。轮船预备第二天早晨出发，于白天向上游航行。但要睡着是很不容易的，成千上万的鞭炮正在街道上点燃，四处挂满了无数的中国灯笼，喧闹声震耳欲聋。本地乘客正挤在甲板上，驮行李的苦力们正在就报酬而争吵。最后我终于在凌晨入睡，醒来时发现我们已经身处一片混浊的汪洋中，这条大河的下游河段皆是如此。右舷远方有一条几乎看不见的褐色细线，比水色更深一些，那是江的左岸，而另一边，混浊的江水一直延伸至地平线。在这荒凉的景色里，没有哪艘游离的帆船在移动，它们全都入港欢度新年去了。沉闷的铅灰色天空让这寒冷的二月早晨显得更加沉郁。

在蒸汽动力推动我们的头四个日夜里，航行中没有发生什么有趣的事，节日期间只有少许乘客上下轮船。我们在九江北边的一个沙洲上耗费了一小时，开足马力在泥泞的江底犁出深沟，总算再度飘浮到了水面上。离开安徽省的首府南京①后，我们不幸和一艘载陶器的帆船相撞，那位船长迅速把他的船开到岸边，从而免于沉没。有少数帆船会在新年假期的头几天航行，以趁节日之便——在这期间，厘金和税收关卡都关闭了，因此这些帆船可以免费通行。我们可敬的船长立刻下锚，搭小船前去查看损害程度。那艘船上的货物是成捆的蓝色与白色饭碗，它们被迅速卸载，放置在岸边。船上的洞被补好，之后重新装载货物，整艘帆船被拖行前往九江——那是她主人的家。到此，造成的损害被估价并补偿，事件结束。但我不免对中国人造船的实用方法印象深刻，那看似脆弱的帆船船体拥有隔室，因此，尽管河上常常发生意外，但很少造成整体损失。

在这个纬度上，冬日的太阳往往是温暖的。在明亮的阳光中，我们泊进了汉口宏伟的码头，它沿着英格兰租界的河岸延伸开去。在上海，有一条栽着行道树、大约80码宽的马路隔开了商人的豪宅与陡峭的河岸，河岸外侧还有一道壮观的石堤。但是这里和上海不同，除了初夏短暂的茶叶季节外，此时没有马车的踪影，倒是有不少的步行者，租界呈现出海滨胜地

---

① 在清朝，南京曾在一段时间里被划为安徽的首府。——译者注

在淡季中毫无生气的萧条样貌。中国人繁忙拥挤的居住区完全和租界分离，他们只在真的有生意要谈时才会进入租界，整个冬季里只有少许租界居民会留在汉口。我向彬彬有礼的前任房东——船长朋友告辞，而后穿过荒芜的码头，挪进了肮脏又拥挤的中国城，开始为我深入内地、长达四个月的航程做必要的准备。最后，在 2 月 24 日周六，一切准备就绪。由此刻起，我每夜于路程中写下的日记将阐述我所看到的事实。我相信，除了描述我行经的地域外，它必定能向读者传达一些迄今未曾被描述的现象，它们属于这个有趣而稳固的文明，而我正在接触它。

周日，2 月 25 日。我定了两艘小船，把我所有的行李都运到了船上。没完没了的延期和耽搁让我在汉口待了一个星期，希望今天晚餐时我能航行在这神秘的河上。让我愤慨的是，我的同伴—— 一名山西商人——在约定时间没有出现，到了这一天晚些时候才通知我，说我们很有希望能在第二天 10 点出发。多亏了我善良的朋友，这位香港与上海银行的经理热情地又招待了我一晚。到了周一，常先生按时出现，我们一起搭舢板从码头的石阶出发。河面比夏季的水面高度下降了 5 英尺，乘上帆船，后者将把我们送到沙市，然后我们再从沙市转乘更大型的轮船驶入急流。我们的帆船停在租界外大约一英里的地方，在汉水河面稍远处，这股支流从扬子江左岸或西岸汇入江中。我们逆流而上，划着桨经过无穷无尽层层叠叠的内陆帆船，最终找到了我们的船。我登上它，它将是我在之后 14 天里的居所。这艘船在近一周前就被预定了，但没有什么事能引诱它的主人带它下水，好让我离开房东的家门愉悦地登船。除了所谓的"风俗"外，我不知道他拒绝航行的真实原因。现在我以为我们终于要出发了，但是错了，我的同伴还有一些生意要谈，饭食依然是在岸上准备的。我由他去做他的事，在封闭的舱室里耐心地等待了凡间的 6 个小时，最后发现我们已不可能在当夜出发。于是我搭舢板穿过河面来到汉阳岸边，无视两周的雨雪给一条中国街道造成的可怕泥泞，拖着我疲惫的双腿爬上高山。在那里，你可以欣赏到武昌、汉阳和汉口的联合城区所展现的著名的恢宏景色，还有那散落的山岭，以及广袤的沼泽平原。我回到船上，吃了一顿冷掉的晚餐，在新年期间被中国帆船群包围的讨厌环境里，尽我所能地睡了。

周二，2 月 27 日，早晨 6 点，我们的船划着桨顺汉江急流而下。等进入扬子江时，我们转向右边，艰难地逆流行驶，经过汉阳，行驶了 30 里（约 7 英里）来到小豁口，在这里离开了主河道，沿另一条支流往上驶去。这 30 里花了 6 个小时，又是撑杆又是划桨，在这期间，沿岸卸货的湖南木筏和竹筏简直无穷无尽，我们不得不正面对抗急流。我抵达汉口的那一天是 2 月 14 号，当时的急流速度是半海里/小时，而如今它已经提高到了约 2 海里/小时，在这期间，河水比那天涨高了两英尺——2 月 14 号的水面高度是今年冬季的最低水平。这段河道约有一英里宽，没什么可看的景色，只除了远处地平线上升起的山峦轮廓线，近处的乡间景色完全被高高的泥岸遮挡住了。

这些泥岸在很多地方完全是垂直的，因此河道现在算是被隔绝了。我们在小豁口进入的这条河流是从某个浅水湖泊中流出来的，扬子江河道的中下游排列着众多成串的浅水湖。夏季，这些湖泊和河流之间由蜿蜒的急流连接，连成了一片广阔的延伸水域。不过到了冬季，种冬小麦的宽广冲积领域就隔开了湖与河，于是满是泥沙的扬子江在夏季因急流汇入而上涨清澈的湖水，在冬季沉积了淤泥以后，也顺着这些急流流干了。我们现在进入了这样的支流之一，领航员把它们称作小溪。它的平均宽度大约是 80 码，此时有 10 英尺深，流速达 5 至 6 海里/小时。我们被纤绳拖拽着艰难地逆流前行，4 小时行了 4 英里。而后下起了大雨，我们被拖到岸边过夜，边上是一个被溪流包围的孤零零的岩角——黄生岗，至此，我们的首日航行完成了非常像样的 11 英里航程。这个岩角很引人注意，它孤绝地立于平原之外，比地面高出不到 10 英尺，大小仅够接纳一个小庙以及别致的两层亭子，还有一座方形纸灯笼状的灯塔：当洪水溢出，蔓延至天际时，它对误期的水手而言是个有用的信标。

周三，2 月 28 日。黎明时的一场暴风雪使我们无法前进。整片乡野都被覆盖在 3 英寸深的雪下，船只从头到尾都盖满了席子，所以我只能缩在黑暗的船舱里。10 点时，天气终于平静了，不过云层还阴森森地低悬在邻近的山上。此处的河流扩展到了约 200 码，流速降到了约 2 海里/小时，使（由一个纤夫拖拽的）前进比起昨天要容易了一些。但我们 4 小时里也只行了 20 里，也就是 6 英里。之后我们再次停靠在一个叫蒲潭的地方，它离汉口 60 里，也就是 17 英里。原来这里是我们"老大"或船长的家，这使他必然要在岸上过夜。然而我们并没有因此而耽搁什么，因为在混乱的冰雹风暴之后，4 点时下起了大雨，它持续不停下了一整晚。我们今天穿过的乡野在夏季时将变成一片广阔的湖泊，孤绝的荒山像岛屿一样比湖水高出 10 至 200 英尺。在这湖床的其中一块地上建着蒲潭村，它的高度是依据夏季洪水的水面高度而定的。它看上去凌乱而荒废，就像一处新近还被淹在水下的处所。石堤在某些部分还守护着坡岸，但和陆地上的其他东西一样，看上去一副摇摇欲坠的衰败样子。

既然被困在这里，我也许可以描述一下我坐的船：它大约 30 英尺长，5 英尺宽，3 英尺深；中部有一间有顶的屋子，里面的高度只够我坐直；船尾也给舵手和厨师盖着顶；前端有一个露天的空间，够两个人面对船头站着划桨。船上有一根桅杆，主要用于纤绳拖拽，还有一面小小的斜桁四角帆，在顺风时就会升起来。船员包括老大或船主以及两名雇工，后者衣着褴褛，样貌卑微。这两人夜里就住在前甲板上，到时那里会盖上竹垫。老大和厨师睡在船尾，我的人和我自己占据了船中间的小舱室。加上我的旅伴——那个山西人，我们有三个人。我们都依照当地习俗一起用餐——两顿饭，早上 10 点和下午 6 点。幸运的是，我们的厨师很不错，他也是个山西人，他以北方风格烹调我们的食物，食物极其美味。当然了，每餐的主食都是米饭，此外还有猪肉、牛肉、卷心菜、竹笋（现在是早春，它们上市了）、洋葱、鱼。这些新鲜的食物是我们在航行过程中向渔夫买的，全都用油炒，并且加入酱油。食物、几管烟、还有对四川奇景的漫无边际的交谈填补了这一天，因为纤道上又深又黏的泥让人没法在岸上漫步。直至寒冷消退，我一直穿一件长长的中国羊皮祆，完全不受天气的影响，只希望我在上海那短暂的冬天里也能远离火炉，说出同样的话。在这一带的冲积平原中冒头的小丘里含有一种红土，某些地方还含有分层的石灰岩，岩层明显向西南方倾斜。每年夏季的洪水将平坦的湖底渐渐抬升成陆地。比起昨日一如平常的泥沼模样，今日被白雪覆盖的风景看上去不那么沉闷。

周四，3月1日。早晨才停下的雨溶化了雪，到了8点，我们又开始慢慢地前进。今天是个平静的阴天，没有雨。我们还是被拉着往前，一个纤夫沿着泥泞的河岸，套着纤绳奋力向前，以每小时两英里的前进速度，对抗着2海里/小时的水流。我们渐渐接近远处的山丘，在它们靠近河水的某个点上越过它们。有一座别致的庙宇坐落在靠外的断崖上。而后我们再度进入了无尽的平原，上面弯曲流淌着长河。按老大的计算，我们前进了56里，或者说，在10个小时里都以每小时一又四分之三英里的速度前进了17英里，总共航行了34英里。除了我们经过的那些远观比近观好看得多的荒山外，景色基本等于无。只有约15英尺高的泥岸环抱着200至300码宽的清澈急流，树和灌木都毫无踪影，几乎看不到一片草叶。没有什么东西来打破这份单调，只是每隔三四英里就有一组8座或10座的泥屋，聚拢在一片人造圆形高地的顶端，这种高地比平原地面高出约10英尺。这是一片悲惨的乡土。不过这不幸一定没有看上去那么严重，因为当我们像往常一样在日落时泊岸后，我发现整片平原目之所及的地方都种着小麦，它们散布在暗色的耕地上，麦叶隐约可见。没有围栏或分界，没有任何形式的地标打断这无尽的统一。这片广阔的麦田向北方和南方延伸，向西一直蔓延至地平线。而天际线只在一两处被一些零散的柳树打断，它们就像幻影一般竖立着。在东方是我们早晨经过的蓝色山峦。到了5月，这些小麦就会被收割，等到了7月里，相同的地点就会变成一片广阔的内海。与我们一起泊岸的还有几艘帆船，像我们一样一路被拉上来，现在列成一排以求防卫。此处就是向导所说的野点，经常会有水贼出现，因此他以中国的方式诚挚地恳求我开一枪以作警示。但是我决定等到水贼露面了再往他们身上浪费火药。我们遇到不少为贫穷所困的渔船，从其中一条船上买了一条很不错的活鱼，三斤半，每斤30铜钱（5便士买5磅），我希望能在晚餐中享用它。厨师在甲板上用砍刀给它刮鳞，此时我注意到它仍然活着，于是向他表示反对，让他敲它的头杀了它。他没听我的，之后没多久，它就留着半数的鳞片跳出了船，结果我们失去了晚餐——在这个荒凉的地方，这算是一场严重的灾难。

周五，3月2日。早晨6点，我们从羊栓沟起锚出发，天气晴朗。但到了8点，大雨夹着雪片落下，一直下到了正午。

顺着一阵小小的东北风，再加上一个纤夫拉着船，我们前进的速度比昨天多少快了一点。但是水流的速度升到了整3海里/小时，河道在某些地方收窄到了六十多码，深度是20至30英尺。景色依然是昨天的延续，只除我们经过了大片的芦苇荡。这些芦苇覆盖着长河沿岸湿软的河岸和广阔的沼原，从河口，一直到扬子江从宜昌下游山中流出的地方，这之间的距离有1000英里。它们是扬子江峡谷中著名的特产，可以长到15至20英尺高，能作为建筑材料，也是普遍使用的燃料。没有什么景象能比我们经过的少许村庄显得更凄惨了。10到20座芦苇小屋聚在陡峭的护堤顶上，河边的斜坡上间或种着一些柳树，坡上到处都是水牛粪和稻草，一些猪在稻草里打滚。视线所到之处都带着一种肮脏的泥色，村子周围的地面被踩成了一片污秽且几乎无法通行的烂泥。我上了岸，沿着河边在小路上走了走——如果它能被称为路的话。我们的纤夫正在这路上拉纤，脏兮兮的又或是节俭的乡下人们正在岸边犁田，而纤夫必须光脚在这黑泥里挣扎。下午6点，我们像以往一样在岸边停船，和我们一起的是十几艘同样被拉上来的小船。此处叫"涂湖"，我们老大说这里离我们早上出发的地点有70里，但是我们只停了两次船，每次给纤夫留出半小时时间吃饭，除此之外，我们有12小时在路上，因此我判断我们至少行驶了22英里，这就使得我们离汉口有56英里远了。我整天都在可怜那不幸的纤夫，他光脚在半冻僵的烂泥里从早到晚的埋头拉纤，这些烂泥里偶尔还有尖锐的芦苇茬，里面有血丝虫的病原，看起来每个村子里都有几个被寄生的病人样本。现在纤夫躺在船头的垫子上，可怜地呻吟着，在一床脏兮兮的被子里翻滚。我问他得了什么病，得知他正在发热，没有吃晚饭，并且流不出汗。我给了他一片珍贵的奎宁，但第二天他也没有好转。在中国旅行的众多弊端之一，就是能看到这么多的不幸，在租界里，这些不幸被屏蔽在我们的视线之外，而我们也没有什么举措能缓和这种状况。在这令人有些疲惫的一天里，我整天都在读中文并驳斥那些传教士散布的荒谬传说。这些传说在中国的所有阶层里都很流行，而我自己对他们的作品并不怎么欣赏。我所有的外国文学都已经看光了，包括 12 月 23 日《观察报》广告版面的最后一页。

周六，3 月 3 日。我们于早晨 8 点 30 分起锚，这个词我没有用错，但我们的锚就只是被扔到岸上而已。在夜里的大雨之后，天气总算转好了。我们再次缓慢前进，一个纤夫拉着纤对抗 3 海里/小时的水流，以及由西吹来的顶头风。河面收窄到了 100 码，有些地方只有 60 码。河岸变低了，有了坡度和青草，这说明它们的变化要小于那些更下游的地区。后方的陆地比堤岸矮了 2 或 3 英尺，这表明堤岸是人工增高的，不过无论往哪一侧，地面都斜向内陆远方的水，那是夏季大湖的残留。我们在吴家楼停泊吃晚餐。河流在此处的某个点上出现了分汊，它在这里的唯一一条大支流来自北方。在堤岸顶的高地上，隔一段路就会出现昨天那样的村庄，每个村里都有一座木制的微型神龛，它被漆成红色，立于四个桩子上，以安全地远离洪水。豆类在这里代替了小麦，其中还点缀着成片的芦苇。地势变低，因此洪水也发得更早，小麦的收割期就显得过于危险了。有些村庄有四轮的木制手推车，它们是现代轨道货车的前身，其构造已经明显接近于后者。它们的轮子是实心的，位于车斗框架的内下方，车轴会和车轮一起转动。在更低处的平原上，人们用雪橇在沼泽地上运送产品，就像萨莫耶德人在北极短暂的夏季里驾着他们的雪橇穿过西柏利亚冻原。这些大致相同的雪橇装载着成捆的芦苇，有些是由人力推动的，另一些则由耐劳的水牛拉着穿过原野。到了水边，这些芦苇会被放上成对的平底船，我们看到过很多这种顺流而下的平底船，看上去就像漂浮的干草堆。整个早上都有成群黑压压的野鸟越过头顶，飞向北方。这是第一个好天气，看来它们全都动身前往它们的夏季居所了。它们从我们右手边的湖泊飞起，一会儿就消失在了视野外。升空时的混乱和叫声很快就变成了有系统的 V 字飞行编队。我们明天应该能进入湖区，所以我和一直期望的猎鸟盛宴差了一天。终于，当太阳躲进云后，溪流变成急流时，我们转过了蜿蜒长河上无数弯曲中的最后一弯，进入坤南湖。清澈的湖水冲进隘谷，向扬子江干流奔去，水流的速度一时间使我们无法溯流而上。坤南湖属于彭县地区，我们 7 点时抵达一个同名村庄，它坐落于湖口一英里外的一处高地上。至此，我们在 11 个小时里航行了 50 里，也就是 18 英里，离汉口已有 74 英里远。我这一天便沿着河岸散步消磨，岸边的地面已经干到可以忍受的程度；或是读一本中国传说；又或是断断续续地与人谈论要去重庆做的绝好买卖，那是我们的最终目的地；以及徒劳地想对穷人们解释自然哲学的第一原则，和无液气压计的神秘之处，有了后者，我才能一直成功地预报第二天的天气。

周日，3月4日。在山西有一个名叫雁门关的城市，它叫这个名字，是因为野鸟会从这个雁门所在之城的上方及城中过境，当城门关闭时，大雁便降落下来，等着城门打开后再度穿过。这样的情形会出现在它们春季北归以及秋季南下的飞行过程里。它们被看作忠诚的伴侣，因此，中国人不会杀死或吃掉它们，而它们的智慧几乎和人一样。我的本地朋友坚称，这个故事是完完全全真实的。同样是山西人的厨师肯定了他的观点，甚至抛下他的烹饪来消除我的疑虑。

早晨五点半出发，轻吹的东北风掠过湖面，拂过高地上的岛屿。我们穿过一条似乎是河道的水路，对抗着1海里/小时的水流速度，并达到了4海里/小时的航行速度。此处的地面比水面高4到5英尺，在正常的年份里，它们显然不会被洪水淹没。农庄展现出更整洁的样貌，由砖块砌成，周围环绕着植有柳树、白杨和榆树的小树林，它们到了夏季时一定会有如画的风景。9点时我们进入了湖泊中，这里到处是飘浮的植物，现在它们是死去的枯草，看着就像是浮在水面的稻草。它们名叫蒿草，根部可以食用。四面八方来来往往的船只纵横于这蒿草丛生的笔直水道上。正午下雨了，但我们继续愉快地航行直至下午4点。此时我们抵达蒿草生长区的尽头，航程进入了开阔的水域，过深的水已经不适合植物的生长。我们在这里和众多船舶一起停下来，贴着一块小小的泥巴高地，大家都不敢在黄昏前穿越这宽广的湖面。这块泥地高出水面几乎不满一英尺，在岸上的泥巴地里仍然有常见的芦苇小屋群，一等水分沉入干燥的陆地，它们就会被用作冬季贸易。小屋的墙从各种可能的角度向地面倾斜，盖着芦苇的屋顶破破烂烂。其中有两间破旧的店铺，我们的船员正在其中一家买猪油煎的小麦饼，每个两钱（10 钱 1 便士），我吃了其中一个，发现它清淡又可口。湖水向西方的地平线蔓延，据我们老大说，湖面有 70 里宽，也就是 20 英里。因此，尽管风向很好，但他不会冒险出航，他担心在入夜前无法过湖，帆船在中国就是这样航行的。我们抛锚的地方叫瓦口子，位于红湖，也就是红色湖泊的边缘①。我们今天的航程据说有 100 里，我认为肯定有 38 英里左右，至此离汉口总共 112 英里。我们现在离扬子江岸的新堤城的直线距离只有 15 里。

周一，3 月 5 日，"惊蛰"。从这一天开始后的 14 天是众所周知的蠕虫出土活动的时期。它之前的节气叫"雨水"，我认为这个节气现在一定结束了。然而我失望了，因为夜里就下起了比以往更大的雨，水渗过草垫屋顶滴到了我的床上，令人不快。直到早上 5 点，它变成了雾霭和毛毛细雨，我们就想办法在这样的天气里航行穿过了红湖。随着轻抚的东北风，航道

---

① 红湖：此处疑为洪湖的误解。——译者注

转向西北（和之前的航道呈直角），在里程上取得了不错的进展。我们在深水处划桨，在浅水处撑竿，最后在 7 个小时里驶过了 20 英里。湖中有几个土岛，上面有破旧的芦苇屋组成的村庄。就像昨天一样，永恒的蒿草占据了湖面，村民们划着船在浅水处收集枯草以作燃料。更深处的水是清澈的，深度从 10 英尺到 20 英尺不等。我们最终抵达了西岸，在这里有一道急流，约有 100 码宽，20 英尺深，在与湖岸平行的河道中流淌。水在湖岸上冲出了一个约 50 码宽的缺口，像大瀑布一样从那里奔流。在岸上大概齐聚了一百个人，他们的工作是把船舶拉过急流，让它们进入河道。经过 45 分钟的讨价还价，他们同意以 80 钱（4 便士）的价格把我们拉过去。在过去三天里有不少的船只和我们一起航行，一起在中午以及晚上停靠，现在其中的几条船排在我们前面过去了。最后，一条拖绳紧紧绑在船首，另一条绑在桅杆上，我们就这样冲进了激流里。在此之前，我们老大已经仔细地听测过船上每一个隔室的水舱。每条拖绳由 20 个人负责，现在他们开始大喊号子，对于中国人来说，团结协作的时候必须要有这样的伴奏，它一直持续了 10 分钟，直到我们穿过此处。有大约 20 只海鸥正在急流里捕鱼，它们显然发现了大量的猎物，因为这些鱼突然被冲出了安宁的河流，并且被乱流带上了水面。就在这瀑布下方，驾着小舟的渔夫们正在撒网。我没法上岸，因为纤夫们把泥犁出了齐膝的深沟，他们都穿着中式大头靴子或在常鞋外套着巨大的木屐。此处称为集富园。我们现在拥有很有利的风向，对抗着 2 海里

/小时的流速航行了 1 个小时之后，下午 6 点，我们将船系到了岸边的一棵柳树上。航程 70 里，即 22 英里，离汉口一共 134 英里。这条河依然被叫作长河，被视为长河穿过湖面后继续延伸的河段，就是我们刚刚穿过的那个湖。这一天我又没有从船上下去过。

　　周二，3 月 6 日。这条河被高高的河岸束缚着，远景也很狭长。原野上有小块的菜园，两岸都有湖泊，河流在高于它们接近两英尺的地方奔流。河岸是倾斜的，长着青草，并有漂亮的柳树、白杨和榆树，后者因其高大而引人注目。这里的村庄是砖砌的房子，看上去整洁且赏心悦目。每个村里都有一座白色的大庙。清澈的急流及其坚硬又多树的河岸，与长河边那些荒僻的泥地形成了令人愉悦的反差。我们 8 点出发，下了整夜的大雨此时停止了，10 点时我们抵达了留正关，这个小城兼为海关。我们这条小船在此处的过境税总计为 1 先令 8 便士，但因为船上有一位外国客人，老大逃过了这次税收，而我的魔法通行证让我们瞬间过关。风向一直很好，现在我觉得我们今天的里程应该也会不错，可我忽略了我的东道主，也就是船上的船员，他们需要一场盛宴，还得答谢神明，以庆祝我们成功通过前半段航程。我赠送了 7.5 便士给三个人，让他们去买猪肉和香，这使他们一直吃喝到了 4 点，若不是我急迫地抗议，他们还要在这里待一晚上。我们最终出发，进入了下一个湖泊——碟子湖。7 点时下锚在了一个小岛上，这小岛我们已经经过了一半，叫作关王庙——一个顶上竖着灯柱的庙宇。航程

35 里，即 12 英里，离汉口 146 英里。

我们的"纤夫"从下雪那天就一直病着，奎宁也对他没有效果，他在柳关和我们分别，走路回汉口。我送了他 200 铜板，还有一件我很少用到的更微不足道的东西。就在他走上岸时，我们的厨师发现他的箱子里少了 400 铜板，他跳到岸上，指责纤夫（一个饿得半死的雇工），剥了他破烂的衣裳，把他打倒在肮脏的烂泥里，然后发现丢失的铜板都藏在他的衣服里。我没法不可怜这个穷困潦倒的贼，他陷在一个陌生的地方，没有一个铜板用来买吃的，因为我的 20 分钱也被拿回来了。夜里，我们的船若是没被夹在两列船舶之间，老大就会不高兴，但要在这个位置度过 12 个小时真是非常令人难受。邻近船只里的每一点人声都会透过遮盖的草垫传进来，清晰到让人不快的程度。这是被困在船上没法上岸的第三天。夜里再次下起了大雨。

周三，3 月 7 日。黎明 5 点半起锚，在轻柔的北风中，冒着雨朝西北方过湖。在 5 英里的航行与划桨后，我们进入了另一条还是叫长河的小河。它慢吞吞地在堆高的河岸间流着，河岸上和昨天一样，差不多都是绵延的村庄和树木。但两岸由稻田组成的乡野全都泡在水下，左岸的纤道在河与涝区之间形成了一道垄。我下船到上面走了走，但是泥土对我来说太黏了，走了几百码后我就回到了船上。下午 6 点，我们停在了一个叫黄歇口的大村子旁边，它坐落在一片黑色的烂泥之海里，以至于我无法上岸，但这并不能阻止村人们渐渐地聚拢到岸边来，欣赏一个异邦人坐在前甲板上享受饭后香烟的奇景。我给了一个小淘气鬼 5 分的硬币，他非常开心，这些地区的人没见过这个钱币。这里的人们处于极度凄惨的状况中，若是没有鱼的话一定会挨饿。过多的雨水让这片地区在水里泡了两年，而北方的人（古代，河南与山西著名的黄土地曾是中国的花园，并且是中国文明的早期中心）则遭受了干旱引起的饥荒，那可能是森林采伐引起的，现在看来这种干旱将会是无可补救的长期状态。老大告诉我，这片区域全都比扬子江的水面低，冬季的低水位时期不够长，没法让夏季的洪水顺着我们刚经过的河道流走。今天的航程 60 里，即 18 英里，总共 166 英里。我和我的山西朋友聊天消磨了剩下的时光，他对我说他过去的故事。他在一家大型山西公司里就职了十年，在帝国的不同地区待过，最后是在川西的西藏边缘，在那里购买麝香，这是他的专长。两年前他离职回乡，带着 500 两银子回去安葬他的家人，包括他妻子在内是 9 个人，所有人都在 1877 至 1878 年的饥荒中死去了。然后他又娶了一个妻子，把她留在家里，每年给她 10 两银子买吃的（2 英镑 10 先令）。她一年只要有一担小麦（133 磅）就能活，它在这里的价格是 1 两银子（5 先令），到了饥荒时期，它在山西要卖 30 两（7 英镑 10 先令）。然而没人能劝服这个治理不当的政府为这些人修建铁路。北部和西部的主食是小麦和小米，它们主要被做成面食食用，但其成分中没有任何脂肪，米饭是富人的奢侈品。我们的山西厨师当然也很擅长做这些，但我发现它们的味道又重又酸，面粉粗糙，并且颜色看起来很脏。

周四，3月8日。早晨6点起锚，穿过菠萝湖前进，在湖口经过了尤家铺头，这是个由砖房和庙宇组成的大城镇，嵌在这些区域常见的污泥里，看上去就好像全都淹在水下一般。整片临水区域都被豪华的装饰性厕所占据，一如既往，这是此地真正有科学头脑的农业家们设置的，能够尽可能诱惑来往的旅行者为之做出贡献。我们和一整群船队一起在这个有趣又讨厌的地方下锚过夜，并且在这里补充了猪肉和卷心菜的库存。我们还买了一种菠菜，这是小男孩们从野地里挖出来带到船边来卖的，把它和猪肉一起炒，就做成了一道非常可口的菜。菠萝湖大约有10英里长5英里宽，任何一处的深度都不超过15英尺，我们乘着一道东北来的轻风过了湖。在湖的北端，我们经过了一些被淹没的稻田，它们大概有四五英里长。最后我们进入一条河流，改造的河堤比水面高出6英尺，河面有60码宽，流速1海里/小时，我们逆流而上，由纤夫拉了大概10英里。到了下午7点，也就是天黑后约一个小时，我们停在长秋河，立刻便被乞丐包围了，我们把剩下的小麦饼都分给了他们。航程95里，即30英里，10天总共196英里。这一带的村庄外面围着五个小树林，都是榆树和竹子，不过其中有许多被洪水摧毁了，这里的洪水淹了一年。现在我们正逐步攀升于一个越来越高的地形，这些阶梯与邻近主干流渐渐升高的河床平行。今天在越过一条小小的侧溪时，我们经过了一座桥，这座木桥是我们出发以来看见的第一座桥。湖里到处都是一起捕鱼的小船：它们在聚集以后突然分散，形成一个大圈；然后人们用前甲板上的两条扁竹使尽全力拍击水面，小船又突然全都收回中心，将鱼群赶在船前。这声音非常大，在船只进入视野之前很远的地方就能听到。天色很好，日头穿过云层，温暖地照耀了三四个小时。这是中国（农历）第一个月的最后一天，而我搭乘蒸汽轮船太和号从上海出发时正是新年。在这整个月里，我们只有四天好天气。

周五，3月9日。在一阵轻柔的顺风中出发，像昨天一样继续追赶溪流。乡野全都浸在洪水里，河面比高堤后的涝区高出一两英尺。明亮的太阳升起，照在洪水前面的树和房子上，造成了一种不错的视觉效果。各处的村庄都孤零零立在污水里，看上去就仿佛是从扬子江上顺流漂下的大木筏，村舍——或者不如说是棚屋——由芦苇和茅草组成，其建造方式也完全和木筏一样，只不过它们立在升高的泥地里，而不是构成木筏的木料上。岸边许多地方的村舍都被完全遗弃了，只剩下木制框架和茅草屋顶——就是一些搁浅在岸上的骨架子。等到泊岸用餐时，我们立刻被乞讨的女人和孩子围住了。当人们空茫地看着水面时，他们的状况看上去确实极其可怜，水下躺着稻田，那是他们唯一的生存方式。较多的人似乎是离开去别处寻找食物和工作，城镇的贸易停滞了，看来也没人试图去修那些坚固的砖房，它们被洪水推倒了，当时的水比现在高出5英尺（从水印可以看出来）。说来也奇怪，这是我在这灾难里得知的第一个讯息，在"口岸"里，我们对周围乡土中发生的事知之甚少，偶尔才会了解到是什么原因影响了我们的产品在这个广袤帝国中的消费量。在现在看来，这里看来没有遭受在江苏省泛滥的疟疾侵袭。在江苏，发热和发冷似乎成为了人类的特征，但在这里，人们看起来结实红润，尤其是儿童，这也许要归功于更多沙质的土壤（我在1880年于爱尔兰饥荒地区旅行，也曾吃惊于那里人们健康的样貌）。

这里的溪流不超过60码宽，大约有10英尺深，水流混浊，流速是2海里/小时。所有的老妇人似乎都在沿岸忙碌地使用小抄网，捞取扁平卵形的两英寸长小鱼，而男人划着小船从湖里和河底耙草，以用作燃料，大量的草被摊在岸上晾干。我们经过了几个被废弃的砖窑，它们的一部分正在被水侵蚀。有些地方的河岸上排列着坟墓，那里有唯一可供埋葬的干地。在另一些地方，树木是如此茂密以至于阻挡了道路，我在其中看到了许多桑树。今天我们不得不放下桅杆好通过两座木桥，一座桥的所在地叫作常家场，或是常家的宅地，另一座位于亚沟庙，至此从汉口到这里我们经过了三座桥。我们希望明天能穿过长湖的60里湖面，进入沙市河。今夜我们于6点在长湖岸边下锚，一天航行了60里（20英里），在11天里从汉口至此航行了共216英里。盼望已久的春天终于在今天开始了，对它的期盼使我能够耐心地忍受前几天的不适。之前都在38–45华氏度间摇摆的温度计在下午升到了55度，在几个小时里，中国男人们就把衣服脱到了腰部，这是今年的第一次，这些人总是抓住每一个机会甩掉衣服。另外，除了没完没了的喜鹊，终于有一只鸻鸟出现了。我抛弃了我的皮草，沐浴在阳光中。陆地上还没有什么春天的痕迹，只有柳树冒出了嫩芽（它们是最先发芽并且最后落叶的树木），它们在阳光里闪闪发亮，透出朦胧的绿意。在某些地方，有不少人正在堆高堤岸，明显是担心再次涨水。但他们的操作看起来毫无系统性，当然了，在中国，人们不会尝试任何以精确校准为形式的东西。

周六，3月10日。我们锐意进取的船长急于早早到达沙市，竟然在凌晨2点就出发了，划桨穿过长湖的20英里湖面。这是个黑暗、平静、多云的夜晚，他没有罗盘也能找到方向，这让我很惊奇。不过，黎明来临时，我们确实行进在正确的方向上：西北方能看见两侧的湖岸或浅湖。一阵顺风吹了起来，10点时我们已经过了湖，划进了5英里长的溪流，它将领着我们前往沙市。在溪口有一个叫草市的小镇，这里有一个厘金关，不过我的通行证让我们毫无阻滞地通过了。溪流蜿蜒着穿过了一片满是坟堆的平原，在中国所有的大城市外都能看到这样的坟场。我们经过了一座又漂亮又宽广的建筑，它是山西会馆，而城镇及其巍峨的宝塔从我们前方升了起来。沙市建在围堤之上，我们正在围堤后方之内，从背面接近城市，而它前方正朝着扬子江。这围堤比地面高出了25英尺，无论是冬季还是夏季，这里地面的高度全都位于扬子江水面之下。从形势和贸易上来说，沙市在许多方面都类似于汉口，生意和忙乱场面都在沿河一带，乡郊则乏味又死气沉沉。航程85里，即25英里，距汉口总共241英里，河道距离是300英里。我们沿岸下锚，正好停在一座石桥下方，它有 100 码长，却只有两个拱。它建在围堤斜坡的内侧，而斜坡上满是由冷杉遮蔽的坟墓。我下船闲逛了一小会儿，但围观我的人群实在太烦人了，我什么也看不见。于是我回到船上，把自己关进舱室（我的人全都上岸去找可以带我们去重庆的船了），但一阵泥石雨又让我出了舱（幸好这个冲积平原上很少出现石头雨）。我的人终于到了，他们劝诫着人群，但后者直到天黑也没有散去。

周日，3 月 11 日。"天堂之下"的沙市是镇（贸易地点），汉口是口（河口或港口），而上海是县（行政区城市）。沙市的英文名为 Shashe，或像平常一样拼作 Sha sze，中文的字面意思是"沙之市场"，这可能昭示了此地的原貌。"沙上的市场"也许出现在这一带堵塞河道的无数沙洲之一上，那时很可能还没建成堤坝。在那个时候，市场只能在冬季存在，由芦苇棚屋组成，这些棚屋可以在夏季洪水来临时拆走，就像我们在下锚地附近看到的许多蘑菇小镇一样。因此，沙市被公认是大清最重要的镇或集市；汉口则是最重要的口；而上海是最重要的县或行政区城市。在府或省级城市中，最著名的"天堂之下"是苏州和杭州（州指的是地区城市），关于这两个城市，古语有云：

"上有天堂，下有苏杭。"

白日里我们要动身穿过围堤，城镇就建在围堤上面及后面，而我们顺其而来的运河（在此名叫便河）在堤中奔流。一艘四川帆船停在主河道中，下锚在对面的斜堤边，我的人雇了它带我们去重庆。穿过围堤和城镇的距离大约是一英里。我早早出发，以免在街上被围观，这些街道上糟糕的肮脏环境在中国所有城市都很常见。最后我们抵达河岸，我往下攀爬了30英尺，登上那条船。我在这里一个人从早晨7点等到了下午1点，等着他们把我们的行李带来。答应参加此次行程的厨师压根没有出现，我一个人在这条船上，不得不给自己吃了一顿放了14天的干面包，这是我在汉口买的剩下的最后一点。天黑以后，厨师终于出现了，随身带着一个巨大的麻袋，这个重133磅的袋子里装着干虾，是他为四川市场准备的一点点私人物品。我不想引起更多的麻烦和更久的耽搁，抑制住了把那个难闻的麻袋扔进河里的冲动。不过我是很想这么做，尤其是因为他没有带来食物补给，因此我们无法如我所愿在第二天白天出发，从而让这次换船的过程延长到了第三天。这就是中国的旅行方式。

沙市南面和西南面的区域有一道宏伟的石堤，它有三层，每一层都有大约12英尺高，顶端有一条很不错的大道或码头。它是在中国的辉煌时代建造的。想象泰晤士河的河堤建在每年涨一次潮而不是每天涨一次潮的河岸上，而一群堕落的人民逐渐侵占路面，直到某些地方连一把椅子都挤不进去。在另一些区域以及任何还有空间的地方，乞丐成群结队地挤在道路上，直至河岸的最边缘，古老的石栏只在极少的几个角落保留了完整性：这些边角丢满了一个大城市所有的垃圾和污物，直至石堤的大半都被淹没。越过这些垃圾堆便是陡峭的阶梯，一直延伸至下方层层叠叠的帆船处，后者泊满了整个城市的边缘，船首向着河岸。我一边等着我的行李，一边在这令人厌倦的 6 个小时里看着这些泥堆，其中混杂着各种脏兮兮的东西：饿得半死的狗、猪，男的女的拾荒者正在勤勉地翻掘着，女拾荒者的脚是畸形的，中国北方无论富人和穷人都同样裹脚。他们是中国衰落、腐朽的鲜明写照。优美的石阶由拱门加冕，有规律地间隔着嵌入堤岸，但是它们陷在如此肮脏的黑色污泥里，以至于人们通常更愿意选择垃圾堆里的陡峭小径。沙市往内陆再向上两英里，就是道台所在地府城荆州。道台的管辖权一直向西扩展至宜昌，后者是一个围着城墙的城池，沙市形成了它的外围贸易区。西方人称大河的全部河道为扬子江，它在当地的这一部分被当地人称为荆江。中国人只是随意地把扬子江称为大江（很大的河）或长江（很长的河），如果提及扬子江，本国人会一头雾水。但是大江或长江这个词只适应于主干流的其中一段，在这段河道中，长江源头的水经过 9 道支流汇入巨大的洞庭湖，再由此处导出长江的主体水量。我们现在所在的河流是一条支流，它将在洞庭湖下游数英里一个叫荆河口的村庄处，呈直角流入大江——河和江类似于德语里的 Fluss 和 Strom。无论如何，荆江这个名字只适用于这条支流在“荆”或荆州这个地区所流经的领域；在宜昌之上，它流出荆州地域后通常被称为川江。沙市最西边的标志是一座非常古老的七层宝塔，我爬上了塔，后面跟着一群喧闹的乌合之众，两钱的入场费也没能阻止他们。这座宝塔毗邻一座寺院，后者建在围堤后面的下方，因此在河上完全看不到宝塔的最下一层。在塔外侧的八个立面上，每一层的每一面都有一个凹处，在每一个凹处都有一个石佛。塔内部装饰着瓷砖，砖上有各种姿态的佛像浮雕，有一些蹲坐在常见的莲叶上，另一些长着翅膀。入口和窗户的楼梯建在墙里，非常漆黑狭窄，以至于当我谨慎地摸索着爬上破碎的台阶时，肩膀都能碰到两边的墙。我从最高层的四个小窗户往外望，北面是洪涝泛滥的乡野，我们刚从汉口越过它来到此地；南面是对岸低矮的陆地和稻田；东面是风景如画的沙市镇，所有的中国城从远处看都很美；西面是荒芜的沙岸，上面流淌的冬季河道是我们明天要走的路线。我不得不和身边这群乱哄哄的人分享我的双筒望远镜，在下塔的过程里，他们差点让我窒息。这是个不错的春日，舱室里的温度是华氏60度。

周一，3月12日。又有新的事情耽搁了我的山西朋友，结果我们直到下午才出发。然而到了最后一刻，我们不得不再次开始等待我特别讨厌的人——厨师，他再次上岸去买茶叶了，可能还要到某个鸦片馆去抽一口离别的烟，鸦片馆可比船讨他喜欢，因为在船上他只能孤独地享受他的烟管。最终，我们在一阵顺风里于下午2点出发前往宜昌。没完没了的延迟让我焦躁地发起了烧——这不是比喻，在沙市的第三天里，这等待让我有充足的时间审视堤坝上的建筑。它们大多数是木制的两层楼，油漆多年前就已经从木头表面消失了，这些建筑多多少少算是直立的，你可以在游牧民族的帐篷里看到类似的架构。有不少砖房沿着码头散布，很像是法国的那些咖啡馆，只不过令人遗憾的是，它们需要一次新的粉刷。有一幢就在我们正对面，或者不如说是几乎在我们头顶上，它起了个好听的名字，叫景星楼茶馆，意思是观星楼阁的茶店及饭店。它低矮的二楼有摇摇欲坠的栏杆，大约有二十几个（喝茶的）瘾君子在栏杆里不停不歇地盯着下面这条异邦人雇的船，期待里面的居住者展现一下他自己。考虑到夏季洪水可能会越过堤坝，这幢房子和其他大多数楼房一样，地基比码头高出约4英尺，前门处有一段向上的石阶。

我们的船和我预料的完全不同。这些船只是专门为穿过险滩而建造的，它们从未去过沙市以下的地方，它们在这里将货物和乘客转给湖南的船只，后者是下游的交通工具。我们雇了一条更灵敏的小船，它叫申婆子，意思是申的妻子（申是建造这些船的一个湖南城镇）。它大约40英尺长，三英尺深（老大及船主告诉我），它的顺流载重是1万斤（6吨），逆流载重是4千斤（两吨半）。它现在载着大约一吨重的行李和储备（包括几担船员吃的稻米，一共是6个人），外加我们这边的五个乘客，吃水也只有14英寸。这条船的独特之处在于它的轻盈，这方面很像日本的急流快船。它是由橡木板材制成的，没有横木，没有铺制地板，而且除了船首外都没有甲板；它由五块隔板联为一体，这些隔板将船只的整体分为了四个空间：渐渐变细的船头和船尾，前端是船员的住处和厨房，后端属于我们的厨师以及他的便携土炉，还有舵手。因此，毫不夸张地说，我们是在两团火的中间，而且无论风从哪个方向来，我们都可以"享受"到烧木头的呛人烟雾。板材只有一英寸厚，每个隔室的地板都由一种轻巧的竹制平台替代——船员就睡在上面，因此整条船都非常灵活，在 2 海里/小时的水流里，三个人可以在最轻松的状态下于一小时里驾驶它行进 3 至 4 英里。除此之外，它在沿岸长航中常常要遭受频繁的碰撞，但这些碰撞并不会让她受损。隔板完全封闭了隔室，前甲板比隔板的顶部低 1 英尺，当船只满载时，甲板几乎与水面齐平。当行驶到无法拉纤的河段时，船员就站在甲板上面向着船头划桨——这是中国的方式，他们以严格的频率用长浆快速抽击水面。桅杆约有 20 英尺高，上头有一面小小的斜桁四角帆，8 英尺乘 15 英尺大，只在风从正后方或船尾吹来时用。唯一有顶盖的就是我们住的中部隔室，遮盖物是拱形的竹垫，两头则是开放的，这样就总是有一股通畅的气流吹过。我从一些在此旅行过的欧洲人那里听说过很多关于四川人民有多优秀的事，他们以某种方式拥有了勇毅和教养，而我们在沿海省份所接触的人明显缺少这样的特质。于是我便带着一些兴趣观察起了我们的船员，他们是"四河"之省（四川意为四条河流）的首批样本。掌舵的是老大，他的兄弟整天站在船头用一根铁包头的长竹竿辅助他，他们俩都很高，皮肤白皙，长脸，表情认真庄重，有明朗的笑容和悦耳的嗓音。他们在下令时很温和，而船员们总是安静又迅速地执行这些命令。中国的普通船舶或其他地方，在执行调遣时总是会产生恐怖的噪音和混乱，眼前的场景与之形成了巨大的反差。男人们拿着纤绳跳出去，踩着一种摇摆的步子开始拉纤，在水中跋涉，而后又跳回船上，到了新的一处，又几乎毫无声息地再度出发。他们从黎明拉到夜里，一天只回船上吃三次饭。吃饭的时候，除非风力很强风向又好，我们都会把船泊在岸边钉的一根木桩上，这条船没有增加重量的锚或铁链。装备中最重要的部分是纤绳，它们是竹子编的，几乎坚不可摧，但是这条河上游嶙峋的岩石会让它们渐渐磨损。我们沿河向上，此处的河面约有3/4英里宽。我们越过有城墙的荆州府，它藏在堤坝后方。至沙市之上7英里，我们经过了太平河（和平之河），这是一条1/4英里宽的"捷径"，它有约100英里长的人工高堤，帆船在夏季里穿过此处航向洞庭湖，从而避开了主干流上无数的弯道和危险的沙岸。但现在这里是一片宽阔的沙洲，一点水都没有。最后，到下午7点，我们于5个小时中航行了60里，即15英里。我们在沙岸间一个小小的河道里停泊过夜，此处名叫石头地，意为石岬。

周六，3月13日。我们早上6点出发，这里的高堤几乎是垂直于河面的，拉纤的人在堤坝顶部欢快地前进。在经过江口之后——它是左岸一个零落的大村，河面明显变窄了，清澈的浅水完全不同于沙市混浊的涡流。河岸上满是村庄和漂亮的树木，但后面的平原到夏季里明显仍然会被淹没，1870年大洪水在这堤岸上冲出的巨大缺口仍未得到修复。最后，我们抵达一个叫永兹的小镇，在此初窥西部的山峦。我们高兴地意识到，阴郁的湖北平原终于快要到头了。这里有一处被河水冲破的堤岸截面，它首次呈现出了与冲积淤泥不同的样貌。河道由此往下向海的900英里中，除了通过九江北部的一段河道外，所有的堤岸都是冲积淤泥。而在这个截面中，6英尺深的泥土下是一层2英尺厚的碎石。在松滋以上，坝洲大岛（布莱基斯顿称之为春岛）以下，我注意到河流正中有一根帆船桅杆戳出了水面。我还得知有一艘大型湖南帆船装载着四川产品从宜昌往下游去，结果两天前在这里撞上了浅滩，我们老大家有两个女人淹死在了船里。幸存者在附近岸上的一部分残骸里扎了营。船上很不舒服，因为我们都蹲在席子拱顶下面。这个拱顶覆盖着船体中部，形成了一条约22英尺长的隧道，而隧道里有一股寒冷刺骨的气流，我暂时还没找到排除它的有效办法。不过好在我们正持续沐浴于明媚的春天里，事实上，我们突然从冬天跳到了夏天。航程120里，30英里，从沙市至此共45英里。

周三，3月14日。早晨6点出发，船在一片平静的死寂里被纤绳拉着，阳光明亮而温暖。河边的景色终于完全摆脱了千篇一律的冲积平原，我们现在正经过的河段两侧都是树木繁茂的矮山，低缓的山坡一路延伸至水边，春季小麦的嫩芽令其显得生机勃勃。这段河看起来像一片平静的湖泊，温暖的阳光迅速驱散了晨雾。我们进入了一片新的气候区——中国称不同的气候为水土——这里有明亮清澈的水和肥沃的红色土壤。自离开上海后，终于有了无须过滤就可饮用的甜水。这水全都源自四川，由此地至400英里以上的涪州之间都没有重要的支流。

一周以前，播种了小麦的田地上还只有黑色的冲积泥土，现在这些植物已经长出了6英寸。到了5月，当河水上涨时，鲜明的色彩将会消失，这低矮的陆地将大部分变成涝区。有时洪水来得过早，小麦还来不及被全部收割。我们经过了地区级城市宜都，它坐落在一条名叫清江（意为清澈的河）的小支流上。这条支流源于湖南省的南部，它是一支真正的支流，其水流源源不断地流入扬子江，不过我们经过河口时没有感觉到涌流。宜昌的高地现在已出现在了眼前，不过我们头顶爆发的一阵雷雨很快隐去了它的身影。我们现在绕行的岬角被称为鼠尾岬，岬上到处都散落着大卵石，这是个新鲜的景象，已经可以让人预见到前方将有山脉。在这个场景之下是真正的沙子，其上的卵石像是凝合成了砾岩或圆粒岩，大块的体积在新近被水侵蚀，对于离岸太近的船只构成了威胁。此处的这一层砾岩有3英尺厚，夹在两层坚硬的砂岩中。江豚从沙市起就陪了我们一路，但它们并不往宜昌上方游，紧贴该城下游处的第一道急流将阻止它们。今天没有什么涌流，因此水才会有这样的透明度，到了夏天，这里水的颜色有可能像干豌豆汤，也有可能像巧克力汁。泊在马堂祠（马堂一族的"家庙"），行了100里，即25英里，从沙市至此共70英里。

周四，3月15日。于白日的浓雾中起航，沙尘暴加重了雾气，掩住了虎牙峡的景色，我们现在正穿过该峡前往宜昌。这道峡谷在横断山脉的末尾形成了一个断口，扬子江便是于此一路冲过横断山脉，从四川高原流入湖北大平原。这道山脉的北翼和西翼都很险峻，在右岸高耸至2600英尺——其中一道险峰顶上有一座几乎难以企及的佛寺，而山脉穿过河床处就下降到了约400英尺高。峡谷有800至900码宽，约2英里长，离宜昌仅10英里。垂直的悬崖由一种粗糙适度的砾岩组成，这一带皆是如此。现在我们不可能采用拉纤了，于是船员们不得不花费力气和体能来划桨，以便在2海里/小时的水流里多少有所前进。到了夏季，若没有一股强劲的顺风，帆船将无法攻克这道峡谷。然而大自然慷慨地供应了这股顺风，它似乎全年都在此极其稳定地吹着，从中午直至日落。我们经过时是午前，因此没有风，船相当艰难地向上攀爬，利用着涡流，在岩石的每一处岩角停下来歇一歇，水流狂野在岩角外打转。在峡谷和宜昌的半中间，立着一座显眼的宝塔，外围是一圈种着冷杉、围了围墙的花园，整个处所被维护得异乎寻常地好。宜昌自己立在一座砾岩悬崖上，崖壁只比夏季水面高出一点，俯瞰着下方一道又长又低又平的沙嘴，它在冬季里占据了近1/3的河面。在这沙岸上，遥对城郭停泊着一大群四川帆船。城市下方是沿着河岸伸展的市郊，此排列着本地特有的临时浮码头，这些浮舟将锚下在河道里。这片市郊只是一条长而窄的中国街道，较低处倒塌衰败，沿着河岸零零落落地立着些三等的本地店铺。后方，目之所及处的乡野满是坟冢，地面渐渐升起，伸入褐色的砾石矮山，四下里散落着卵石，中间点缀着一些小菜园。尽头处是成行的水稻梯田，还有泥土和板条建成的宽敞农舍。宜昌对岸的风景则鲜明又生动：角锥形的山峦，沿河都是

500 至 600 英尺高的垂直崖壁，后方是连绵的崇山峻岭，一直延伸向遥远的地平线，还有整洁的村庄和庙宇，它们都坐落在成片的柳树和竹林里。这景色让人赏心悦目，完全不同于我们周围脏兮兮的所谓外国租界。左岸这边的砾岩层已部分被河水侵蚀，在岩层下面住着无数的乞丐，他们生了火准备做晚饭，从沙岸下方望去，火堆在黑暗中构成了怪异的景象。然而这些温暖的角落并非全无危险，去年冬天，一大块砾岩板倒下来，压扁了 8 个不幸的人。

我于下午 4 点登岸，从黎明至此时行驶了 70 里，即 18 英里，也就是在三天里从沙市到此一共行了 88 英里，还是乘着快船。

第三章

宜昌及其市郊

宜昌的外国社区里有一个海关税务司，由一名司长、一名兼任医疗及书记职责的户内助理、两名户外审查员组成；还有一些传教人员，一名苏格兰长老教教士及其妻子以及两名罗马天主教徒。这就是在当地居住的所有外国人口。当我到达时，被指派到这个港口的英格兰领事正在汉口。能找到一个医师让我非常高兴，因为在上岸前不久，我跟在船后沿着河堤漫步，一条狗从麦田里冲出来，咬穿了我小腿上的灯笼裤长袜，然后我接受了彻底的烧灼治疗。中国的这些狗真是妨害生存的因子，它们似乎对我们这些蛮族有着疯狂的厌恶，就算是相处长久的人也改变不了它们的态度，气味、外观或者动作发出的声响似乎都能把它们逼疯。它们冲出来激动地吠叫，但通常不至于咬人。不过对于任何神经敏感的人来说，相比于路旁有警察护卫的大型"殖民区"，在租界外走路可不是一件乐事。在刚刚说的例子里，我被一条不叫的狗攻击了，而且我没有手杖可以驱赶他，但这样的例子非常少见。

我受到了热忱的招待，在这遥远的异地，英格兰人彼此间总是这么热情。然后我住进了岸上的住所。税务司司长摩根先生住在一座宽敞的庙宇中，万能的美元将那些心甘情愿的僧侣都驱逐了出去，庙里只余下一个昏暗的角落，为了面子问题，在那里保留了一个小小的神龛，用以必要的焚香。领事馆空着，领事加德纳先生最近视察了港口，然后他和两位来自汉口的朋友一起，在这里雇用了一条本土帆船，去视察宜昌峡谷上游的湍流。在那里他们发生了一次严重的事故，船翻了。据他们描述，船立刻就变成了碎片。他们差点就淹死在了冰冷的水里，是中国的救生船救了他们，每道险滩的末端都驻扎着救生船。他们丢失了自己的枪支、衣物以及一切，只剩下自己穿着的，或者不如说泡着的衣物。

我散了会儿步，与摩根先生和亨利医生愉快地聊了会儿天，在与中国人封闭式相处了 17 天后，我坐下来享用了一顿（对我来说）很豪华的晚餐。为了向我致意，大家非常好客地开了一瓶从巴黎瓦赞咖啡馆带来的拉菲。

周五，3 月 16 日，这是个平静、温和、晴朗的早晨，天空仍然被无形的尘土所遮蔽。这些尘暴是由冬季的西北大风从蒙古沙漠中带来的，细小的沙粒乘风跨越了惊人的距离。某一次我曾在日本内海搭乘一艘蒸汽轮船，那时也是三月，船长被迫于正午时分抛锚停船，因为尘暴如一场北海大雾般笼罩了我们。地质学家们推测，在长年累月的堆积后，中国西北部平原将因这些尘暴而升高数百英尺。

午餐后，我和税务司长一起过河去视察此地特有的水獭捕鱼业。对岸高高耸立着角锥形的悬崖，崖间裂着狭窄的深谷，仅容人踏足于岩石上，较低处的砾岩向下渐渐变成了坚硬的砂岩。在一处多少避开了激流的小河湾里，渔民们在岩岸边上安置着他们的水獭。细竹竿像钓竿一样从岸边伸向水面，每一根竹竿的最末端都用铁索系着一只水獭，铁索上固定的皮带绕过这动物的胸前，直接缚向其肩后。有些水獭正在水里玩耍，在铁链所能达到的尽可能远的范围内游动；另一些挂在竹竿上休息，身体对折，无论怎么看都像是挂着晒干的水獭皮。在需要利用它们时，渔民会先撒出渔网，当沿船铺散的渔网满载时，渔民让水獭的长脖子贴近水面，将它塞进渔网的孔里。接着水獭会从泥泞的河底和石缝里搜寻出藏着的鱼儿。最后，鱼、水獭和网都被一起拽上船来，水獭将被放出并得到奖赏，而后再次开始新的撒网。

随后我们攀上深谷，登上崖顶，再走向另一侧，中间我们翻过一道狭窄的砂岩山脊，它的两侧都一样陡峭。因为在平地上生活了太多年，爬上山顶时，我已经气喘吁吁，不过由此再向上的山峰比较矮，没有那么陡峭。从这里望去，眼前是我在中国见过的最优美也最具特色的风景之一，与之不相上下的是福州的鼓山涌泉寺。从某些方面看，两地的风景很相似。在右下方是平静的扬子江，以及宜昌铺展开的城区与郊区，城市的女墙随着起伏的地表蜿蜒而行，而地面渐渐升高，直至形成一片 200 至 250 英尺高的低矮丘陵。在我们前方，险峻的山脉于西方和北方拔地而起，海拔从 1000 至 10000 英尺不等，大河刚刚经过城市，便消失在这层峦叠嶂中。在我们的左侧和后方，角锥形的山峰往南方和东方渐次蔓延，高度从 600 至 2500 英尺不等，一条清澈的河流蜿蜒其中，但其沙质河床的绝大部分都已经干涸了。

周六，3 月 17 日，这是个可爱的夏日早晨，我起得很早。我坐在花园里的一棵橘子树下，读着 1 月 19 日的《华夏邮报》，其内容包括谢立山的报告，报告涉及重庆贸易状况、以及宜昌与重庆间的峡谷和险滩中运行蒸汽轮船、并通过直通航程开放其贸易的可行性。我还阅读了斯宾士领事的报告，和招待我的税务司长的报告。这些内容都非常有趣，而我现在必须出发去自己观察了。午餐后，我步行前往城后山巅上的一座庙宇，中国人还另外为它建造了一座三层的亭阁，后者有 70 英尺高，耗资 35000 两（10000 英镑）。这座壮观的建筑面向河对岸的角锥状山峰，与之相抗。因为宜昌官员无法通过三年一次的考核。所以要建造一座亭阁抵御角锥状山峰造成的邪恶影响。据说本地贸易界也因此遭难，往往要拱手把商业利润送给此地的外乡人。这座倒霉的锥山位于城镇的正南方，因此败坏了此地的风水，因此需要"补丁"或是人工手段的干预。为了在宜昌定居的外国人的利益，我们期望新的航程将证明这只是杞人忧天。在中国旅行的每一次行程中，这种广泛的对风水或占卜的迷信总是对我们造成冲击。

注意——为方便起见，以下将插入对宜昌郊区的描述，不过就时间点而言该内容本应偏后。

12月6日，又是一个明亮、晴朗、宁静的日子，宜昌冬季的天气总是如此美丽。这一天我出发了，同行的有两名抬椅子（一种用柳条，更确切地说是用藤条编的敞开的山轿）的轿夫，山轿里塞着我的被褥和换洗衣服；还有一个雇用的苦力扛着食物和桌子等装备；另有一名厨师和一名小厮殿后。我们越过扬子江，钻进右岸崖壁的一道裂口中，往里是一条狭窄的山谷，我们将由此向上追溯溪流。

我们在一处近于平地的平原上走了六七英里，踩着垫脚石来回越过清澈的溪面，至此，半英里宽的山谷收窄成了一条沟涧。左面是"白崖山"的绝壁，右面是圆锥形或金字塔形的小山，后者是宜昌特有的景色。这些小山是石灰岩结构，绝壁是砾岩结构，因质地强韧度的不同，两者的受侵蚀程度不同，因此轮廓也各不相同。

接着我们将小片的豆田和麦田以及沿坡生长的松林和竹林抛在身后，走进了一条被砾岩岩块堵塞的山涧里。这些岩块是从上方的山峰（1500英尺高）崩落下来的。而后我们转入右边的一道侧谷，它两侧都是悬崖，四处散落着一丁点儿植被，都长在明显难以接近的地方。我们的小路通向半崖上的一处岩架，这场景已经足够荒僻，但下方干涸河床上的光滑卵石还要为之增添凄凉。雇工们落在后面，我漫步向上，不知道自己何时才能到达那处岩庙。我预备在那里过夜。山谷越来越显得凄清，我就好像是在走向末日。太阳早已落在了左侧山后，不过我右方的山顶仍然沐浴在灿烂的光辉里。忽然间，一道急促的拐弯展示出另一道深谷，它的终点是一面砾岩石墙，下方则是一片漂亮的常绿树林。狭窄的小径盘绕着通向那片树林，一段完好的石梯在林中向上延伸，预示着我即将抵达庙宇。最终，我们在林后看到了一个宽阔的深穴，那是涓涓细流在山中凿出来的。我艰难地爬上了陡峭的石阶，听着晚钟在静谧的黄昏回响。所有的佛教寺庙里都有这样古老的单体大钟，它的敲击声沉厚雄浑。一扇大门后是铺了地面的院子，另一段石阶由此通向上方的一处平台，而平台直通三座大殿的前方，这些宽敞的神殿全都建在巨大洞穴的悬顶之下。平台上立着一个石盆，里面装满了水，那是由大约 60 英尺高的洞顶不断滴落的。如果你坐在客房里望向树林，那么眼前这些水滴完全就像是一道水帘。这洞穴名叫"龙王洞"，洞口宽约 100 码，洞内也几乎有这么深。在山洞后面是一片湖水，僧侣们说它向内延伸了不知道多远，只有一个人曾试图探测它，但他再也没有回来。他们反对我让他们的船下湖，因为他们只在旱季这样做，那时他们会去往湖上，乞求龙神回归并降雨。根据中国人的迷信，如果龙神出了洞口，逃出这片土地，那这里将会永久干旱。因此，这三座神殿是为了把他安全地关在里面。

　　整个传说透着一种如此诡异的浪漫，令我更加渴望能彻底地勘探它。第二天早晨我很早就出发了，走了四五英里来到另外一道山谷，此处遍地都是悬崖峭壁，数量超过了我曾到过的任何地方。这里也有一道干涸的河床（这似乎是这片砾石山野的一大特征），还有一道此时已近枯竭的瀑布。我判断它可能有超过 1000 英尺的落差。在这个区域，由凸出的崖壁挟持的山谷多半不会延伸成蜿蜒狭窄的幽谷，而是会突兀地被悬崖切断。我攀上峭壁，爬到一处山脊的顶端，看似无法攀登的"文佛山"就如平地生雷一般，突然在我的视野中升起。在我脚下是一道张着巨口的深渊，将我和圆锥状的文佛山分隔开来——少数到过这里的欧洲人称它为穹山。它和这道山脊仅凭一条狭窄的铺道相连，后者有 4 至 10 英尺宽，我坐在山脊上，免得自己被风吹下去。在对面，穹山往上三分之二处，有一道垂直的石墙向下绵延了一千英尺，光滑得就好像被刨平了一般。这些令人惊叹的景色本有恢宏的背景，那是如巨型罗马剧场般的层峦叠嶂。我目不斜视地走过铺道，迎面就是陡峭的锥山，一条乱七八糟的小径通往山顶上的一个狭窄平台，上面修建了一座小小的庙宇。我花了一个小时凝望四周参差错落的山峰，而后不无艰辛地返回了铺道，顺着原先的足迹回到了龙王洞，在那里度过了第二个夜晚。次日，我步行 14 英里回到宜昌，中间穿过了一个可爱的小村庄，它可谓是宜昌周围最漂亮的风景。在一个霜冻之夜后，早晨明快的空气为这次返程步行增添了特别的魅力。

14 日，我安排了一次更远途的旅行，前往"云雾山"。我在自己的船上睡了一觉，于早晨 7 点在宜昌峡谷口登岸。而后我开始徒步登上一座秀丽的山谷，它坐落在主峡谷中，两侧都是刀劈似的石灰岩。这是该地区（宜昌北部与西部）的地质基础，相比之下，这片土地的南方和东方绵延的都是砾石山体。这个小山谷的底部平坦，宽度从 50 至 200 码不等，并完全被溪流占为了河床。溪水流淌的头几英里，两侧全是垂悬约一千英尺高的峭壁，而后溪水才渐渐变宽，并形成可栽培作物的土质。侧边的沟壑满是优美的蕨类和常绿植物。由于我发现苦力小队的行进速度是最拖慢整体速度的因素，因此这一次我挑选出了最棒的苦力，让他用扁担挑着我的被褥和食物跟在我身边，扁担前头挑着两床双层厚毛毯，后头挑着两大块黑面包、一罐可可粉、一罐牛奶和一瓶巴斯啤酒。小径顺着另一个涧谷蜿蜒而上，看似漫无止境，而在寻找的山峦也似乎永远都和我隔着 20 里（7 英里）的距离。最终，在下午 3 点，涧谷变得宽敞起来，小径迄今为止都局限在河床范围内，攀上几段在石灰岩上凿出来的粗糙石阶，我们来到一处平台，平台上立着一座一流的中国式建筑。我们（我和我的苦力）在平台的栏杆上坐下来，准备进一步打听目的地的方向和距离。

两个年轻人腼腆地走出来，在面对一个外国人时，他们的礼貌态度在穷人中可谓常见，但在富人中就显得不同寻常。他们邀请我"请进吃茶！"——意为"请进来坐坐，喝杯茶！"若按照中国礼仪，我应该要拒绝他们，但我把他们的话当真了，因为我累了，并且也想在他们这里获得信息。他们建议我不要试图在今晚爬上山峰，因为那条路非常荒僻，一路都没有人烟，最好是留在此地，到早晨再出发。我决定接受如此罕见且意外的好客，在剩余的白日里，我在附近走了走，欣赏了这处建筑。根据我的气压计读数，它坐落在大河之上 900 英尺处，离冲凿出这处山谷的喧闹溪流也有大约 250 英尺。房子下方是一片长满树木的陡峭斜坡，离此最近的树冠顶端勉强高出了栏杆。往溪流下游两三英里处看，景色被陡峭的山峰所遮蔽，而我们正是从那边的山脚下爬上来的。这片小小的高原被两侧一千英尺高的崎岖岩石拱卫着，一侧的岩山像一只狮子，另一侧则像一只大象，它们共同护卫着这处所在。后方是陡峭的梯田，沿山谷向上的山路由此跨越至对面更高的山脉，落日的余晖暂时为那奇美的山巅镀了一层金光。这个休息地令我心喜十足，我就此处的美丽与兴盛向房主道贺，这道贺也完全是真诚的。

当夜色降临时，我们全都坐在让人极其难受的中国长凳上，围着一堆燃烧的柴火。火塘是一个圆形的洼地，周围嵌着一圈石头，烟透过瓷砖逃逸而出，不过在此之前，它们会先被半道上的一列火腿拦截。我们坐在这里，传递着水烟袋。而农场佣工一个个地走进来，在火边坐好，有些人像他们的主人一样挤在同样的长凳上，对我来说，看着这样的景象真是非常有趣。晚餐是米饭、卷心菜和豆腐，它们很快被吃进嘴里，再被茶水冲下肚去。接着佣人们也坐在同样的桌子边，只不过吃的是旱地里种的山米，相对于湿土里种的稻米而言，这些山米的质地非常差。厨师们是女人和"丫头"——女奴的称谓，很不幸的是，她们全是残足。主人的两个姐妹在旁边观望，但我在场时，她们既没有坐下，也没敢说出一个字。8点之前我们就全部上床了。在中国旅行的人都带着自己的被褥，客房只有一个光裸的床架，常常连这个都没有。

我和主人谈话后，知道两侧的梯田都是他们的，并且他们大都出租给了佃农。他们的净收益是700至800担稻谷，如果换算成钱，这收益只值一年300英镑。但是对这样的家庭来说，他们有自己的菜园和农家场院，因此花费还不到这收益的十分之一。他们似乎把剩下的盈余都投入购买更多的山地，以及维护修建那无数梯田的石堤。政府的地租平均是总产值的十分之一。

第二天我起了大早，日光正缓缓爬下深谷。不管怎样，我先和主人们一起用了早饭，他们甚至不让我给他们的佣人一些铜钱，后者正友善地评论说：在回程前，我会需要我带着的所有东西。

我们踏上屋后一条往上延伸的小路，继续向山谷上方走去。一阶阶的稻田沿山泉向上层叠，最小且最高的那一片田地只有几平方码大，覆盖着一层薄薄的冰霜。空气清新爽冽，在九点或九点半时，朝阳已经攀上了山巅。上行的林中小路陡峭难行，在一个半小时的步行后，我们到达一片松林。我在这里遇见了几个樵夫，他们正围着一堆篝火抽烟歇息。我加入他们，坐在一起抽了一根香烟后，我说服其中一人做我们的向导，带领我们前往云雾山顶。现在我们总算能看到云雾山了，那白色的庙宇高高耸立在一千英尺之上，好似一幢玩具屋。由此往上的攀登将极其险峻，我只能祈祷挑着被褥的苦力能够慢慢跟在我们身后上山。最终我们终于爬上了仰望已久的峰顶，那里是一座小小的道观，围着栏杆的前坪占据了整片可以踏足的地面。这里的天气非常规律，正午之前风平浪静，正午时分就有一缕微风如海风般从（东南方）河面吹上来，而后随时间推移渐渐增强为轻风，但于落日时完全消退。我早晨便已登顶，因此避开了这些山巅上稍后将会刮起的冷冽大风。这是一个美丽且宁静的晴朗早晨，可惜的是有雾，放眼望去，无尽绵延的陡峭山峰及中间繁茂的山谷都在视野之下。这里的石灰岩山顶上大多数都有一个"寨"，有几分类似于毛利人的"帕"。最上方的 100 英尺全是光裸的石灰岩壁，而山体外表的其他部分全是石坡。从远处看，这些"寨"就像是壮观的城堡，在古代，它们是当时占有此地的土著居民的避难所。道观很小，只住着一个极其可怜的老道士，此处能有访客令他非常欣喜，只是对我来说，他的态度太过畏缩，所以我也问不出什么信息。他点燃了柴火煮面（我们在路上买的面条），并感激地接受了我的空啤酒瓶子以及 100 钱，酒瓶子在这些地区通常很有价值，100 钱等于四个半便士。

我的气压计降了 3 英寸，意味着这处峰顶在"三游洞"河谷上方约 2700 英尺处。我们顺着宜昌这一面的山路下山，它虽然陡峭，但算是一条正常的路。我们一会儿爬过岩石，一会儿走在几近干涸的河床中，上方是满布坑洞的巍峨绝壁，其通常被称为宜昌岩。这都是些半朽的石笋，被夏季的急流冲蚀，满布孔雀草的种子，因此总像是覆着一层摇曳的微型森林。汉口和上海的英格兰人对这种岩石有着巨大的需求。当太阳开始落山时，我们离开了蜿蜒无际的山涧，爬上山谷一侧前往一座"岭"。这条路名为"金峰坡"，路上有五六座泥筑的房屋。我在其中一个屋子的地面上铺开被褥，蜷在上面等着晚餐。中国房屋的照明程度在天黑后几乎可以说是漆黑一片，我总是让我的苦力带着外国蜡烛，它们深受欢迎，若没有这些蜡烛，在中国旅行就是个悲剧。我在地上的火堆上煮我的"吉百利可可粉"，在一些缺少风味的国家进行冬季旅行时，这也是一种必不可少的东西。然后我配着山米和豆腐享用了它。这里的一切服务都由脚夫提供，他们大约二三十人，背着"被子"走进门来，与我们分享地板。每个脚夫都从角落里摊开一床草垫，为此每人要付 10 钱。

次日早晨离开时，我的旅店账单如下：

自己和苦力的晚餐，4 碗米饭，每碗 10 钱（卷心菜和豆腐免费） ···································· 40

使用草垫，人数同上，10 钱乘 2 ················· 20

早餐，同晚餐 ································· 40

给我的狗"黑子"的晚餐和早餐 ················· 20

给苦力的一双草鞋（他的旧鞋子磨坏了） ·········· 12

——132

总共 132 铜钱，或是换算为 6 便士。

我们 8 点出发，又跋涉了很久。其间我们越过一座简单的木板桥，它横跨在一条美丽清澈的河流上，河流有 200 码宽，5 至 10 英尺深，两侧都是砾岩悬崖。经过两天极其令人愉悦的远足，我们于下午 2 点到达了宜昌。

第四章

峡谷中

周日，3月18日，天光大亮时我才起床。这又是一个可爱的夏季早晨，草叶凝露，空气芬芳，处处都盛开着紫罗兰。我写了信，让陆路邮递员将它发出，后者将在5天内由陆路走到汉口完成递送。11点时，我和摩根先生用了早餐，而后立即启航，前往峡谷和远西地区。这是个平静的晴天，一缕东风刚够张满我们的船帆，我们的船员中多了三名桨手以助力。前两天占据了河面四分之一宽度的沙洲如今已浸入水面，我们顺利地越过了它们。夏季涨潮已经开始了，在我于宜昌的短暂逗留期间，水面涨高了4英尺，宽度增加了数百码。我们撑着杆划着桨越过这片堤岸，避开了对岸崖壁下的深水区和险滩，在行进了3英里后，我们被迫过河，开始采用拉纤的方式前进。他们在岩石上跳跃着，将纤绳在巨大的卵石上绕来绕去，狭窄的岩架为我们活泼的四川船员穿着凉鞋的脚勉勉强强提供了立足之地。

宜昌河段约有四分之三英里宽，全程看上去都像是一个山间的湖湾，放眼望去看不出有河口的迹象。当你艰辛对抗小股急流，终于抵达上游终点时，河水却像是完全消失了。然而突然间，左侧山间的一道裂缝出现在眼前，瞧啊！大河在这里。它收窄到了400码宽，奔流在雄伟庄严的石灰岩峭壁之间，而从远处看，两侧峭壁就好像贴合在一起，完全没有给中间的河水留出空隙。这样的场景，以及其突如其来给初见者带来的惊诧是无法描述的，也没有画笔能勾勒这全景的美丽与震撼。天地在接下来的三个小时里缓缓地展开自己的画卷，而我们就在这期间缓缓向峡谷上方航行了10英里，直至过夜的停泊处。峡谷中的水流非常深，深度达到了50至100英寻。没有一个涟漪搅动水面，除了纤夫的喊声偶尔激起的回声外，也没有一点声音打破这庄严的寂静。云层遮蔽了更高处的山峰，让我们缓慢攀升的深谷更显阴沉。在旅程开始时，亨利博士还陪伴着我，不过他在峡谷口就离开了。此时我孤身一人（因为对于欧洲人来说，中国人从来不是可以交心的伙伴），但我非常高兴。我运气很好，能在必将到来的蒸汽轮船和荤素不忌的环球旅行者摧毁扬子江峡谷的魅力前造访它。这样的景色最好能隔绝人迹，但蒸汽轮船注定将冲入此间，使人来不及探索它的细节，也来不及将一幅幅令人目不暇接的画面牢牢记在心里。迄今为止，关于宜昌峡谷的照片和画作都可悲地失败了，没能传递其规模的宏伟。而这是它最令人震撼的特征。横面的暗色石灰岩层和垂直的裂缝构成了惊人的景象，山脉被劈成了高塔和拱壁；小股水流从狭窄的边谷流入河中，这些边谷的崖壁直上直下，并且都以直角切入河谷。植被繁茂丰饶，覆盖了岩架上所有可供生长之处，空气芬芳，谷中的阴沉都被此刻繁花似锦的果树点亮了。

沙市与宜昌之间的河水清澈得让人喜悦，但它们在此已不再拥有这个特质，春季洪水呈现出惯常泥泞的颜色。当河段变得开阔时，眼前那荒凉的情形令我无比震惊，整个水面上只有一些孤绝的舢板，除此外一无所有。然而，当我们向前行进时，那些看似舢板的船变成了载重80至100吨的大型帆船。它们负荷着四川的货物，每艘船上都有约20名桨手，正如一般下行的船只一样，它们的桅杆都放低了，周围景色的宏阔规模将它们都映衬成了小船。

路途中，我们经过风景如画的小村庄，它们窝在幽谷中，四周是星星点点的麦田和李树的白色繁花。还有一些山谷是裂谷，在它们的岩架上，离河面约150英尺的地方，翻涌着水晶般透明的瀑布。我想停下来装一些瀑布里的水，但我的中国船员们声称春季的水对身体不好，而且船上只有一个水罐，所以我放弃了。今天我们航行了40里，也就是10英里。

周一，3月19日，又是峡谷一日。我很仔细地给每天的笔记标注了日期，因为河流在不同的季节里是如此千变万化，以至于任何描述都必须仔细对应其记录日期来理解。

夏季，当河水比2月份的最低水位高出50至60英尺时，水面将盖过礁石，并且我们发现了一股以6海里/小时的速度持续奔涌的涡流，代替了相对平静的长直的局部急流。现在是三月，河水只升高了几英尺，我是首次见到此处河水的冬季样貌。在这个时间段里，航行对于帆船来说较为安全，这些船只慢慢沿岸行驶，时常在行进中撞上礁石。对于蒸汽轮船来说，急流本身对其毫无阻碍，但显然它们只能在高水位期间航行。

5点15分，我们在破晓时起锚。喝了一杯咖啡后，我到岸上去观察采石匠的工作。平原上广泛运用于建筑和护堤的石灰岩大都来自宜昌峡谷。他们并不采用爆破手法，而是使用成排的铁锲分开大块的石头。在经过这些采石场时，河流突兀地转过一个直角，越过这个崎岖险峻的转角后，一片新的美景铺陈开来。当地人把峡谷中的这个转角称为"灯影峡"，而我们外国人称为宜昌峡谷的下游河段，被中国人称为"黄猫峡"，其得名于一块据说与该动物相似的破损石灰岩。在这个峡谷中，右岸仍然是高耸的石灰岩峭壁，其顶端是风化岩，看上去非常像是固若金汤的山间城堡的城墙与雉堞。在不那么险峻的左岸上，岩架向后撤退，为如画的村庄空出了地盘，后者掩映在油桐树、乌桕树和竹子组成的微型丛林中。峡谷的上端像嘴一样收窄，更硬质的石灰岩竟然成功抵御了含沙水分的侵蚀。此处左岸是一整片令人叹为观止的白色岩峰和绝壁，它们有3000英尺高，下半部分是绵延的岩坡。这些悬崖让我想起施蒂利亚的白云石山峰，它们的物质构成可能是一样的。右岸依然是黑蓝色的石灰岩。在河道最窄处立着一座孤绝的尖锋，它被中国人称为天柱山，下方是光滑的岩石，锥形的峰顶上却遍布植被，景色绝伦。

我在水边200英尺找了一条好走的路，跟着船只向前，变化万千的壮丽风景和春天清新的早晨空气令人陶醉。在峡谷末端，一条支流从左岸名为南头的一处美丽小山谷中流入。交汇点上有一块显眼的岩石，上面用白色涂料写满了大字，这些句子可能是泊船在其脚下的旅人写的。如果我还在粗野的西方，大概会认为这是庸俗的广告，但在浪漫的东方，这些句子都是赞叹美景的短诗。它们并不深奥，诸如"江天一色""山水晴阴"等等。这条支流形成了一道界线，隔开了石灰岩，以及我们正在进入的火成岩地区。河流在此并没有切割出垂直的裂谷，而是成功瓦解了显然远为顽固得多的片麻岩和花岗岩，这使我们眼前的景色发生了彻底的改变，与之前形成了惊人的对比。河水凿出一英里多宽的峡谷，废料以巨型卵石堆的形式撒满了现今较窄的冬季河道，后者以成串小激流的方式蜿蜒而行。从周围的某处高地望去，眼前的景象极其狂野，看着下方多岩的河床，你可能会觉得自己是在荒凉的红海海岸，而非中国最富饶的省份之一。坚硬的片麻岩仍在视野内，被古怪的绿岩和斑岩堤坝横贯，这些堤坝与河道呈直角，其地层几乎倾斜到了垂直的程度。被扬子江强行凿穿的山脉两侧都是石灰岩和砂岩，中心的花岗岩高度则勉强超过了4000英尺，虽说山脉南端的高度是这里的两倍，但欧洲人尚未造访及测量过它。这段河道以"腰叉河"闻名，船夫们对其深感畏惧。有些地方在河道中央堆着松散的岩石，到处都是不幸的纤夫，他们不得不在碎裂的岩山上爬上爬下，而那岩山连岩羚羊都难以攀爬。主河道相对而言宽且深，但帆船更钟爱近岸的狭窄通道，在这样的位置它们可以全程依靠拉纤。"腰叉河"长约15英里，直至被称为"崆岭峡"的下一个峡谷。在这段河道上，我们越过了三道险滩，其中唯一难以驶越的是"獭洞滩"，其涌流在主河道中毫无间断，流速达到了6海里/小时。我们从内侧的一条小水道行过此处，上方有一道普通的瀑布。我们自己有四人拉纤，另外还花了总共四便士雇用了十几名苦力，总算一点一点地挪了过去，只不过整个过程的速度几乎慢到难以察觉。我们的小船船底时不时撞在卵石上，不过它是用有弹性的橡木制成的，因此我们向上攀升地相对容易一些。而对于大型帆船而言，要战胜这一条小急流便是一项巨大的工程，而要顺利通过此处需要花费一整天的时间。我们越过了几艘如此艰难上行的大帆船，放低的桅杆和纤绳都没有超过它们的甲板。我庆幸自己选择了忍受小船的不适，而不是在大船里花成倍的时间旅行。

我们的小船形似独木舟，它时不时撞在岩石上，但是看来并没有因此受损，但大帆船却往往不能如此轻松地避免损害。我们经过了一艘困在逆流中的运棉船，就在前一天，它的船底撞出了一个大洞。它的船员在岸上扎营，身下垫着从他们船上拿下来的草席船顶。他们把船上的棉花包搬了下来，将这些货物摊在岸上晾干，扎捆的包裹全被打开了，岩石上满是棉花。

他们想办法把帆船弄进了一个平静的小河湾，在那里将船体倾斜，以便修理。我听了去年另一个倒霉老大的故事，他遭遇了一场相似的意外，不过他修好了船，重新装载了货物，再度起航，但是仅仅往下驶出5里，他又失去了一切。原棉和加工棉是四川的主要输入货物，这个富饶的省份在其他方面都超出了自给自足的程度，但它几乎不出产棉花，后者盛产于同一纬度的远东地区。

一艘载重150吨的大帆船上有超过100名船员，也就是说，它有70或80名拉纤者，他们的动作由鼓声引导，而鼓手留在甲板上，由舵手指挥。十几、二十个人留在甲板上撑竿，使船在擦过卵石和岩礁前进时不会撞上它们，此外他们还要操作由一棵小冷杉树制成的巨大的首桨。另外五六个船员被分派出去，他们像猫一样在岩石间纵跃，当纤绳被卡在石间时，他们就去把它解开。还有三四个特别的泳者，被称为"捡碗底"或水纤夫。在下水前，他们像亚当一样赤裸着前进，或是蹲在前面的岩石上，就像一群大秃鹰，随时准备着应声跳下水去解开纤绳，那绳子可能卡在了岸上人无法触及的岩石上。这些纤绳是由竹条编成的缆绳，粗如小臂，盘绕和解开都需要高超的技巧。由于不同的路线需要或长或短的纤绳，于是它们不停地被盘绕和解开。尽管这种纤绳极其坚韧，但由于它时常在岩石上磨损，因此只能支撑一次航行。你只要看到沿纤路排布的花岗岩上被纤绳割出的深痕，便什么都明白了。

为我们这艘简陋船只拉纤的人脱掉了所有衣物，只余一件短上衣，他们整天都在水里进进出出。事实上，我们的纤绳有时也会卡住，这时船会被扯回岩石边，直到它再次被解开，不过我们总是设法及时地再度前行，以避免遭受严重的损害。

一天的大部分时间里，我都在岸上，穿着法兰绒衬衫和裤子，戴着蒲草帽，在事态严重时，就效仿纤夫爬上岩石。有时我沿右岸行走，时而走在高于夏季水位的上方小路上，时而走在陆地上，从目前的河岸往内陆进去四分之一英里处才是平地，走在陆地上能避开巨石和沙丘。哪怕我站在100英尺高处，这些家伙也能完全挡住水面的景色。这样往外望去，你只能看到一片广阔的荒谷，到处都是松散的岩堆，包围着贫瘠的沙滩。这里的农民把什么事物都放在背后的竹篓里，这些竹篓以竹条横过肩膀固定在身上。东部省份的中国人用扁担挑起一切货物，能摆脱恒久不变的扁担也是一种解脱。我遇见一个人背着一个巨大的麻袋，里面装着220斤（300磅）的桐籽，他背着这个，高高兴兴地爬上陡峭的山坡。日落时，我们划船至左岸，绕过了最后一个形成急流的位置，停在了一处宁静的河湾里，由此往前就将进入"崆岭峡"了。

我上了岸，凝望着我们明日即将进入的神秘裂谷，它看上去黑洞洞的。想到要被封锁在这些荒僻的山谷里，和无情的水流搏斗14到20天，我就觉得有点可怕。

我爬上陡坡的某处岩架，想看看前方的峡谷。岩架上建了列成一排的七座小塔，沿着宜昌到重庆的河岸，每隔两到三英里就会有一排这样的建筑。塔是白色的，但斜阳为它的立面涂上了一层亮红色。它们被称为"烟塔"，在发生动乱时，人们会在塔中点燃刨花，以烟雾作为警示。在中华帝国，动乱时常发生。大多数烟塔都处于损毁状态，就像这片消耗过度的大地上的所有其他公有财产一样。今天的航程（据说是）130里，不超过20英里。在航行较困难的河段上，"里"的长度也会相应减小。

周二，3月20日，在峡谷中的第三天。我们于清晨5：15启程，划桨穿过崆岭峡。它是一道狭长的山谷，约有4英里长，在它和浪漫主义的牛肝马肺峡之间，河面渐渐开阔，一座布满巨石的岛屿拦在河道中，将水流分成了飞沫四溅的两股。后一个峡谷特别不浪漫的名字源自一些古怪的钟乳石，它们在峡口悬崖外立面的高处，形状就像内脏。几乎所有的峡谷都是由船工们根据其崖壁的标志命名的。在顺风的辅助下，我们轻轻松松地攀越了插入两个峡谷间的崆岭滩，但是这个时段的河道布满岩石，航行需要特别注意。去年九月时，富有的湖北省（我们正身处该省）提督或统帅鲍超将军正是在此逆流而上时失事，帆船的纤绳卡在了一块岩石上，与此同时风向也突然发生了变化，若非如此，帆船本来也许可以安然度过危险。船在漩涡中倾覆，他的两个儿子和几个随从淹死了，他仅以身免。一艘救生船救了他，如前所述，每个险滩末端都驻扎着这些救生船。

在峡谷入口，我们在一个宁静的河湾泊船，好让人吃早餐。上方是一座道观，名为"清江寺"。由此开始，峡谷又有另一个名字，叫作"庙河峡"。在地图上，它被名为"卢肝峡"，是对牛肝的误拼。布莱基斯顿船长著作的卷头插画所绘的正是这段峡谷的入口，但画作在规模和壮丽程度上都没能很好地展现原物的风采。

道观屹立在 150 英尺高的一块峭壁上，背景是一片崇山峻岭，对面则是高达 3000 至 4000 英尺的悬崖峭壁。就如东西方在中世纪的所有宗教建筑一样，道观的建筑非常迷人，尽管才是清晨（7 点），观内已经在惯常的喧闹中开始讲学了。我注意到在小学生中有一名女孩，在中国的这个地区，我发现有很多女孩和男孩子一样地上学。一个男孩在给教师背诵课文，后者正同时忙着给另一个淘气鬼讲述新课文。我的出现对此没有造成任何干扰。一道深谷分隔开了庙宇和庙河村，谷底流着一条小河。村子里四散分布着一些房子，四周环绕着早春已绿的杨树，以及花开正盛的桃树。村子建在绵延的台地上，房子由岩石筑成，后方有着柏树和竹子组成的小树林，整个村子沿陡峭的山崖细细往上延展。峡谷在 1000 至 2000 英尺高的石灰岩崖壁间蜿蜒了 3 英里，远后方还耸立着更高的山峰。峡谷中段转过一个锋锐的直角，直至深谷略显开阔，为其侧翼散漫铺展的新滩村留出空间，以本地发音，它又称为青滩村。

新滩意为新的险滩，正如其名所示，它是由右岸险峰的落石新近构成的，这是明朝嘉庆二年发生的事，距今约 250 年。在大河可航行段的所有险滩中，它被视为最艰难的一关。此处的水体分裂为三道急流，全长延展至两英里，我估计此段河床的落差有大约 20 英尺。第一道急流来自一条名为"龙马溪"的小河,这条河源自一道狭窄的山谷,从左岸以直角汇入大河中,它沉积了一片巨大的方圆近半英里的扇形冰碛石堆,拦住了河水,以致产生了新滩三急流的第一道急流。另两道急流只是因横跨河流的石屏形成的,这屏障就像是一道堤坝,其上游处是宁静的深水——兵书峡的河道。

我们的船停在这里排队,前方有层层叠叠的大帆船泊在岸边。趁此时机,我和我们的"打竿子弟"即头桨手一起登岸散步,他带着我走上一条漂亮的林荫道,它穿过村庄,有一段陡峭的台阶。我们到达一处约有 300 英尺高的台地,我在那里歇了一会儿。我的伙伴指着一左一右两栋大砖房,问我对它们各自的风水或位置有什么想法。众所周知,中国人对坟墓或房屋的地点非常重视,不仅位置要有利于兴旺(这可能是中国风水占卜的核心概念),还要考虑其对死者子孙或居住者财运的影响。中国的下层阶级似乎十分相信,会说中文的外国人对风水这一重要课题一定知识丰富,至少我常常被问到这类问题。我领会了这一学科的某些原则(其一切方面都完全与自然条件相符),并且得益于古往今来先知们可以拥有的模糊的自由度,在回答询问时少有困窘。在眼前这次咨询中,我评论说,其中一栋房子前铺展着壮丽的风景——画面跨越险滩一直延伸至阴森的兵书峡,它看起来从向它翻涌而来的水中汲取了繁荣;而另一栋房子的运气都被全年从上游稳定吹来的风带走了。我的伙伴很高兴,然而令我惊讶的是,他请我和他一起进入后一栋房子，也就是我宣称风水比较差的那栋。我进了屋，然后他告诉我这是他家，他没有事先提醒就领我来，是为了得到我真实公正的意见。我们在大厅里坐下来，他的家人和朋友很高兴能够满足对一个讲中文的外国人的好奇心。老母亲照惯例给我倒了茶，她对自家的风水了如指掌。之后他们对我说了那接二连三的灾祸：父亲失去了他的帆船，淹死在了险滩中；现在轮到了长子，也就是我的同伴，他沦落至艰苦的工种，只能做薪水微薄的打竿子。我能有所建议吗？我推荐他们在台地边缘建一块砖屏，面向门道，而陪同我的这位精力充沛的年轻人应该试着去一艘大商船上找工作。结果每个人都满意了。但是目前，在家乡行船的过程相当令人颓丧，过去的辉煌时代中建造了过多的帆船，在沿途每一次安静停泊的过程中，我们都能发现搁置不用的大船。通常河对面就是船主的家，他们往往拥有漂亮的台地花园和小农场，它们细致地排布在陡峭的山涧之上。

我的小船花了正好六个小时，一点一点地在泛着飞沫的河水中前进。与此同时，我们徒步穿过长长的梯田小镇，来到一座茶馆，它如画般建在一座悬崖上，下方是此地最湍急的险滩。我由此往下望，看着一队队帆船艰辛地溯河而上。在这道急流中，帆船把货都卸下了，周围山村里的男人和男孩们成群结队地在此，很乐意作为脚夫在卵石上辛苦工作，以赚取一些铜钱。本地领航员也时常在此受聘，一艘大帆船在顺流而下时大约每五分钟付给他们一美元。这些领航员都是行业翘楚，衣装考究，他们舒适的家园妆点着邻近的山坡。

这座茶馆坐落在高于目前水面近 200 英尺的地方，但这高度并未能使之躲开 1870 年（同治九年）的洪灾。我由此俯瞰，主急流的天然堤坝上方是水流平稳的区域，先前成功通过险滩的船只正在喧闹地重装货物。那场著名的洪水横扫了整片地区，甚至远至汉口平原，我们能从眼前的景象中发现它的痕迹：在青滩又长又零落的主街上，几乎所有的房子都是新建的。这条街上上下下，中间时不时隔着长长的石阶，这为背篓苦力们平添了深重的麻烦，他们穿行其中，背负着层层重物。

趁着一股强劲的顺风，我们终于再次启航，穿过了"兵书宝剑峡"。这个名字的来由是悬崖上一组很像兵书与宝剑的大型钟乳石，它们是中国古代史中著名的象征（现在往往作为漂亮的装饰出现在瓷器和刺绣上）。无论是布莱基斯顿船长还是海事勘测人员都没有为这个峡谷命名过：它约有两英里长，宽度略多于四分之一英里，两侧是陡直的悬崖，据说这些悬崖的水下部分与水上部分一样高，有 1200 至 1500 英尺，其后方的崇山峻岭高过了 3000 英尺。地层以大约 40 度的斜角向西方和南方下倾，岩石似乎是由紧实的浅灰色砂岩和页岩共同构成的。水在石面上侵蚀出了许多洞穴，将石墙磨成了柱状。拉纤自然是行不通了，不过一股劲风让我们顶着 3 海里/小时的涌流轻松逆流而上，通过了这片地带。这道暗流的表面波澜不惊，比起早晨和昨天的"奔流"，它看上去就像是静水。无论这风力多么强劲，深处的涡流都有效地收束住了哪怕一朵浪花，因此，对于一个习惯了下游每次强风都掀起大浪的人来说，乍一看去，船边极小的干舷高度显得极度危险。我们有一个艰苦的任务，那就是绕过峡谷最西点，船夫们用配有小铁钩的长竹竿紧紧抠住岩隙。前方的峡谷再度变得开阔起来，不过周围依然群山环绕，左岸的一座山峰高达4000英尺。我注意到，在谷口附近以及外围的白杨树全都斜向西方，长成了大写的S形，这说明此处的盛行风也是往上游吹的，这大大有利于溯流而上的帆船航行。

我们由此进入归州，这段河道（如常是山谷变宽处）有6英里长，巨石和布满岩石的砂坝阻碍着流水，形成一系列险滩。我们在强风的协助下在其中奋力向前，时不时横越河面以利用不同的涡流。最后，到下午5点，我们在归州府对岸拴船停泊。阻止我们继续溯流而上的是两艘在此停泊过夜的帆船，它们外围咆哮的激流对我们来说过于凶猛，令人望而生畏。因此，尽管风力仍然强劲，我们却已无法利用它，只能接受一天60里，即14英里的行程。然而回顾过去，旅程中的精彩纷呈使这段距离显得比真实长短多出了十倍。

归州是一座风景如画的城池，坐落于河面上方约200英尺的一处绝壁上。此处是一条小支流的河口，城后高耸着巍峨的山脉，城墙沿山而上，环抱着众多花园与树木，围出一片梨状的地域。从这里（对岸）望去，这座城市显得构建优良，但它没有商贸往来，没有哪怕一艘小船或帆船停泊在近处。在它的城墙下，黑色礁石林立，水流湍急汹涌。在我们抵达下锚处前，我跟着纤夫们在岸上走了一段路。纤道最后绕过了一块光滑且几近垂直的岩壁，它高出河面约 100 英尺。狭小的步道终于到了尽头，围绕在坡弯处的光滑的石灰石面上凿出了一二十个脚印，大小刚够容纳中国人的小脚。我被困住了，无法继续前进，也不敢转身往回走。纤夫们已经远远地走到了前头，短暂的黄昏正飞速融入夜色。就在我几乎要绝望时，幸好有一个纤夫回身来找我。我小心地脱掉靴子，一眼也敢瞧下方奔腾飞溅的水流，握着那个人的手，迅速越过了此地。可是对于拉着纤绳的人们来说，这是一条九死一生的道路！

今天太阳非常炽热。尽管这里的纬度和上海一样，并且海拔比后者高了 1000 英尺，但是春天还是提早一个月到来了。小麦已经高过了一英尺，豆田里的花朵令空气充满芬芳。冬季河面下降，露出的每一点干沙地上都种上了小麦，甚至包括不少显然人迹难至的山坡。河面现在正以每天两到三英尺的速度上涨，奇妙的是，这些麦田在被河水淹没之前，既没有被大风吹倒，也没有被收割的迹象。至于新滩领航员，我们的船老大告诉我，这些人在一艘帆船上可以挣到 1 至 8 美元，具体数额根据船只大小不等。还有为帆船辅助拉纤的人，没有哪艘帆船会在缺少这些人的情况下穿越险滩。他们敏捷又活跃，并且拥有官方授权。而我们不起眼的"申婆子"在堤岸下方慢慢向上挪动，并不需要领航员，爬上新滩所需的唯一额外费用是 25 分钱，用来雇佣十二个助力纤夫。但在顺流而下时，他将必须付出 300 钱以雇佣一名领航员，也就是 3 先令。我们从破晓时就开始在急流的咆哮声中向上，我在它们的伴奏声中写作。

周三，3 月 21 日，在峡谷中的第四天，令人激动的一天。我们攀越了两条汹涌的急流——泄滩和牛口滩，还有一条名为横梁子的小急流，以及无数激流。这些激流都是由突出的岩角形成的，我们在岩角后面的涡流里划桨前进，然后让拉纤的人登上岩角，并用船首一根缠绕着"止索"的硬竿缓解船头和岩石的碰撞，这能非常有效地为它隔挡冲击。我们有七位船员，其中四位竭尽全力将船拉着绕过岩角，剩下两位在甲板上为她隔挡岩石，与此同时，水流在船首下方翻腾飞溅，好似要将它吞没。舵手则尽可能地让船首冲着水流，并且大喊着告诉纤夫们何时用力，何时松劲。最危急的时刻往往是纤绳卡在了几乎难以触及的裂隙里，于是我们在极其难受的境地里进退两难，直至一个纤夫奔回来，光脚在岩石上像猫一样灵活攀爬，冒着生命危险来拯救我们。而后我们安全地抵达了相对平静的水域，但是两岸怪石嶙峋。我们今天航行经过的河岸大抵如此。此时，所有的船员都跳上了船，用钩爪让船在悬伸的崖壁下方前进：两个人用钩爪紧紧抠住岩石，另外两个人用长竿使船和岩石保持安全的距离。用钩爪的船员必须非常小心地保持自己的抓握，否则我们可能会被重新回到急流里，被冲向下游，只需失控一两分钟，就能毁掉之前数个小时的努力。这样的行进方式持续了 12 个小时，令人无比焦躁，只要发生过一次意外（就如今日的这次意外般），人便总是会害怕再有意外，大家的神经从头到尾都是绷着的。我走在能走的地方，但能走的小路往往在河面上方 200 到 300 英尺处，而且常常会经过突出的尖角处，完全看不到船在哪里，这就不太方便了。今天下午，我在石头上爬来爬去，花了两小时走了两英里路，在总算有一个沙湾能让船只安全泊岸时，迫不及待地下了坡回到船上。上个月，由于纤绳卡在岩石里突然绷断，加德纳领事和他两位汉口的朋友在新滩遇难，虽被救生船救起，但失去了除身上衣服外的一切。

我们于凌晨5：15再度出发，横越河面至北岸。我从一处岩角登岸，爬上了200英尺高处的小径，在这些更开阔的河谷里，村庄建在小径的更上方。我说的开阔指的是这些河谷的两岸没有峡谷里的那么险峻，但作为一条普通河流的河岸，它们依然算是很陡峭。事实上，我们迄今为止都是在一条近乎连绵不绝的峡谷及急流中前进。归州府之上的河段自有其别致的魅力，两侧陡峭的山崖上散落着耕田直至峰顶，中间点缀着种满树木和竹子的小村庄……我在一个村庄里发现了一小堆奇妙的燃料，煤渣和黏土一起糅和成小圆蛋糕样，大小正适合中式的便捷炉子。我跟着煤炭印迹来到山侧的一个小地洞前，洞里由木材支撑，高不过3英尺，宽不到2英尺。在这个陋鄙的洞口前，背着煤渣篮的女人们正在辛苦劳作。洞脚正奔流着一道细细的水流。看来在这延伸至并越过重庆的整条山洞边，有数千人正做着这样原始的工作。

这条河段的顶头就是叶滩，它是大河中新滩之后的最险滩。此处有一个岩角，堆满了大小不一、形形色色的散石，它从北岸伸出，横过了河床的四分之三，使河道缩窄至大约150

码。围绕着这个岩角的河水以至少 8 海里/小时的速度奔腾，汹涌的碎浪包裹着中央一条平滑的水舌。我们安全地渡过了可怕的新滩，然而眼前这道急流看上去更恐怖。俗语称："有青无叶，有叶无青。"

意为："如果青滩（或新滩）难渡，那叶滩就不算什么，"然而"当青滩好渡时，就要担心叶滩了。"

既然我们发现"青"是平和的，那就有理由害怕"叶"了。

一队大帆船停泊在左岸的岩角下方，约有五六十艘船，正等着被纤夫拉上去。我们的老大选择了右岸（或南岸），希望能够避免过久的耽搁——可能需要两天。但南岸是险滩的最外围，水流更加凶猛，河岸也很陡峭。紧贴急流的下方有一个巨大的旋涡，它在南岸的岩堆里挖出了一个河湾。在涡流和下行激流的交汇处则伸出一个尖锐的岩角，纤夫要拉着船绕过它不是一件容易的事。我们老大决定走这条路线，我们穿越河面，划桨从上方通过异常凶猛的涡流，让我们的纤夫上了岸，然后一头冲进了碎浪中，而涡流还紧咬在船尾后面。然而此时船舵却失灵了，我们的船在进入下行水流时，突然猛冲向了河正中。纤夫被扯倒了，其中有两人被拖过岩石，伤得很重，船向一侧歪去，随时都要倾覆。幸运的是，我们的纤夫在千钧一发之际迅速解开了纤绳，我们没有遭遇其他危险，只不过被 8 海里/小时的激流冲向了下游。好在上行风依然吹着，甲板上留着的两个人得以及时调整船舢，在船只撞到下游礁石之前控制住了它。老大成功地将它驶入了较为安全的左岸涡流中。我们没有其他损失，只是白费了一个早上的辛苦。之前，当我们的船突然打横，有一会儿就要在翻腾的大浪中倾覆时，岸上的人群大喊着"打张"，这是个术语，指的就是这种往往会造成惨重损失的事故。现在我们老大决定在左岸等着排队，而后我们顺利地通过了。水很浅，船也没受到什么伤害，只是在沿岸光滑的卵石上撞了几下。

离开了热热闹闹的叶滩后，我们进入了一段宽阔的河段，两侧是陡峭的深红色山峦，约有 2000 英尺高。山上点缀着鲜绿色的麦田，更缓和的山坡为高山村庄留出了位置，果树和常绿树环绕着村子，前者仍满树繁花。这个山谷里有更多的煤炭矿洞，在它的顶端是"牛口滩"。这个滩几乎是叶滩的翻版，只除了河水奔腾着冲刷过一个嶙峋的角度，而河道正中的一块圆石更增大了航行的危险性，滩名正源自这块岩石。从旁边看，它看上去高出水面四五英尺，但若从上方俯瞰，它就仿佛与水面平行。它的表面是扁平的，约有 10 平方码。我们在河面上来来回回地穿过急流，热火朝天地划着桨追赶有利的涡流，同时避开无数"急汃"。接着纤夫们将我们拉至河段首端，此处的河道又有一个直角转弯，再往前便是名叫"横梁子"的险滩。我们停泊在一堆 150 英尺高的松散且嶙峋的岩石下方，西边吹来的一片强风雨使我们无法前进，被拦在此处整整一个小时。不过我们终于还是出发了，在"巴东"河段险峻的堤岸下一寸寸地往前挪。河段穿过了巴东城，这个地级城市没有城墙，城中只维系着一点煤炭贸易。主干道建在一处陡峭的堤岸上，离目前的河面约有 100 英尺高，据不幸被委任此地的地方官员说，它也是本省最穷的地级市。然而，尽管它这么穷，这里的居民却认定了它贫穷的原因既不是因为它被隔绝于贫瘠的群山之间，也不是因为当局禁止使用能改善煤矿产出的现代工具，而是因为它的"风水"不好。因此，人们为了弥补这一缺陷做出了巨大的牺牲，其证据可见于一座新的宝塔。它有完整的六层楼，建在左岸一处显眼的坚硬白石上，位于城镇下方一英里处。在中国东部，我们见到的大多数宝塔都疏于管理，甚或完全荒废，因此我们没有想象到帝国的其他地区仍在建造新的宝塔。河边上几乎每座城镇都有一座宝塔，无论是新是旧，它们坐落在城市下方一两英里处，通常都在左岸或北岸（河流大致上是东西走向）。这些宝塔意在阻止本城的财富被湍急的河水掠走，白白便宜了下游的城市。

里程：90 里，即 20 英里。

周四，3 月 22 日，峡谷中的第五日。早上 6 点，我们顶着大暴雨离开了死气沉沉的巴东河岸。冷风迎头吹来，刺骨地穿过我们住着的垫子通道，而通道两端只有在夜里停船时才能关闭，因为舵手需要清晰的视野，以看清通道那头的情形。不过，这些地区壮丽的景色能使人甘愿忍受一切的不适。

在离开巴东之后，峡谷略微开阔了一些，给成堆巨大的碎石留出了空间。这些来自邻近山岭的巨石阻碍了河水的流动，并生成了无数小险滩，让人不得不以艰苦的方式去征服。乡野看上去极度苍凉而荒芜，为巴东地区的贫穷提供了充足的解释。船老大告诉我，自从我们昨天见过的那座宝塔"补"足了该地的风水后，状况已经有了明显的改善。这个地区终于在200多年的人才匮乏后出现了一位举人（姓苏）。早晨7点，我像平时一样趁苦力吃早饭时上了岸，不过当他们攀爬上碎石时，我并不像往常那么积极，所以很快就被赶上了，而且直至抵达下一个登陆点前，我都难以跟上他们的步调。此处的涡流利于航行，我们便全部上了船，开始划桨。

在这段河道上看不到一座房子或是一点文明的迹象。左岸伸出两块扁平的巨大礁石，陡峭的立面有50英尺高，不过到了夏季便会被河水淹没，它们占据了河宽的三分之二，形成了一处被舟人称为"矶沟"的急流。急流前方就是20英里长的著名的巫山峡，正向我们敞开它阴森的谷口。这里被称为"巫山大峡"，这个名字来自地区城市巫山，它是四川边境线后的第一个城市，坐落在省境的最前端。据中国人说，这个峡谷的宽度从350到600码不等，难以测量。河流绕着悬崖的基底蜿蜒而行，整段峡谷都是这样的悬崖，它们有时高达1000英尺，而后方是雄伟的高山。我们上方是层层叠叠的山峦，最高的峰顶堪堪触及那轻软的云朵，谷口的河流就仿若消失在了群山中，这一切显得如此庄严肃穆。四处一片寂静：稀少的帆船已消失在周围无垠的自然中，水流和缓，一股顺风令船员们可以离开船桨休息一会儿。我的脑海里浮现出了席勒的诗句，那是他在图林根州的寇森，于美丽但并不庄严的风景中写出的：

"自然，我真的已独自一人，在你的怀抱中！"

就如在新滩一样，我在这里也看到了轻帆捕鱼，还有半裸的男人和男孩站在每条小急流末端的岩石上，用手抄网捕捞着小鱼，似乎只有这些小鱼时常出入于这些混乱的水流中。

夜里在巴东时，我们让受伤的纤夫上了岸，于是现在除了舵手外，船上只剩下一个船员来操控船只再次执行"打张"，就如昨天我们在叶滩的那次一样，我不太乐意看到这样的形势。船上的厨子变成了甲板自由人，他代替了伤者的位置，并且证明自己是个极其积极且强大的工作者。只不过他在每天晚上的7点到9点间都让船里充满了鸦片的烟雾，这个时候其他人早已因白天艰苦的工作而迅速入睡了。他告诉我，在过去十年里，他每天抽1钱（约90格令）鸦片，不过本土的烟土比进口的更淡，也许正是因为如此，他的健康显然完全没有受到这个习惯的损害。他31岁了，但看起来比这年轻得多。和几乎所有的拉纤人一样，他的身体上到处都是疮疡，但他似乎根本就不在乎它们。

这里的山高达2000至3000英尺，但偶尔有小小的支流在山壁上开出一道狭窄的边谷，你便能透过缝隙瞥见后方更高耸的山峰。4点时我们路过两道这样的幽谷，它们分别开在峡谷的两岸，构成了湖北省和四川省之间的界线。你很难再想象出一个更荒凉的景象。峡谷不超过500码宽，悬崖约有700英尺高，后方是崇山峻岭。森严的寂静笼罩一切，打破它的只有我们缓慢前进时木桨的拍水声，先是这一边，然后是另一边，我们正利用涡流，小心翼翼地通过岩角，水流在这些地方特别汹涌。有时你能感觉到属于海洋的寂寞，就如在海上一样，这艘脆弱的小船可能发生任何事，最好的泳者也无法成功登岸。岩石依然是石灰岩和覆在上层的砂岩，在有些地方，水流冲走了更柔软的岩层，于是坚硬的石灰岩在悬崖下方形成了巨大的平台。这下方平台的临水面有道道凹槽，垂直的洞槽自上而下贯穿了它，外侧石面已经碎开了，于是形成了这种古怪的凹槽石面。在水面以上几百英尺处，我看到不止一处的天然洞穴出现在悬空的岩架下方，而这些入口已经有部分堵上了。在太平天国及其他叛乱时期，这些难以触及的角落为稀少的本地居民提供了避难所。在另一处，绝壁的某个裂口搁着一堆看上去像是石墨的方石，有些石头像房子那么大，显然是从后方的山峰上落下来的。它们全都被水流侵蚀成了奇怪的形貌，就像是在火炉里烧得焦黑一般，而中国人非常贴切地称它们为"火烟石"。

这段河道被名为"铁棺材峡"，其源于左岸一处高崖上一块突出如棺材状的岩石。峡口是一处满布礁石的险滩，名为"母猪滩"，我们用惯常的方式攀上了这处险滩。在铁棺峡上方的悬崖上挂着铁链，离现在的水面有 50 英尺，在夏季涨水时，溯流而上的帆船可以使用它们。曾经有一艘帆船偷了这些铁链，但当他们抵达汉口时，铁链变成了一条蛇！惊恐的船员赶紧回到了他们犯罪之处，把蛇放回了岩石上，它立刻恢复了原始的形态。现在它引人注目地悬挂在原来的地方！

湖北境内最后一个有人烟的地方是"楠木园"村，它非常浪漫地横跨于一处陡峭的深谷两旁，下方流着一条小小的山涧，其源头的洞穴离 2000 英尺高的峰顶约有三分之一的距离。村庄就建在峰顶上，两边由一条有顶的桥梁从中连接。我登岸之处正是一段 600 英尺高的石阶底部，它就是村子的主街道，两侧的房子沿阶而上。房子后面是小果园，种着橙子、柠檬和枇杷，全都是常绿树，还有桃树和李树，它们都开满了花。过了这个迷人的村庄后，峡谷再度封起山墙，没有留下任何可供居住的空间。直至大约向上 6 英里后，一道石灰岩巨型岩架背靠陡峭的山峰，为"背石村"提供了方寸之地，这是我们进入四川省后抵达的第一处。村子有零零落落的一条长街，完全搭建在夏季洪水触及不到的高度，正中还有一座壮观的道观。房子都是由常见的易碎的砖块砌成的，不过它们的基底是一块坚硬光滑的蓝色石灰岩岩架，居民依靠过往的帆船谋生。紧邻的下方就是一道狭窄的幽谷，它现在是干的，但雨季里来自它的洪水冲出了一道巨大的沙石堤岸，致使河道变窄，并且形成了一处麻烦的险滩，我们花了一个多小时才征服它。在建着村镇的那块台地上缘，某些地方被竹制纤绳磨出了 4 至 6 英寸深的凹槽。一家小药店的店主邀请我到他家里，这个店非常简陋，但门前的栏杆上插着一面旗子，宣告它的主人是此处团练的首领。他给我上了惯常的茶和水烟，而后告诉我，在太平天国起义爆发前，帝国已经得享两百多年的和平，人们应该记住这一点，而太平天国的领袖洪秀全是一位在中国极少见的、真正的基督教皈依者。招待我的这位主人称，自太平天国起义之后，四川人便自行组织了民团，这将导致另一种难以想象的爆发。他的大家庭四代同堂，他们都礼貌站在一定距离外，没有围上来用愚蠢的问题刺探折磨我，就好像东部少许比较文明的省份的人们一样。当我问他是否"本地人"时，他回答：不是！他家是在乾隆年间从江西迁居来的，那是两个世纪前的事了。当时，在满族人占领这个国家后的骚乱中发生了著名的吴三桂叛乱，四川的人口几乎因此锐减。张献忠的叛乱要发生得更早些，他是个任意屠杀的魔鬼，据说他用妇女的双脚堆了一座塔，并把自己妻子的双脚放在最顶上，因为后者责备他的残忍。随即，四川从东部省份迁移民众，这些移民仍然称自己祖先的故乡为家乡。

我穿过村镇，走了一英里来到岩架末端，越过另一处崖口，面向幽谷，抬起视线再次瞥见了抵着云朵的山峰。我转身面对大河谷，我们明日将经由这一河段，前往巫山峡，我眺望着峡谷，它在昏暗的天光中显得黑暗且阴郁，一条银线流淌在它的足下，你几乎认不出那是壮观的扬子江。我们的船终于转了过来，在台地末端形成的小湾里下锚过夜，我爬下了台地，回到船上用晚餐。

里程，100里，即25英里。

周五，3月23日，峡谷中的第六天。黎明时出发，冷风冷雨浇遍了船。我们翻越了几个小险滩，它们是由左岸山峰上崩下的巨石形成的；绕过了一处尖锐的岩角，河水在此就好似完全消失了一样；最后我们总算看见了谷口，并且欣慰地看到了远处的巫山城，并于下午抵达该城。我是真的厌倦了这些这没完没了的险滩，尤其我们还少了两个人，后一个被险滩的事故打倒了，因此我们的人员完全配备不足。今天的航行全过程是一场艰难但英勇的奋斗，若能参与其中自然令人欢喜，但毫无行动的旁观就几乎是令人痛苦了。女巫峡出口的急流速度达到了整整 5 海里/小时，船员们不得不在悬崖下方用长竹竿末端的小钩子攀抓着往前挪。在某一两处，他们爬过艰险的岩石，想办法用纤绳将我们拉过一点距离。在通过一个被旋涡隔断的河湾时，我们收起了纤绳，让拉纤者自由行动，甲板上除了舵手外只留了一个人，慢慢地划桨越过涡流，并试图在紧邻险滩下方处重新把纤绳扔给拉纤的人。他错估了方向，船头被下冲的"激流"撞到，猛地打了个转，就如在叶滩时一样，我们飞也似的被冲了回去。不过这里并没有危险，由于我们没有扯着纤绳，船也就没有偏航，在半个小时的耽搁后，我们重新回到了逆旋的涡流中，这一次我们成功地绕过了此处。这些旋涡的直径大都有四分之一英里宽，中心下沉得很深，不过只要没有岩石阻碍，它们的危险性就很小。帆船的船底扁平，吃水浅，承梁大，因此水对它的拉力很小。不过我还是无法对唐纳德·斯宾士先生说我已经见惯了急流险滩，对之毫无畏惧，因为我发现，这长距离且无休止的险滩之战已经开始影响我的神经。也许斯宾士先生从来没有坐在一艘申婆子——即一艘小帆船里尝试过这种奋斗，而我现在就坐在这样的船上。

巫山对面的险滩是因为一股小支流的冰碛阻碍而形成的，这条支流可以行船，它有 180 里长，上游直抵大陵县，而它的末端冰碛（如果可以这样叫的话）切断了一条狭窄的河道。大陵区域有盐井可生产盐，这是一种贵重的商品。此处煮盐用的是柴火，而非遥远西方所用的石油。往下游运盐的船只看上去完全就和威尼斯的贡多拉小船一模一样，有大大的尾桨和船中央小小的篷屋。舟人赤裸着身体，皮肤被太阳晒成了古铜色，他们时不时就跳入浅水中，要么是推动船只前进，要么是避免它过快地擦过移位的卵石。

长长的峡谷最后收尾在石灰岩山的裂缝中，而后突然敞开为一个迷人的山谷。半山坡上种着乌桕和其他亚热带水果，而城市如诗如画地立在正对峡谷的一处缓坡上，城墙蜿蜒到半山之上，城名即山名。我涉过一片宽阔平坦、还未被淹没的沙地，登上了 60 至 80 英尺高的陡峭岩堤，走进了南城门，身后跟着一群好奇但礼貌的人。小淘气鬼们跑在前面，嚷嚷着"洋人！"自此后，便再没有人叫我"洋鬼子"（外国魔鬼）。这个无礼的词汇在东部省份是外国人的普遍代称，但在四川省却幸运地不为人知。我爬上城墙，它的顶部是中国城市唯一可以漫步之处。我俯瞰下方"小河"那欢快的山谷，到处都这样称呼这些支流，向前走着，直到城墙开始向后方的山峦攀升。在这里，城墙的顶部缩小到了 6 英尺宽，变成了一系列陡峭的石梯，环抱着大片田地与牧场，街道则完全被限制在了靠近河水的更平整的地面上。像许多山城一样——万里长城就很典型——城墙随着山巅的曲线起伏，这显然是要避免城镇被人从隔邻的高地侵占，但这也毫无道理地导致防御线变得过长。

尽管这里的扬子江河面绝不会小于 500 码宽，但从这个高度看，它就像是一道缓缓流于岩石和砂堤间的山泉，而数英里上方下马滩的河水轰鸣声清晰可闻。巫山和所有的中国城市一样，呈现出明显的腐朽和衰败，但比起东部省份的大多数城市，它的房子更宽敞，街道也更宽阔更干净。巫山峡的左侧大门是一座约 1500 英尺高的圆锥形险峰，峰顶有一座绿树掩映的庙宇，名为文峰观，其后耸立着一片 2500 英尺高的山峦。出于某种神秘的原因，也许是为了增加其文学高才生的数量，峰上建了一座簇新的宝塔。我们的船员非常不赞成这一做法，他们说它是不祥之兆，说它控制了巫山的险滩和旋涡，注定会引发灾难。在这里，我必须向知县递交我的护照和中国通行卡，而后收到一张新的通行卡以及两位听差（衙门役者）的护送，他们被特别指派给我，领我去向下一个城市。自中国本地官员必须为可怜的马嘉里在云南被谋杀案负责后，这便成了西部特有的惯例。现在，这些地方政府（衙门）代表要照顾于"四河之省"旅行的每个外国人，商人或传教士都一样。

　　巫山是我们老大的家，我们为他从船底卸下了 4 捆本地棉衣、6 袋大米，还有几包香。这些东西是他从沙市带来的，外国船客的存在（官员们害怕外国人），令他无须在一路上通过的无数厘金关卡中交税。现在日头越来越大了，我很高兴能回到有篷顶的船上，在静静停泊于城边宁静的港湾中时，享受我们朴素的晚餐。

　　里程，110 里，即 27 英里。

116

1883 年 3 月 24 日，周六，峡谷中的第七天。我们于黎明出发（5：15），向上越过紧靠城头的小滩"小猫儿滩"，这里的水流速度有 5 至 6 海里/小时；而后是再向上 4 英里后的"下马滩"，此处的急流速度有 7 至 8 海里/小时。和其他许多并非由原处岩礁造成的险滩一样，这个险滩的成因是山上落下的碎石，一道狭窄幽谷中流出的小侧河将它们冲到了这里。在这道幽谷上方有一个奇妙的洞穴，叫作"老龙洞"，骑马的人经过这里时都应该从他们的坐骑上下来，向洞穴致礼。这处险滩有趣的名字正是由此而来。

巫山向前 5 英里处，山谷再次幽闭起来，我们进入了"风箱峡"，它之所以叫这个名字，是因为入口的悬崖上有一处突起，人们认为它像中国铁匠的风箱——一个长方形的木盒子。这是大峡谷的最后一段。这里的崖壁似乎有 1500 至 2500 英尺高，看上去大部分都是由崩坏的山体碎片构成的，成堆的碎石轮番在河岸两侧形成岩角，急流绕过它们奔腾着，形成一处又一处的险滩和旋涡。在某个叫"拖肚子滩"的险滩上，涡流翻腾而上拍击岩石的力道就如急流一样，我们的船在其中猛地被纤绳绷紧了。但老大在此展现了智慧，他把五个人派到了岸上，分别拉了两条纤绳，前甲板上留了两个人猛力划桨，迅速将船头掉转向直流。此处卧着两艘大帆船——它们装载的生棉整齐地收拢在岸上，罩在一个由船帆和草垫制成的帐篷下——两艘船都在拉纤前往重庆时于此地遭了难，现在正斜倾在河滩上重铺船底。另有红色的救生船正绕着这险滩巡逻，每艘船上都有 4 位船员。之后我们通过了"油榨碛""鲤拐滩"和"虎须子滩"，后者的名字来自它正中一块危险的岩石，水流绕着它旋转着奔流，就像一个快速转动的洗衣盆。最后且最麻烦的险滩源于右岸一条支流形成的岩岬，在山崖高处的岬角上，建着一座风景别致的村落，名为"大溪沟"，因居住着几位退休的船老板而闻名。我们老大告诉我，他们在这个不幸的时代到来之前就退休了，当时的船业还没有受到冲击。

　　这处岩岬在风箱峡的深水中截住了水流，我们勉强悬停在溢流中，五个纤夫手脚并用地紧攀着崎岖的岩石，一寸一寸地将船往上游拉。我对这些可怜苦力的勇气和毅力佩服到了极点，在两个月的航行中，他们总共只赚 2 美元的铜钱，另从老大那里得到三餐，以糙米配少许炒包菜作食粮，并据此每天从黎明到天黑用尽全力。此处有个很恰当的名字，叫"窄旮子"，而且它看上去还处于一个急剧下降 4 英尺的落差中，加上河岸难以立足，这道难关简直就像是无法翻越。

　　风箱峡陡峭的悬崖高至 700 英尺，但比起它而言，之前的一些峡谷更令我印象深刻，常见的阴天更突显了后者那种古怪的庄严。但今天艳阳高照，山峰的轮廓线清晰地映衬在蓝天下。右岸的黑色岩石和右岸的褐色砂岩看上去都贫瘠荒凉，峡谷更下游些的岩壁上爬有一些暗色的蕨类，比此处多一份魅力。峡谷约有 4 英里长，我们花了 3 小时穿过它，船员们用力划桨对抗着窄旮子的急流，如果不是这样罗列数字，我简直难以察觉到我们竟然有所前进。在谷口河道的正中央，立着一块方形的岩体，和窄谷的石头一样黑亮，此时露在水面的部分有40英尺高。它使右侧的河道收窄至200码，左侧河道则几乎不足100码。这一危险的阻碍被称为"雁尾石"。在夏季涨水期的大部分时间里，它的顶端都与水面齐平，而只要它一被淹没，夔州当局便会截留帆船，禁止它们航向下游，直至雁尾石重新露出水面。五英里外夔州城的路堤上有一处标记，和雁尾石顶齐平。而在目前这个季节，这块可怕的石头展露着它的全貌，就像一座碉堡般指挥人们通过。

一座高耸入云的雄伟山峰标志出峡谷的端口，它峻峭的崖壁是白色的石灰石，岩层近乎垂直。我们出了谷，进入了更开阔的山谷，著名的府城夔州府便坐落在此。这个城市在峡谷出口的位置类似于巫山城与巫山峡。

夔州城下方的沙岸如今占据了河床的四分之三宽度，而且完全变成了煮盐场。盐水聚集在沙地里挖出的深坑中，用来蒸发它们的燃料是天然硬煤。这是中国唯一一处在我（从远处）看来略微像是制造业城市的地方，因为这里有大量弥散的蒸汽。绕过这处数周后又将被深水淹没的堤岸，以及那头的一块巨大扁石，我们终于在夔州城墙下停了船，七天的峡谷之行走到了它的尾声。这一周发生了如此多令人激动的事件，倒好像我从宜昌出发已经超过一个月了一样。

夔州府通常被称为夔州府，以区别于湖北省的归州，后者我们在前文提到过。这座优美的城市建在一处陡坡上，风景如画，有雉堞的城墙环绕着它，城门还有角楼，下方临河处建着四层石堤，所有这一切都维护得异常完好。它的城墙墙基建在远离夏季洪水的地方，离我们的船有足足一百英尺高，而中间宽敞的沙坡交织着绿色与黄色，那是小麦和油菜，后一种现在正在开花。这两种作物很快就会在水面上涨前被收割。在堤岸脚下，沿着水边是常见的冬季街道，两侧是临时建的泥灰屋，还有鸦片摊子、茶叶店和舟人所需的其他店铺。某间屋子里正传来可怕的锣鼓喧闹声，令我正在书写的这个夜晚变得可憎起来。别人告诉我这是一场重要的"拜拜菩萨"，这种广受推崇的活动是在为某个据称快要病死的居民祈福。

第五章

夔 州

夔州关税——过境签证——它们
对省政府官员的影响——干旱——夔
州无烟煤——拜访清政府官吏——音
乐会——帆船经营

夔州府是一个大"厘金关卡"，它收取"四河之省"到中国东部间扬子江河道上通行的所有贸易的税金——四川有3500万人口，富饶的土地和法国一样大。因此，本地的厘金处或海关可谓是帝国此类办公室中仅次于广东海关的、最有油水的岗位。过境税平均约货物价值的5%，附属于衙门的收税官会仔细审核所有货物，因此上行或下行的每艘船都必须在此耽搁三四天，这些船的数量总计每年有一万多艘。所以，尽管此处位于贫瘠的山区，却生活着大量人口，城中也散布着许多富裕官员及其家属的豪宅。这些海关便是四川省税收的主要来源，自明朝末期人口大幅减少后，为了吸引更多移民，土地税已经几乎完全被取消了，并且自此再也没有重新征收过。但如今此处的繁荣又开始萎缩了，原因是入侵的外国人的阴谋诡计，他们坚持只为自己从汉口至重庆的货物付2.5%的通行税，为此，他们的过境通行证在汉口签发，并且在那里直接付税金。不走运的四川官员拼尽全力抵制这项改革，在这片分散管理的土地上，这无异于让他们毁灭，但他们是白费力气。没有通行证且在此地交纳厘金的船能迅速获得审核，而那些有通行证的反而会被吹毛求疵地截留几个月。但这一切都是白费力气！外国人通过英格兰公使馆提出了抗议，而北京政府毫不勉强地托词于不可抗力，迫使不幸的地方官员做出退让，并同时以地方官的损失填补帝国的金库。这些地方官向北京交纳固定的孝敬，使他们为自己收集的财物维持某种平衡。以前夔州的税收大约是每天 2000 两银子，现在已渐渐减少到了零：相对于帝国的规模与资源，中央政府的花销比例小于任何一个文明国家，但它现在正以一种绝对违反中国法制精神的方式榨干它的省份，这毫无疑问会激起地方官员对外国交流的敌意①。我们如此强迫帝国政府以损害省份利益的方式强大自身，这样做的最终结果仍有待观察。目前这种行为有利于支持外国海关总署，因为只有依靠中国官署内的外国官员，再加上国外的影响力，这个系统才能够在面对地方政府的固执和天然敌意时维持下去。外国海关获得的税收中有一部分会被返还给地方政府，这是个事实，不过比起他们完全掌控税收时的收入来说，现在这一部分就是小巫见大巫了。我们还可以确定一件事，那就是，除非上头做出一些更有利的安排，否则我们将永远看不到矿业和其他

---

① 这些地方官员丧失了额外收入，薪金又基本上有名无实，于是他们不得不借助一切压迫性的手段以弥补自己的收入。

企业向外国人开放的那一天，而这个富饶帝国中无限的资源也将无法得到的开发。同样的干扰妨碍了铁路的引进，也妨碍了西方世界所有其他元素的传播。

在登上夔州河岸后，对岸山丘后的峰峦终于展现出了自己。后方高耸的峰顶显然和宜昌峡谷中令我疑惑的山体具有同样的白色结构。和河边所有的山峦一样，它们的高度从两千至三千英尺不等，而支流像是以和主流互成直角的角度一路横冲直撞地破开了柔软的石灰质岩石。很难说是什么因素决定了河流的路线，它在夔州风箱峡这样的崖壁间凿开了自己的道路，就如同有一把刀子划断山脉，割开了裂口。对于一位合格的地质学家而言，关于峡谷的这一整个疑问都会显得极其吸引人，可以就地进行研究。

里程（像平常一样还是由老大估算）：95 里，即 24 英里。从宜昌至夔州，总计 146 英里。

比起布莱基斯顿船长估计的 102 英里，我相信上述总数更接近事实。我不认为布莱基斯顿船长能充分考虑到峡谷里无尽的弯角，他的海图实际上几乎只是指明了大致的方向。经线上的差别是一度 35 分钟，又或是近 100 法定英里，还要加上纬度上 20 分钟的差别。

周日，3 月 25 日，复活节。我们在夔州停泊了一整天，等待上头的许可。有两艘满载货物的大帆船紧跟着我们抵达，也在等待过境签行，另外还有一些从重庆下行而至的船将要通行，因此明智的做法是，我要去拜访地方官表明自己的身份。

于是，10点时我乘着一顶由三位轿夫抬着的椅子，前去完成我的拜访，陪同者是我的山西向导，他拿着我的通行卡片。这张中国卡片是红纸写的，它装在一个皮制文件夹里。我们的船停在南门下方，由于干旱，这扇城门是关着的，已经有六个月没下过雨了。紧闭一座城池的南门可以被看作是对南方的一种无声抗议，因为南方属火，主管炎热和干旱。这种做法符合自然崇拜，它显然是中国人唯一真实的、本土的以及普遍的宗教信仰。因此，人们认为，当南风撞在南城门上，发现它是关闭着时，就会收到这个暗示，明白自己的来到是多余的。我们穿过倾斜的沙堤，爬上长长一段阶梯，来到西门。这片沙堤上散布着预备燃料的工坊，就仿如南威尔士的村舍一样，它们是以煤粉和黏土揉捏而成的。帆船往沙市运去这些东西以及大块的无烟煤，那里的铁匠更喜欢用这些，胜过于当地的湖南煤。当蒸汽轮船航至扬子江上游时，这里将变成装煤站，因为船只费力地攀上宜昌至此的150英里水路后，将耗尽其燃料。这里的无烟煤一吨卖10先令，这是非常公道的价格。煤从一条小支流运下，它穿过城市南边的一道小山谷，多岩的冰碛区形成了巨大的岬角，致使水流迟缓，形成了夔州的港口和停泊地，这和巫山那条小河的状况几乎一模一样。进入城墙间蜿蜒的通道后，我们被常见的运水工人群挤挤撞撞。他们跋涉过又长又陡的路程，从河边运水至城中的人家，挑的两桶水卖5钱银子。两排肉摊和小货摊让这人挤人的通道显得更窄了，一抬单人轿子都难以通行。我们向右转，爬上另一段台阶，直至城墙顶端。事实表明，这里的拥挤程度和我们身后的坡地差不多。于是，加上平整铺开的大块砂岩砖，这里变成了一条繁忙的大道，常见的城垛将其与河流隔开，形成了一条漂亮的滨河广场路。向下可以看到蜿蜒的河流，直至其消失在风箱峡宏伟的谷口之后。

夔州府的街道很宽敞，房子也比东部山区的更加开阔，不过店铺简陋，处处明白无疑地显现出迅速衰败的迹象。整个地区冬季播收的惨败加重了这份贫困，我们真心同情这些不幸的清政府官吏，上天给人民降下了痛苦，他们却要为此负责，而现在他们也加入了卑躬屈膝求雨的行列。因此，现在只有指定负责管理外国事务（洋务司）的官员才开放接见。接见我的这位绅士是王四大人，他非常礼貌地接待了我。在惯常礼节性的问候结束后，我们在接待厅首端的高台边坐好。这里变成了衣衫褴褛的人群注目的焦点，他们似乎从未被禁止进入过。而此时，可怜的老绅士看起来对这种野蛮的入侵极度不适，我真心怜悯他。人们通常漫骂官僚，但事实上，更应该受到责备的是整个系统，而不是个人。他们多半是亲切的好心人。在对付野心勃勃、寡廉鲜耻的外国人时，中间产生的一切摩擦都要由相关的当地官员负责，而他们的工作就是对一切要求表示"无能为力"，这就使他们里外不是人，而他们的生活也算不上快活。最后，我们完成了常规流程，抿了抿茶，这通常表示会见结束，我起身离开了，这位大人大大地松了口气。作为一个湖南人，他的方言很难听懂，哪怕他乐于攀谈也一样。道台衙门仍然带有古代文明辉煌的印迹，阶梯连绵向上，连通起一个又一个的庭院，每个院子都种着两棵巨大的黄葛树，但建筑本身看上去像是荒芜的废墟。县衙也一样的破败，却一点也不荒芜。一大群脏兮兮的人围着我的轿子，其中包括三个颈上戴着巨大方枷（3 平方英尺的木颈圈）、惨白如僵尸的人，看上去他们旁边的人比他们本人对这木枷更加烦心些。我下令让我的苦力们向前冲刺，总算摆脱了他们。不过，在中国东部难以避开的各种粗鲁言论一旦消失，这种缺失倒是出人意料地令人在意。

返回时，我发现老大和厘金官正在船甲板上争执。老大想逃避船舶吨税，因为他载了一位外国大人，他还希望我把税官吓走。但我没有这么做，反而命令他付钱，这艘小船的吨税是 700 钱或大约 3 先令。天气又热又阴，在荫凉处也有 80 华氏度。浓厚的云层令傍晚聚集起来的人很是欢喜，然而并没有一滴雨落下来。云层再次完全消散了，满月从山后升了起来。

由于干旱，整个地区都发布了严格的禁食令，我本来想在这里买的牛肉买不到了，更不必说猪肉或家禽。我本指望着用四川丰富的产品添补我的储备，结果只买到了一些蛋，价格还是平常的四倍。这些蛋、还有米饭以及粗糙的卷心菜将成为我们的日常食物，直至我们离开这个干旱的地域。这里的港口到处是花船和唱歌的姑娘，后者所居住的船只在长长一排系在岸边的帆船尾部来来回回。我船上的中国人联系上了其中一艘，现在它就停在我们的船尾，我们的夜晚因此而变得生动起来。

那真是一幅美丽的画面，月亮在峡谷上方照耀着，山川崎岖的黑色轮廓线鲜明地映在发亮的天空中。唱歌的船是一艘小舢板，船中央有一个斜顶雨篷，在尖尖翘起的船尾上悬着一柄巨大的长桨，代替了船舵。这一带很多船只都用这种长桨。篷拱一侧点着一盏大纸灯笼，照亮了里头坐的两个小姑娘，她们样貌可爱，穿着俗艳，分别是十岁和十三岁，她们身后有一个80岁的老人拉着琴。两个女孩用高音假声唱着歌，琴声为她们伴奏，船头还有一个人打着拍子。后者左手拿着一对竹响板，右手拿着一根鼓槌，连敲膝上的一面鼓，这鼓很简单，是由一段巨大的竹节制成的。这场娱乐的花费是一百钱（5分），为此，他们可以从一长段节目单里选出三篇，而这些节目被雅致地写在一面大扇子上。撇开恐怖的伴奏不说，歌声倒不可谓不美好。

周一，3月26日。当我们被耽搁在夔州府，又常被称为"夔关"，即"夔州海关站"时，我看着大船在城下慢慢地被拉着绕过扁平的岩角，其上便是我们停泊的安静港湾。纤夫活泼的喊声在我耳中回荡，在我的脑海中，它们将永远和扬子江上游的险滩联系在一起。著名的自然学家谭卫道神甫称这些险滩为"令人恐惧的大瀑布"。现在的号子是"起哟！起哟！"据说意思是"上枷"或"把肩膀套进去"，套的是纤绳，绳子悬过每个纤夫的肩膀，勾连在两条有四分之一英里长的编竹绳上，中间的钩子可以瞬间解开或重新钩上。纤夫以这种号子计时，每一小步中都来回摆动他们的胳膊。他们的身体前倾，手指几乎可以碰到地板。在进入这样的站点时，长而粗的纤绳在纤夫前进的过程中被盘卷到岸上，每个人在抵达前沿时，就迅速解开自己的钩子，跑回队后的位置，重新钩上纤绳。在做这项工作时，80 或 100 个人会发出巨大的响声，几乎盖过了急流的咆哮声。通常会有五六艘船的员工一起在这样拉纤，一个接着一个。从峡谷庄严的肃穆，到险滩如此生气勃勃的骚动，两者的反差特别引人注目。

这些大船边全都跟着一条驳运船，用来运载纤夫和纤绳。在难以抵达的位置，纤绳就由驳运船承载，系到前方的一块岩石上，而后由大船甲板上的船员用力拉动。这些驳运船大都是精良的船舶：40 英尺长，8 英尺宽，4 英尺深。还有一根 40 英尺高的桅杆从两侧舷缘剪状升起，它撑起了一面巨大的方形四角纵帆，以及一根沉重的木帆桁。桅杆底部是一根竹吊杆，用来卷收船帆，这样船帆就可以垂直地在桅杆上升降。风几乎是持续不断地向上游吹来，只有当风直线吹在船尾时，这面大帆才能被升起，但它将使轻舟如飞前进。在川江上（扬子江上游），舟人们只知道两种风，"上风"和"下风"。

与此同时，大船甲板上的鼓手竭尽全力地擂鼓，向纤夫们示意要他们使出最大的力量，当鼓声换成咚－哒－砰，咚－哒－砰时，就意味着纤夫可以停止拉纤。险滩之外的河面看起来很荒凉，周围的环境如此宏伟，散落的帆船显得毫不起眼，在这样的处境下，你甚至会相信河面上完全没有交通。最大帆船的桅杆顶也远远够不到高水位标记，从远处看，标记似乎离河面只有几英尺，这能加深你的错觉。在夔州，这些标注足有100英尺高，在某些异常的年份里，洪水被下游狭窄的峡谷拦阻，能比标记还要高出数十英尺。川江上船工所展示出来的秩序、纪律和敏捷，与中国其他地区工人们全身心对命令所散发出来的那种松懈的态度形成鲜明的对比。

我们今天的行程是穿过一系列涡流和小险滩。用丁尼生①的话来说，"每处该有险滩之地都有险滩"，船员们就是不断重复跳出船去靠人力将船拖过滩角，然后再跳回船里划桨越过涡流。这一工作在老马滩凶猛的急流中达到了强度顶峰，我们在此处耽搁了一些时间，等着轮到我们通过这里。此时，听差（我的官方向导）戴着官帽跳上了岸，强迫更多的纤夫为我们的船只服务，如果不是我坚持的话，他们没人能拿到一分钱。

我无法跟上纤夫，结果导致船只今日延迟了近一个小时。河岸是一堆大大小小的碎石，纤夫们拉着纤绳像猫一样在上面跳跃，而我满身大汗地辛苦跟随，全身上下只负荷着一条法兰绒裤子和一件衬衫。不知怎么搞的，我偏离了河滩，渐渐向上爬去，直到碰见500至600英尺上方的一条山路。我沿着它爬上去，直至悬崖完全踩在我脚下，而道路几乎窄到无法立足，才停下来。从这个高度看，景色非常壮观。乔治·桑②曾经探讨过一道河谷从上方和下方看分别有什么样的魅力，我想她更喜欢从下方看。但对我来说，在半山坡上看，景色是最令人惊

---

① 丁尼生（Tennyson）：十九世纪英格兰最受欢迎的诗人。——译者注
② 乔治·桑（Georges Sand）：十九世纪法国著名小说家。——译者注

艳的，因为我更喜欢它们此时的大小比例。这个山谷里种了许多作物，山峦上遍布各种颜色的不同植物，就像盖了一床百衲被。此事的结尾是：船员们看到了我白色的法兰绒裤子在高处晃荡，于是其中一位爬上山来，把我带到正路上，安全地带我下了山。

里程：75 里，即 18 英里。从宜昌至此总共航行了 164 英里，从汉口出发已经一个月了。

周二，3 月 27 日，船员像往常一样在五点叫醒了我。5 点15 分，当黎明露出第一线微光时，夜晚铺的草垫和雨篷架被收起来了，与此同时，我们出发，划船穿过了一道长长的涡流。山谷依然狭窄得紧贴河床边缘，陡峭的程度足以令它被称为峡谷。山丘上植被很少，到处都是岩石，落进河里的石头则形成了岩角，并最终造成险滩。水平走向的岩层主要由砂岩构成，水流速度约为 5 海里/小时。我们穿过较小的庙阶滩，水流冲下一系列石阶，不过河道很通畅，中央有一股 8 海里/小时的急流。这里有一艘本地客船，它的乘客们都下船自行走过岩石，而空船将被纤夫们逆流拉过险滩。男人们跑下了上岸用的跳板，由着后面的女人挪着可怕的残足竭尽所能地跟上他们，这是个典型的现象。婴儿被带上岸，绑在男孩们背上绕过险滩。我们很快被拉到了一道白沫飞溅的瀑布脚下，它叫洞淌子。一条涡流向它猛冲而去，在岩石上翻滚着，其凶猛程度只比主流小那么一丁点。涡流带着我们飞驰，需要两条撑竿护着船只避开岩石，而我兴致勃勃地和纤夫们一起走在岩石上。

这处险滩很有趣，就好像众多险滩所需要的那样，它展示出了人工改进的企图。这样做的部分原因是左岸山坡上突出的一处坚硬岩架，另一部分是因为一条小支流带来的碎石。在这个季节里，这条支流还不如说是一条小溪。它从对面山丘的一条裂缝中流出，河口被一块巨大的屏障转移了位置，后者是一些整齐榫接的石块，铺好的顶部约有 15 英尺宽。这屏障是朝着岩架建的，就在其下方，它将小河转向，导入了险滩下方的涡流中。朝河的一面是漂亮的石面，上面刻着四个字："永靖晏澜"，意为"让水流变得平静是永久的福祉。"旁边的小字告诉我们，这一静水计划是在同治七年落实的，也就是仅仅 13 年前。但是，唉！当代中国的劳作产品总是这样！它的下端早已被冲走了一部分，中央并不是当代的石工结构，而是填满了松散的石头，更加方便水流把它们冲散。许多位置都填满了大块的白沙，掩住了粗糙的岩石。河流的宽度持续变化，从 300 至 600 码不等。在东洋寺上方，左岸往后退去，为一些绿色的山坡和绿树环绕的迷人村庄腾出了位置。很快，右岸 1500 英尺之上出现了一座白色的宝塔，它守卫着"云阳县"的城池入口，后者再过 5 英里就到了。

云阳县坐落在一个峡谷的左岸，谷中景色如诗如画，两侧是锥形的山峰，岩层水平分布，峰顶高至 1000 至 1500 英尺。县城城墙沿着河边延展，比目前的河面高出了 100 多英尺，另外，它照例向山上顺着山坡延伸了一段距离。山顶上另围了一圈土墙，一座荒废的城堡或要塞笼住了峰顶。事实证明，作为一处防御当地反叛者或土匪的结构，这个要塞没有什么作用，二十年前，土匪连同太平军的一股流寇一起将这整片地区毁了个干干净净。

城中与城郊买卖很少，倒是有几座恢宏的庙宇：万寿宫，前墙装饰华美，镶嵌着青铜片，其铭文也是最显眼的："仙力宗"。和大多数装饰性庙宇一样，这个短语只对那些在佛教和道教典籍中作诗的人有意义。但是，我们的注意力被吸引到了河对岸一座美丽的悬崖上，在那里，背靠着繁茂的山林有一行巨大的题词。在美国，这样的位置会被选来打广告，写上"史密斯生活衬垫"或"琼斯牌药剂"。但这里的四个字是"灵钟千古"，优雅的中国字本身就很美丽。若这个地区起火，这个灵钟就会自动响起。紧邻这块石刻的上方立着一片颜色亮丽的建筑，组成了一处庙宇，供奉的是张飞。

张飞庙修得很坚固，并且显得金碧辉煌，它包括三座庭院和一座两层的楼阁，一直延伸至河前方。它的一侧有一座漂亮的石桥，向上看，一道瀑布从一个深幽的小谷倾泻而下，整个画面可谓是我见过最美的东方景色之一。我们停泊在对岸，等着新差人到来，他们将陪同我们前往下一个县城，万县。虽然不得不耽搁下来，但我利用这点时间搭乘渡船过了河，去拜访那处美景。我们爬上几乎垂直的石壁，直至来到一段石阶脚下，它大约有一百阶，通向庙门，在石桥西面。墙面是平常的砖块加石基，上层结构由榫接的木柱支撑。我们发现其中一个院子里挤满了衣着体面的女性，显然都属于云阳县的上流阶级。她们大约有 50 人，刚刚享用完宴席，现在正围着平常的方桌团团坐着，玩着纸牌和骨牌。她们都缠足，但看上去很健康。当看到一个高个子的野蛮人时，她们虽然好奇，却完全没有被惊扰的样子。这个野蛮人穿着黑白法兰绒西服，一块浴巾拧成了巨大但优雅的头巾，顶在他头上（这是唯一有效的遮阳装备）。带我参观的是位难得整洁的中国男人，他告诉我，这座新庙替换了旧庙，后者于 1870 年的大洪水中被冲垮了，那时水面升到了目前屋顶的高度，比目前的低水位高了近 200 英尺。这次重建花费了 1 万两白银，如果在上海进行同样的工作，得花两倍的钱。

周三，3 月 28 日，早晨的日头就已经很烈了。我上岸去享受早晨的空气，却在攀登险峻的纤道时被晒得晕头转向。中午是一片死寂，然后吹向上游的风渐渐大了起来，你还没能感觉到天气的变化，寒风就扑到了你身上。这规律的东风每天都是在阳光变得更热时吹起，它对于本土粗糙的河船来说非常重要。在许多河段上，悬崖都是垂直的，根本没有纤道，所以没有好风，他们根本就不会起床。

这天早晨，我在连绵的岩角和中间插入的沙丘上漫步了很久，前者就像是昨天才出现的一大堆巨人国的铺路石，它们大小不一，有的像房子那么大，有的像狗屋那么大，隔开了背后的山脊。当我们进入"八崖峡"时，我被叫回了船上。这里的岩床是坚硬的灰色砂岩，河流自行从中切割出了一条平坦的河道，约 300 码宽，30 里，即 6 英里长。岩壁垂直起落，布满无数洞穿的"涡穴"，并且大都被磨出了坑坑洼洼的奇异轮廓。峡谷猛地转过了一道曲线，河水朝东流入谷中，离开它时却朝向北方。我的船员告诉我，这个峡谷没有底。悬崖顶部伸展出一片50至100码的平面，在后方，崎岖碎裂的山峰由此升起。崖顶离现在的河面只有40英尺高，等夏季洪水来时，它们会被完全淹没，而水面将触及接壤的山脉。到那个时候，航向下游的帆船将完全依靠涌流的力量将自身约束在河道中。

这条古怪的峡谷末端是一道宽阔的山脊，它结构不变，高度相仿，也有同样的水平顶部，但河流不再集中于一条河道，而是以五条小河道冲过了山脊。整条峡谷中始终吹着冰冷的风，我得了重感冒。4个船员在目前干燥的崖顶拉纤，另有一人跟在后面清理纤绳，这并不是一件容易的工作，因为这意味着要在光滑的岩石边缘攀爬。绕过某处突出的岩角后，我们再次碰上了叫"打张"的事故，意为"挣脱"，不过我更愿意把它译成"失控"。就如在所有难关中一样，我躺在船体中央的篷顶下，尽量在有限的甲板空间上为"大工"（即"头桨手"）空出地方。他正在前面忙着一边叫嚷一边撑竿让船头躲开岩石，而后我突然听到了那不祥的喊声："打张！"并感觉到船只往一侧倾斜。我往外望去，看纤夫们飞快地解开纤绳，因为船在涌流中完全偏向了，除非其中的某种力量消失，否则我们必然会立即翻船。幸运的是，竹编纤绳被岩石割断了，失去了这一拉力，我们再度全速以每小时6英里的速度冲向了下游。这一次没有岩石造成危险，所有峡谷的河道都畅通无阻，但我们还是撞上了一艘正从后方拉向上游的小帆船，失去了我们的旗杆和标旗，为了首次在扬子江上游航行，我曾一直自豪地展示我们的旗帜。

在峡谷入口的左岸雕刻着三个佛像，漆着全套法衣：他们被称为"水府三官"。船员告诉我们，他们只在白天"管理"河流，晚上就会下班，所以优秀的船夫不会在黑暗中行动。对岸则有一座"牌坊"，相当于凯旋拱门。当然了，佛像等等的一切在每年的夏季洪水中都要被长久地淹没。这道峡谷的上下游都有满布圆石和鹅卵石的岬嘴，岬上有人正以一种极其有章法的方式进行淘金，但我发现，我造访过的所有发源地都没能在当时发现任何黄金，我猜测这里能找到的金屑也会少得可怜。我们的船被拉过了几个又小又浅的险滩，时不时就撞上淘金者弄出来的水下垃圾堆，然后我们于著名的万城下游数英里处停下来过夜。里程：110 里，相当于 27 英里。从宜昌至此总共 223 英里。

周四，3 月 29 日，峡谷中的第十二日。5：30 出发，依然是如画的山川，与蜿蜒在沙坪和砾岸间的畅通水路。喝了一杯早咖啡后，我上了岸，很快就走到了纤夫们的前头。最后我走到了一处铺满卵石的岩角，要经过此处，船必须绕一个大弯。在这期间，我发现了一条平整笔直的道路，正穿过岩角的窄处，于是我走了过去。在爬上岸时，我在众多角锥形山峰的某个峰顶看到了一座宝塔，离河面有一千英尺高，它标明了一座城市的方向。更远更低处，还有另一座宝塔，坐落的位置相似，也是白色的九层楼，完善着该地的风水。我正跋涉过一处沙石岸，它被称为红沙矶，看上去无边无际。我问了人，才知道它有 10 里宽：我估计它应该有超过两英里。这里的河床有 1 英里宽，目前的水面宽度大约是 400 码。就在城镇下方，河床变窄，穿过一段短短的峡谷后进入万城山谷。万的意思是数量很大。俯瞰峡谷的是一座漂亮的寺庙，叫作钟鼓楼，它的高台（巡回演出的剧团会在这个平台上演出以敬神明）上耸立着一座三层的亭阁，整片建筑结构精良及异常干净。站在这个平台前方，下方的城市与繁忙的港口一览无遗。

"万县"县城坐落在一片富饶美丽的土地中央，而且是我们抵达的第一个堪称漂亮模板的四川城市。它面朝南方与东方，俯瞰着两处河段。在这里，水平的地层与山川的垂直裂隙仍然是始作俑者，强势破开道路的河流因此形成了一个突兀的直角转弯，迫使我们不得不改变方向，从向西变成向南。现在我们的纬度是 30°57′，自离开宜昌（纬度 30°41′）后抵达的最北端，从这里开始，我们大体的前进方向将变成西南，重庆在 29°33′（布莱基斯顿船长的数据）。这里的农田都在砂岩山丘的斜坡上，美丽高耸的平顶山峰依然能从这些山丘中露出样貌。这些山峰高度从 700 至 1500 英尺不等（远处的更高），它们显然曾经是连成一片的山脉，现在只余下残骸。它们大小不一，宽度从数码到许多英里不等。在陡坡几乎到顶的一些地方，生长着小麦、大麦、油菜、豆类和罂粟：前者已经结满了穗，后者正在开花。我第一次看到种植的罂粟，它们的暗绿色植株看上去大而结实，开着白色以及粉白色的花朵，像芹菜般生长在精心培土的田垄上。收割期在五月，它们的茎部将在夜里从花朵下方割开，到了早上刮去流出的汁液，然后它会被拔出来喂猪，空出来的田地将被棉花占领。桐树或油桐的种子将被压榨出著名的桐油，在这座欣欣向荣的城市里，它们也在重要商品里占据了一席之地。

万城的"风水"很好。遥远的一道山脉保护它免受"阴"（暗，即北方）的邪恶影响。对岸一帘较低矮的山丘既是遮挡南方的屏幕，又因其高度而不会阻碍南部的良性影响（"阳"，即光）。就在城市上游处，有一道光滑的岩角伸入河中，构成了"龙"，一个处所没有它的存在就不完整。这处向近陆上升的河岸顶端有一座三层楼的"亭子"，它俯瞰着城市，形成一道迷人的风景。而这条突出的龙检视着水流，在后方圈出了一个圆滑的河湾，其中停泊着大队的帆船，它们在这个繁忙的地方是很常见的。这是第一座迎接溯流而上航船的典型四川城镇。在弯道处，向下流动的河水向万城的怀抱倾泻它的宝藏，在它奔向自己的旅途之前，它会在此稍停一会儿。但当它离开这座城市开始下行航线时，为免它过于迅速地带走它带来的礼物，不仅下方的天然峡谷会对它进行核检，伸出的岩角也会将河水拦回，而一对宝塔和优雅的"钟鼓楼"更是让风水臻于完美！

一位热心的老先生亲切地向我指出了这所有奇妙的、但富有诗意的优势，他是一艘大帆船的船长及主人，在一次夜间散步时，他自愿成为我的向导。而除却这些，还有离奇碎裂的独特的砂岩山，也为整片景色增添了特别的风采，令人过目难忘。我建议所有的急流旅行者都不要停在夔州，他们应该将自己的旅程延长两天，至万城的秀美溪谷。

一条河流蜿蜒穿过陡峭的堤岸，隔开了小城池与它上方广阔的郊区，河水现在几乎是干涸的，上面有一条半圆形的桥。桥下没有可见的桥墩，这令它像一道弯弓，这是我在这一类桥里见过的最高也最优雅的个体。"黄票子"沿着这条河出产，这种黄纸是用浸软的竹子制成的，整个帝国到处都需要这种纸，用来为无处不在的水烟制造纸捻，它是这个地区的特产。许多在险滩上运输的四川大帆船都是在这里建造的，用的是一种坚韧的柏树，这一带的山丘上到处长着这种树。板材只有一英寸厚，然后全都以常规方式固定在一起，这样就能使船体结合力量和轻盈。在这里，完全新造一艘能载重 100 捆衬衫衣料航向上游的船，也就是 50 吨静负载的船，需要花费一千串铜钱，也就是 200 英镑。

航程：45 里（11 英里），从宜昌至此共 234 英里。

第六章

丰都与涪州

周五，3月30日，从宜昌出发的第13天，从上海出发的第51天。我们于黎明启航，穿过一片美丽的乡野。左岸是同样秀美的连绵山川，它们有大约800英尺高，许多河段的山坡都过于陡峭无法种植作物。右岸则是更缓和的山丘，高度从400至500英尺不等，作物从山脚一直种到山顶，后方是高耸至2000英尺的山脉。在早晨明亮的阳光里，空气中浸润着油菜和豆类的芬芳，它们现在花开正盛。河水清澈，舒缓的水流速度有2—3海里/小时，除非岩角拦截使它只能奔腾绕行。这无数的岩岬时不时就使河道收缩，将水流速度提高了一倍。我爬上了岸边的一座村庄，它基本建在离目前河面有200英尺的地方，完全避免了夏季洪水的侵害。和其他许多村庄一样，它横跨在一处陡峭的深谷两侧，种满了高高的柏树，名字是桐园。有一段陡峭的阶梯向上延伸了约一千英尺，穿过这可爱的梯田村庄，阶梯下部是从岩体上干净利索凿出来的。离开绿树掩映、繁花似锦的桐园村，我们越过了涪滩，这个险滩由突出的巨岩形成，但只有在夏季涨潮时才危险。阳光炽烈，10 点时我回到床上，穿着睡衣坐到了傍晚，然后又上岸步行了一个小时。这次我穿过了一片漫无边际的砾石岸，它在这片河段很常见。所有的沙嘴上都布满了淘金者抛下的石堆，这些人都被渐涨的河水逼走了。下午 7 点，我们停在了五陵矶，这处险峻的岩角上立着一座繁忙的铁匠之城，他们用优良的本地烟煤粹炼云阳钢。在很远的地方就能看到这里的山火。航程：90 里（22 英里）。总行程 256 英里。

周六，3 月 31 日。我们继续航行在美丽又独特的四川山水中。陡峭的山丘耕地上树木繁茂，中间掩映着村庄，平顶的砂岩悬崖组成了它们的峰顶，片片斜坡上覆盖着小麦、大麦、油菜和罂粟田。山脚下卧着巨大的岩石，这些远古山川的残骸阻塞了河道，形成一系列小型险滩：水流的平均速度将超过 4 英里/小时。右岸（约 500 英尺高）的山后绵延着成片平均海拔超过 2000 英尺高的山脉，它们的构成看似石灰岩，走向为北—东北至南—西南。就像由此至宜昌的所有的主要山脉一样，它们被河流冲出了道路。蜿蜒在砂岩山间的河流一会儿靠近山脉，一会儿又远离，它在万县下方的峡谷中冲出了自己的河道。我很早就上了岸，走过一片无止尽的砾石平地，它间或被沙洲隔断，而沙洲上撒满了棱角分明的巨岩。不管怎么样，它们到夏季都会被洪水淹没。中午，我们经过了一块引人注目的漂亮岩石，它叫"石宝寨"，是由水平的岩层与地层的垂直裂隙构成的，像它这样的石头还有很多。这块岩石从危崖上升起100英尺，最上端是扁平的，约有200英尺乘50英尺大小，恰好足够建起一座有三个庭院的寺庙，也就是现在覆盖它顶部的这一座。陡峭的崖壁由河向上200英尺，使这片岩体的整体高度达到了300英尺左右。倚着岩石的东南面，建着一座九层亭阁，基底约60英尺宽，木结构。它从一座秀美的神殿中拔地而起，每一层都有尖翘的宝塔状屋檐向外卷起。这座亭阁构成了登上石顶的阶梯，在它之上还建了一座两层的亭阁，从正面看，整体就仿若一座巨大的十一层宝塔。它的脚下是一个村庄，今天正是其集市日，熙熙攘攘的人们包着白色头巾（四川常见装束），穿着蓝色的长袍，显得特别时髦，特别不像中国人。我在中国旅行了很多年，头一次在这里看到有人拿着红色狭板，背后挂着叫作"门牌"的大牌，让我想起我们国家的广告人。这些人是做人口普查的，也就是统计人口（或户口）数字。在这个整洁的地区，这个惯例显然比在其他地区更受尊敬。我们经过了这里，而后航至一处天然岩抢占大半河面的河段。这里的河床差不多有一英里宽，水流被迫以错综复杂的轨迹在岩石间穿流，发出如同尼亚加拉河般的咆哮声。我们把这里看作我们的每日难关之一，在这些难关里，我们总是要失去我们辛苦抢获的一英里优势。这是一次危险的渡关，此处驻扎了一艘救生船。只有对涡流掌握了精准的认知，我们的人才能安全渡过这奔腾的水域。有一下子，船员们突然间停止了强有力的划桨，扯着纤绳跳了出去，将船拉过了某块岩石的前端，由此我们光复了大片"失地"，而后再次开始随水漂流，直至触及对岸的一处涡流。随后我们平静地拉纤逆此涡流而上。所有这些岩石都是同一高度，它们原本是一整大块，而河水在其上刻出了无数等高的河道，到了夏季又将它们全都淹没。由此往上，延伸出另一大片平坦的岩角，最后我们抵达一处盆谷，它大约是 4 英里乘 6 英里大小，在一处岛屿的中央，这个崎岖的岛屿上树木成荫，但毫无人烟，它的高度和河岸齐平（约500 英尺高），后者紧邻着两千英尺高的山脉。这里叫作"花花城"，是忠州旧址，这个城市现在坐落于上游 10 英里处，我们将于明天抵达。古代，这里曾发生过一场严重的叛乱，城址便是因此而更改的。

石宝寨有一个奇妙的传说。这块巨岩曾经有一个洞，洞中能涌出大米，足以让住在此处的三个和尚维生。住持想要得到更多的大米，好拿去卖，于是把洞挖大了，然而大米从此便不再涌出。遗憾的是，我们的船员不准备停下来让我上岸，否则我便可以去看看这个神奇的洞口到底是不是存在。

沿岸步行时，我常有的一种消遣就是看着整群的纤夫拉着每一艘大船，套着无情的纤绳向前用力。单单是这一个景象，就能让我拄着一根大拐杖，穿着舒适的靴子，选上一条最容易走的路，从容地翻山越岭。在绕过一处岩角时，帆船停滞不前，而纤夫们一步一步被扯着后退。五六个监工大喊大叫，挥着鞭子（并不造成伤害），我却看到工头安静地剥掉自己的衣裳——它们被他的一个同事仔细地收了起来，而后他冲进河中，在沙中翻腾，仔仔细细地用灰泥涂他的脸。然后，他像个疯子一样跳了起来，又是咆哮又是打滚，四肢着地在纤夫的队列中爬行，并跳到他们身上，撞击他们。在这样为纤夫们的工作鼓劲后，船成功地渡过了险境，然后他清洗自己，有条有理地穿回衣服，恢复了理性。在一段距离外，这群纤夫四肢着地，像牛一样咆哮吼叫，6个或8个监工围着他们走着，用裂开的竹子打他们——制造出的噪音胜过伤害。看上去就像一群驴子被迫走过一条艰难的路：而帆船本身，那个罪魁祸首却已经渐渐消失在了后方的视野外。每次碰到这样的意外，纤夫除了大米外，还能得到两三美元，以报偿自己两个月的艰辛工作（等往下游走时，他就只能得到大米了）。在顺流而下时，这些大帆船也形成了一种奇妙的风景。它们的桅杆被卸下，悬挂在一侧。甲板上站满了人，这70或80个人戴着白色头巾，被太阳晒得黝黑的身体裸露着，穿着蓝色的裤子。有些人在操纵船首长桨，还有一些人脸朝前站着划桨，其他人则操纵着叫"辙"的巨大船橹。它是由柏树的树干制造的，基柱建在船身内，每根辙都有8或10个人在运作。更大的帆船有6到8根这种东西，此外还有桨和摇橹（巨型摇桨，在船尾或船侧与船舷平行处螺旋划动）。然而峡谷的宏伟极具迷惑性，我头一次从远处看到这些缓缓移动的机器时，还以为它们只是些小舢板。不论是上行还是下行，每一艘大帆船都跟着一只舢板，在整个航程中进行辅助航运。在这一切设备支持下，帆船勉强达到了舵效航速，而一旦抵达危险的航段，指挥船员工作的叫嚷声筒直震耳欲聋。今天的里程：80 里（20 英里），从宜昌至此276 英里。

周日，4 月 1 日，天气依然晴暖，西南风轻轻吹着。我们衣衫褴褛的护送人在万县换成了一位新的"传信人"。从一个县城到另一个，我的行程信息就这样从一位地方行政长官这里传递给另一位。自马嘉里被杀后，所有的英格兰人都受到这样的待遇，这是一种礼貌的关心。在这个受人喜爱的省份里，这种关心对于旅行者来说毫无必要，并且让人烦恼。这些信使需要粮食和住处，而在这艘小船里，我们没有多余的空间可以分享。按一般的惯例，我要在每段路上送出两百钱，作为信使返程的花销，按我们的航速算，这段路相当于两天多。衙门还派了一个书记到船上来，全神贯注地抄写我那长篇大论的通行证——并不只英格兰才有繁文缛节。在夔州府，官府还要多加一道麻烦，派出一位师爷（文员）带着卡片来回访我。来自富裕万城的信使与云阳那可怜的家伙形成了鲜明的对比。他的穿着自有他讲究的方式：尽管他没穿袜子，但他穿了一双最精致的草鞋，它的款式很像古人穿的那种，每个大脚趾上都有一簇玫瑰形状的蓝色流苏。他贴身穿着一件灰色的衬衣，看上去一尘不染。在我见过的这一带的本地人里，他是少有的身上没有疥疮痕迹的人。他在厨房里帮了大忙，因为我们的厨师正好因为烫伤在卧床休息。在忠州和他告别时我很遗憾，换上来的是一个普通的衙门听差。这是一个苍白又病病歪歪的年轻人，一身的疮疤和尘土。他们都没有带被褥，夜里就必须上岸去寻找住宿。经过咨询，我发现我们的疮疤先生找到了住处，包括被子在内的费用是 8 钱，又或是五分之二便士，而我们那位讲究人的花销恰好是他的两倍。说到这些官方信使，我可能得补充一句。每段路都有一个泛白的棕色大信封，里面装着我需要带着的调遣资料，而信封上都写明了应该有两个信使负责递送它，但按照中国的习俗，每次实际上都只派了一个人。

这个清晨，在五陵矶上游数英里处，河水猛地向右（向西）拐了个弯。我们自离开万县后一直在高山脚下沿岸航行，现在这片高山被甩在了我们身后。在新航入的河段左岸（或北岸），矗立着忠州县城。我们靠纤绳绕着这处河弯凹进去的那一侧岸边行驶，这里的水流自然是最激烈的。但是对岸的岩礁太多了（拉纤很受影响），其稠密程度甚至连一艘"申婆子"（申是湖南的一个城镇，这些奇特的船只是在那里建造的，因此我们这艘独木舟形状的轻舟就叫这个名字）也无法穿过。

在这里，我是第一次，也是唯一一次注意到，一条修建良好的纤道包括一道建在石崖上的 20 英尺高处的石堤，这样纤夫们就不必像山羊一样在岩石间蹦来蹦去了，在其他大多数相似的地方，他们都必须这么做。和中国现存的所有有用的公共工程一样，这道石堤年久失修，而且现如今当然没有任何人想到要修补任何东西。如果你问为什么它们没有得到"及时的处理"，十八个省都会给你相同的答案，那就是：这个帝国，也就是这个政府，没有钱，而且看来古老的公德心已经从许多富有的贵人身上消亡殆尽了。乡下到处都是大房子，它们的主人是贵族以及所谓的文人。关于这些建筑，你只能看到四面白墙和一堵关闭的大门，其中的居民很少出现。他们只顾自己懒散地空耗时光，想办法节俭度日。这个阶级反对一切进步，而且若没有这个阶级的煽动，漠不关心的民众并不会抵制外国人。我承认我讨厌戴眼镜的中国人，他们总是粗鲁地瞪着我看。在旅途中，我们遇到的文明人全是低层与中层阶级。

在绕过此处后不久，我们再次越过四分之三英里宽的河面，横跨至对岸，从一些树木繁茂的砂岩悬崖下拉纤通过，最后抵达忠州。这个城市就建在这样的砂岩悬崖上方，立在一处离河面有 100 至 150 英尺高的岩架上。这个城市里庙宇和楼阁的数量多得令人吃惊，它们大多都已年久失修，不过也让这个城市显得风景如画，且不说它还坐落在层层山峦的环抱中，山上耕田密布，间或点缀着草木。城墙一如既往地向后方延伸，围住了不少荒地。河水在城市上游处绕了一个弯，河面更加开阔，两侧的山峰就好像环抱了一片湖水。景色非常美丽。中间船只沿岸停泊，我们的船员们用一刻钟时间专心致志地吃中饭，而我爬上了一段石阶。在这些陡峭的山坡上有许多近乎无穷无尽的石阶，通向后方更高处的村庄。我走的这条路向上延伸了大约 400 英尺，穿过一片长着柏树、桐树、白杨和竹子的树林，最后抵达第一个峰顶。由于它直接通向了内陆，我不得不小心翼翼地顺原路下山。我像往常一样，沿岸跟着我们的船向前走，有时踩着松散的沙地，有时踩着卵石，有时经过崎岖的岩地，有时从离水面 200 英尺高的岸边走过。突然间，我听到一阵大声地疾呼，并勉强辨认出在船前的水漂着一个人的头发。我迅速朝那个方向的下坡跑去，但在我跑到岸边之前，我们的船就赶上了他，把淹得半死的人拖到了甲板上。他是我们的纤夫之一，之前他正涉水经过两座岩礁间的一处浅滩，结果踩到了深水中，幸好及时获救。我只是不明白他怎么会这么安静地漂浮了这么久，因为只有他的头发露在水面上。

相比于漫不经心的上海船员，这条河上的船工盘卷他们巨大的竹编纤绳时特别仔细，这样的仔细令人高兴。这些纤绳占满了大船的后部，船尾两边还各悬了一卷，另有一卷放在操舵室上方的一处高台上，由一个人单独操纵。由于纤绳常常被拉长收短，并且还频繁地更换，这就需要十几个人留在船上忙忙碌碌。对于一位游艇驾驶者来说，他们操作这体积庞大的绳圈时显现的意志与方法令人精神振奋。他们来来回回地盘卷这些纤绳，而我们在一个小险滩下方越过了河面。在险滩的石岸上，有一艘新近失事的帆船，上面晾满了棉花。船只本身倾斜着等待修缮，船员则带着随身物品舒舒服服地窝在船篷底下。自从宜昌出发以来，这已经是我们见过的第五艘或第六艘载着上海原棉的大帆船陷入相似的境地了。一两天前我们还经过一个类似的失事地点，那里建立了一个临时站台，里面挂满了"口袋"，船员们正往里头压棉花。上海棉是这个省份的一大输入货物，四川的天气和土壤基本上不适合这种作物的生长。行进了十四个小时后，我们最终在羊渡矶如常停船过夜，这个大村庄位于河流右岸。

晚饭后，有人提议去戏院——有一个著名的剧团从万县来到此地，帮助村民安抚雨神。表演在岸上的一座寺庙中进行。我们的大工或领航员给了我们一截磨坏了的竹纤绳，点燃后成了一束相当有用的火把。我们就这样一路爬上陡峭的沙岸，穿过那些脏兮兮的临时棚屋，它们在冬天里覆盖了泊船点旁边的低地，而且大都是鸦片窟。最后我们走进了一座漂亮又坚固的寺庙，它的第一个庭院里搭了一个精美的台子，正上演着中国历史剧常见的一幕喧闹的场景。照亮舞台的是两盏明晃晃的油灯，它们悬在台前，让我想起伦敦的叫卖小贩，此外还有十几根红蜡烛。观众席则一片黑暗。那群包着头巾的脚夫很快就发现了闯入此间的我，不过没有发生任何骚动。我站着，看着那绝妙的表演，直到十点。这些表演和行进如果并不能促成下雨，那至少也娱乐了人们，让他们忘却自己的烦恼。今天的里程：110 里，即 27 英里。从宜昌至此 303 英里。

周一，4 月 2 日。夜里下了暴雨，但今天晴朗温暖，微风从西南方吹来。早晨出发时，我们逆着一股洪水向上，它是夜里冲下来的，河面因此升高了约 2 英尺，而水流速度升到了 4 至 5 海里/小时。我们穿过了"铁门槛"滩，它在夏季是很危险的。在所有上行船只都会拉纤经过的岩架上，一些女人正在纠缠不休地乞讨。她们不是专门的乞丐或残疾人，我们的信使说，这是因为四年来的干旱导致的贫困。中亚曾是"国家工厂"，而如今它的荒漠已侵入了甘肃和陕西，后者曾是帝国的粮仓，现在，荒漠是不是正将触手伸向这个省份，伸向这天府最美的明珠？鲁莽轻率的人们以及昏聩自负的官员，会不会任由这乡土渐渐衰退毁灭，就如尼尼微和巴比伦，就如曾繁盛一时的小亚细亚？

转过一个弯，将眼前的场景抛在身后，我们驶进了一处笔直漂亮的河道。它约有一英里宽，10英里长，差不多是南北走向。两岸都是和缓的山峦，有400至500英尺高，后方则是更高的山脉。河床完全被水浸没，但左岸非常浅，正是拉纤的地方，尽管我们轻载吃水浅，还是不得不与河岸保持一定的距离。在这段河道中，在它的中段，右岸上立着"高家镇"，布莱基斯顿船长就是在这里发现了他的4英寻的最小深度。这里正好有一场集市，其有趣之处主要在于牛的数量——"湿"和"干"的区别，即水牛和瘤牛；还有穿着蓝色长衫，包着白色头巾的中国人数量，他们挤满了沙坡。整个山谷中都种满了漂亮的作物，它们全是罂粟花。明亮的翠绿色点缀着白色花朵，从远处看，山峦就像绿油油的牧场，而太阳还未将清晨的露水蒸发。别致的双层白色农舍坐落在树丛中，隐约透出黑色的木质框架，上方是巨大的悬洞。现在，每座幽谷中和每座小山丘上都绿叶繁茂，这些农舍简直就像瑞士山中的牧人小屋，令这桃花源更加迷人。我从正午到下午4点都不得不躲避日头，在这段时间里，我们稳稳地攀上这段河道，直至其最上端，这里有一道陡峭的悬崖立在左岸，仿若截断了河流。我们在一处石林里迷了路，直至傍晚7点泊船，都没有前进多少距离。右岸有一座七层宝塔，形式很时髦，因此只是个赝品。它既没有窗户也没有佛像，但毫无疑问，在"补"风水上它仍然是有效的。当有丰都名山立在我们面前，告诉我们已抵达中国名城"丰都"。

在这个地区，本地大小渡船都很宽敞，都有一顶又高又敞亮的尖拱草篷，橹和舵则都被一把巨桨代替。昨天早晨我步行前往忠州，那里正好是赶集日，许多乡下人正以各种方式赶往城镇。渡船位于城市下游5至6英里处，有些船还载着牲畜。我自己的船出现时（我以为它还在下游横渡江面），我被引上其中一条渡船，对方保证费用不会超过规定的16钱，然而事实证明这保证是骗人的。四川省有一个令人喜欢的特质，那就是人们无论携带任何东西，都是把它们放在叫"背子"的篮子里，这种背篓用竹编带子绕过肩膀固定在背上。还有司空见惯的扁担，两头晃荡着重物，伴随着完全与场景和谐一体的"咿-霍，啊-呜!"今年第一次有蛙鸣声持续了整夜。今天的里程：80里（20英里），全长323英里。

周二，4月3日。温暖的晴日，仍旧有轻柔的西南风。我们于早晨5：30出发，7点时，我上岸到达丰都名山的山脚。城池"丰都"——意为"丰饶的都市"，通常被称为丰都城，在下游左岸，并与之紧紧毗邻。这个海拔的砂岩地域内到处都是陡峭的孤山，丰都名山是其中之一。作为一座圣山，它由脚至顶都郁郁葱葱，山巅上有一片古老的、结构坚固但如今已成废墟的寺庙。据说这些庙宇的年代可追溯至唐代以前，在那个时代（公元第八和第九世纪），现存的建筑被建了起来——木柱撑着瓦顶。这座寺庙祭祀的是"阴间"或死亡国度的王，正如北京的皇城属于"阳间"或人间的王，而就如后者是天子现世的家一样，这座寺庙的样式属于阴间的阎王。这一片楼宇庭院脏得让人难受，到处都是各式各样肮脏的佛像，唯一让人好奇的是一尊女人像。她穿着优雅又流行的裙子，脸上如常镀着金，她端坐在代表"阴间天子"的神像左侧。而后者也镀着金，和常见的佛像很不一样，我完全认不出来。它的右边是一尊脏兮兮的镀金女像，是这位神的正妻；但左边这尊人像才算真的似模似样，附近的妇女每年都会为她献上一条崭新的刺绣丝绸裙子。"地狱"之王的这位二太太在50年前刚刚嫁给他，那时正是"嘉庆"十二年，她嫁过去的方式是这样的：合州（重庆上游的一个城镇）的一个少女坐着花轿前往新郎家里，但半道上打开轿门，新娘却不见了。新郎一家以毁约之名起诉新娘家，诉讼持续了两年，最后因这位女子在她父母梦中出现而停止。她告诉他们，在她婚礼那天，"天子"要她做他二夫人，将她从花轿中带走了；她的躯体如今只剩下骨架，他们可以在丰都名山她新丈夫的雕像旁边找到它。尘世的新郎失去了他的妻子，关于这点我毫不怀疑，之后的法律诉讼也没什么可怀疑的。至于传说的其他部分，大家都相信是我刚刚叙述的那样，不过每位野蛮的怀疑论者必然都有他自己的想法。丰都城在全国18个省都很有名，每有死者，主祭的道士都要及时向丰都城的阴间天子送去消息，告知他又有新的子民。不过，这消息并非由人间的邮差派送，而是通过神路送达，即烧成灰烬。没有哪个中国人会独自进入丰都名山的地界，在日落后更是完全不敢接近它，因为那里有无数鬼魂出没，因为那里适合冥府统治者居住。昭显它们存在的不仅仅是夜里它们的号哭声，还有道士们每晚放在外面的一束桦树枝。有时它们完全消失了，有时它们全都碎裂了，因为在阴间法庭上，它们被用来鞭打不服管教者、醉鬼还有其他堕落的灵魂。

我手下的中国人平常都懒得离开船只，而且只要吃饱睡好，就根本不在意航行要持续多久，但他们对此处都表现得非常兴奋。他们带着香烛，爬上约有 300 英尺高的陡峭山侧，按惯例四处磕头。另一处名胜，要花钱，是一处枯井，据说它与河水连通。我们买了道士的纸钱，它被点着，从祭坛正前方的一处石栅中扔下去，这样我们就为下方炼狱中挣扎的灵魂略尽了绵薄之力。燃烧的纸钱很快落到了底，由此可见，这口奇妙的井中堆满了无数纸钱的灰烬，它们已经离井口只有数英尺了。我们沿着林中一条漂亮宽敞又好走的石道下了山，树林覆盖了这神圣的山头，而林间到处是小块的鸦片田。每个转角都有供奉着佛像的小庙，路边嵌着一些石片，上面刻着一些名言警句，比如："万法皆空。"这条曲折小路上的一切布置，都让我想起罗马天主教国家里常常看到的那种小路，它们总是装饰着耶稣受难图。

我们穿过城市，这是个穷苦的地方，围墙和大门都很低矮，街道上倒是一如既往挤满了中国人，这些街道晴天里很肮脏，雨天里就根本不能走。而后我们横越过一片又长又陡的沙洲，上面是竹子搭建的临时商业区，它会随着河水的涨幅一点一点往高处移。还是有一群人跟着我，为了他们，我坐到了船头。在等待听差的时候我们耽搁了时间，这一段路我们有两位听差护送。我开了一瓶仅剩些许的、珍贵的巴斯啤酒，为他们的健康干杯，这两位好脾气的人因此大为高兴。

我们在早上 9 点出发，穿行过一片巨大的岩礁，用穿行两字一点也不夸张，这片礁石横越了城市上游的整个河面。出了这座迷宫后，我毫不意外地看到了一处断崖，它与丰都城间隔着一座近乎垂直的砂岩高山。这座高山是另一个城市的门脸，它有正常的大门，顶上有漂亮的双层楼阁或塔楼，城墙围住了一片广阔整齐的田地，还有不少散布的房舍，可能有 50 座，还有一处应该是衙门或官员住宅。刚看到这座没有居民的城市时，我想，它应该是为神秘的阴间天子及其影子国民所建，他的存在令丰都城如此与众不同。但是别人告诉我，丰都城在 1870 年的大洪水中被整个儿冲垮了，后来姓“马”的地方官在安全的高地建了这座新城，命令幸存的居民搬进城去。但他们拒不遵从，他们更愿意冒洪水泛滥的风险，也不愿意每天费劲地把水往上挑两百英尺。他们向北京上诉，之后发现马姓官员在总数 25 万两的款项里贪污了 5 万两（当地人说他的真正目的就是想得到这笔钱）。他即刻被贬了官，但在向首都官员交了一笔钱后，他被允许退休，而那些居民被命令在城市原址上重建家园。同时这里也给马大人立了一面碑，好向子孙后代传扬他的名字。这座没有人住的城市的城墙非常壮观，是用当地的砂岩砌成的，敞开并荒废的大门上方嵌着题字的石板，我用小双筒望远镜在一英里外就能看清上面的字。

丰都名山的河景，与牛肝峡口的河景没有什么不同。河水看似消失在了一系列高耸的岩角之后，后方的山脉有 1500 至 2000 英尺高，清晨的薄雾隔开了一座座山岭，远方的山谷都隐没在其中。前景中植被郁郁葱葱，弯翘的寺庙檐角从树后伸出，为这景色更添一份美丽。在经过时，我们发现堤岸其实非常陡峭，在许多地方都如同悬崖。岸边到处都是巨岩，它们在夏季给航行增添了危险。

又是一处常见的直角转弯，这一次河水奔向了西方，河面变宽了，在陡峭的两岸间流过，岸上每一寸有用的土地上都种着罂粟。我们慢慢地越过几处小险滩，在一处险峻的沙堤下方停住了。在这片堤岸上，罂粟几乎长到了水边，而对面就是繁忙的集镇珍溪场。这里的河面有整整四分之三英里宽，靠近左岸有一处布满卵石的沙洲。里程 70 里（17 英里），从宜昌至此 340 英里。

周三，4 月 4 日。从宜昌出发后的第 18 天，从汉口出发的第 36 天，从上海出发的第 56 天。烈日炎炎，只有很轻微的西风。这天早上醒来时，我就发现阳光直射到了床上，这说明我们的船正朝着正东方。7 点时，我爬上了一处叫"白尖"的岩架，这里是一个河弯，我们由此转向北方。前方是一大片极其广阔的岩岛和岩岬，整个都是平顶，比目前的河面约高出 20

英尺，岩岬之外显然是连绵不断的砂岩地层，正被河水逐渐侵蚀。我顺着一条直路往内陆走去，穿过开着无数白花的罂粟田，享受着这个明亮的夏日早晨芬芳的空气。后来我听到前方传来一片嘈杂的声音，让我怀疑可能是一架美国打桩机侵入了这片荒僻的地区。我聚精会神地听着：撞击声清晰明确，盖过了河水的咆哮声，而且，其间隔完全就像我在上海所熟识的那些老伙计一样。我往前走去，发现这声响出自某个广阔的农庄，这些山谷中到处都散布着这样的农庄。我爬上常见的长长的石阶，找到一大片瓦屋，桐油的整个制作过程都在这屋中进行。鸦片和桐油是四川东部的两大主要商品。蒙着眼睛的牛拖着铁轮绕圈，在一个圆石槽中碾碎产出桐油的桐籽。碾出的粗粒与稻草和在一起，被制成圆饼，水平叠放入一个非常粗糙但坚固的木制冲压器里，长长的木楔相继撞入，油被榨出。这些木楔包着铁，由一柄巨大的撞锤撞击，撞锤从屋顶悬下，由两个男人操纵，找准正确的目标显然是一个非常精细的活。剩下的油饼对罂粟田而言是一种值钱的肥料。

我们现在所处的河道正朝向西北，直行约 4 英里后转向西南，河道由此变得开阔。而这段河道的顶端就坐落着"涪州"城。河水穿行于松散的岩石间，后者形成了一系列岩角和小险滩；山峰险峻，和后方的山脉一样全部被罂粟田覆盖。在距目前河面 60 英尺的上方，沿左岸有一条漂亮宽敞的道路，中国人叫它大路，也许是要用这样的名字将它与平常被称为路的羊肠小道区分开来。它是用切割好的石块坚固地建在岩石上的。

阳光越来越强烈，放眼望去也找不到可以回到船上的下坡路，我正得意于自己找到了一条好走的路，却立刻发现大路被落石阻断了，不费点劲就没法走过去。在这里，我注意到有一艘挂着涪州"知州"旗帜的小船靠近了我们的船，上面有两位衣着体面的听差，他们被派来与我会面。在必要的询问后，两人先返程了，留下一位师爷和四位信使，让他们（另乘一艘船）陪同我们从涪州前往下一个州治区——长寿。

　　涪州位于一段宽阔的河道尽头，由近一千英尺高的险峻山峰环绕。在其中一座险峰的矮坡上，有一座难看的白色九层宝塔，样式很新，约有 60 英尺高。它所坐落的山峰看似拦住了河段的西端。涪州层层叠叠的城市结构让我想起了香港，只不过它的规模要小得多。涪州的地势实在令人印象深刻，我们在过去 300 英里的航程中经过了许多风景如画的城市，而涪州与它们全然不同。和科布伦茨一样，它坐落在两条河的交汇处，一条河河水清澈，另一条则浑浊得多，两股河水并行了很长一段距离，却并不相互融合。清水河名为龚滩河，是扬子江从此处至洞庭湖 600 英里距离中唯一的大支流。这条河源自这广大水网中邻近的某一条支流，可航行距离为 800 里，即 200 英里。当扬子江的洪水过于凶猛不利于航行时，龚滩河有时就会被用作至汉口及广州的运输线。这条河的河口有三百码宽，其上所航行的船只是我见过的最特别的船。鄱阳湖上有古怪的提琴状小船，其形状是为了骗过当地海关的丈量，但它们与这里的船比起来也不算什么。就好像是一位巨人双手拿住了一艘普通的舢板，将它拧了小半圈，于是船尾的甲板面基本是垂直的，与前甲板形成了直角，坡度渐渐过渡。他们告诉我，只有这种形状的船能穿过龚滩的岩礁与旋涡，而这条河的名字就源自这个险滩。这些船被叫作"歪屁股"，意为"扭歪的船尾"。在甲板上仔细地观察之后，我发现这种特殊形状的唯一目的，就是让巨型尾桨的支点既与龙骨保持在一条线上，又能支在后升高甲板的边缘上。船只中部横跨着一道船桥，船员在这船桥上操纵巨桨。垂直的后甲板上设有横档，可以让人在必要的时候爬上去。这些船没有船舵，只有一片较小的次桨，支在后甲板压低的角落里，由人站在巨桨下方甲板接近水平处操纵。

龚滩河紧邻涪州南端汇入扬子江，与主河道并行，后者朝北方猛转了个弯。转弯的角度与城镇相背，形成一片状似湖泊的水域，现在能直接看到其中的许多岩礁和沙洲。有一些歪屁股泊上了沙洲等待修理，所以我才有机会仔细研究我之前所说的它们的特别形状。夏季，这个城镇下游处会形成一个凶猛的旋涡，现在它所残留的微弱余波迅速地扫过了我们的船。告诉我此事的人说，如果一艘下行的帆船不小心被卷进这个旋涡，那就必然会被吞没。这个山东人是个提督，手下管着一百号人（三百驻军中的一部分）。在听差离开我们时，他在甲板上和我们打招呼，他在中国海军中与外国人打过很多交道，是那种有权力获得正确信息的少数人之一。涪州到处都是宽敞的庙宇，其中有一座正在修建的寺庙位于居高临下的位置，俯瞰着我们泊船处的城郊。询问过后我得知，尽管它所坐落的小山离

161

现在的河面有 60 到 70 英尺，但寺庙在 1877 年还是完全被冲垮了。令人惊讶的是，他们在原址重建了它。

涪州上游处又是一长串连绵的岩礁群，与右岸平行，我们的船在礁群外拉纤而上。数英里上方，是风景如画的李渡镇，它建在河面上方 60 至 120 英尺处的斜坡岩架上，与地层平行。这里的地层向南西南方向倾斜。城镇上下都是砂岩悬崖，它们在这个地区经常从四面八方突然出现。里程 90 里（22 英里），从宜昌至此共 362 英里。

周四，4 月 5 日，"清明"，又或是十四天清明时节的第一天。

天气非常晴朗，没有风，但阳光很强烈。我们像平常一样早早出发，经过了几处形似湖泊的河段，它们大都与前后河段呈直角，末端被宽广的岩架（现在是干燥的，形成了较小的险滩）堵塞，中段则挤着宽广的布满卵石的沙洲。山峰的高度从 500 至 1200 英尺不等，峰顶种着漂亮的翠绿罂粟田，中间点缀着柏树和大竹子林。最近的河水是一种浓郁的巧克力色，万县上游所有的山岭上都覆盖着同一颜色的富铁土壤。我们经过了林氏村，它以其三拱大桥闻名，上面装饰着三面漂亮崭新的雕石牌坊，它们跨越的沟谷现在还是干涸的。他们说，这座桥每二十年就要被冲毁一次。河面现在有四分之三英里宽，对面或左岸是那种侧面断崖、顶部平坦的孤山，它们是这个砂岩地区的典型特征。眼前这座山约有 300 英尺高，从远处看很惹人注意，因为它的山麓覆盖着由郁郁葱葱的大树组成的浓密树林，而山巅的一半都被一大片建筑占领，我猜那一定是寺庙。但事实上那是一个富人家（地主，即富豪）的住处，在这个富裕的省份里，风景优美的地方到处都是这种住宅。悬崖边上是一扇装饰性大门，还有两栋双层亭阁或鼓楼，它们装饰的显然是外院。我们越过此处，一路穿行过密集的浅礁群，从左岸一处峭壁下经过，峭壁上建着两座石拱门，仿佛是通向岩石内部。我在几乎烤死我的炽烈阳光里登岸，爬上陡峭的斜坡，发现这些拱门是用切割的砂岩建成的，半嵌在岩石中。拱门后面有两尊巨大的镀金佛像，是一位卖豆腐的商人及其妻子，他们生前就住在附近，死后因其善行而被礼赞。

这个别致的证据证明了依然遍及中国的宗教精神，在它上游不远处，我们进入了"剪刀峡"。在这个峡谷中，突出的岩角将河面缩窄到了大约 300 码。在约 1000 英尺高处，陡峭河岸的地层向西南方约 45 度角倾斜，另外还能看到一些挖开的烟煤矿洞。显而易见的是，附近不只是住户，连所有的本地船只——无论大小——用的燃料都是煤。为了烧煤，他们还特别搭建了有砖砌矮烟囱的炉子。出了峡谷后，我们驶进一段宽阔的河道，两岸是坡度较缓和的山峰，而江洲城出现在前方的左岸。此处很特别，因为城池恰好占据了一座山峰平坦的峰顶，大约离河面有 400 英尺高，从河面上只能看到它的外墙，夜空映衬着其上那些圆齿状的城垛，城墙与河水之间隔着一条零零散散约一英里半长的边缘地带。东南侧有一条小支流，不过现在是干涸的，上面跨着一座四拱高拱桥（15 英尺）。一座宏伟的孔庙点缀着这片城郊，此处的交易都在其中进行，主要包括用来打包商品的竹毡输出。汉口使用的竹毡基本都来自此处。我上了岸，穿过一些铺得很平整的宽阔街道，路边的房子都很宽敞，四川的房子都这样，但人和周遭环境的肮脏程度与中国大部分地区没什么两样。我们的船停在这里时是晚上 6 点，而不是平常的 7 点。停泊的位置可以让我的老大和船员舒舒服服地睡一觉，不必担心盗贼（一路上有好些地方的岩石上都涂了标志，警告船夫不要停泊在偏僻的地方过夜），只不过离沿岸的公共厕所未免太近了点。里程：90 里（22 英里），从宜昌至此共 384 英里。

周五，4 月 6 日。夜里下了大雷雨，不过早上 8 点时放晴了，刮着强烈的东北风，气温下降了。

乘自己的船从涪州护送我们至此的五位听差（信使）离开了，既没有要求，也没有收到什么礼物。换班的是两个病快快的可怜人，其中一个的双手都覆满了麻风疮，幸运的是，他们也有自己的船。这些听差也常常被叫作"衙役"，每个县或行政区都有 1000 人以上，他们拿着薪水，竭尽所能地谋生。他们的收入来源主要是诉讼费，案件总是没完没了的，双方都得花大钱才能让人听到他们的诉求。这里的上官对外国人总是礼貌得让人吃惊，而听差们有样学样，这个通常霸道又讨厌的阶层在我面前总是带着礼数。

早上 9 点，我们出发了。河面在夜里下降了两英尺，于是我们的船搁浅了。大雨之后的河水非常混浊，乡野更空旷了。

山川有 300 至 600 英尺高，山巅种着罂粟，后面是更高的山脉，险峻的尖顶上树木繁茂。我们中午抵达洛碛，这个大村建在一处陡峭的卵石堆上，以其垫席业闻名。岸上排满了棚屋，人们在其中制作双面编结的竹毡，它们又大又平滑，被用作帆船搭篷和建房。午饭结束后，我们继续顺风航行，逆着一股小急流（时速 2 海里）穿过了"扇贝沱"，这片湖状水域长 5 英里，宽 1 英里。我们穿行过一片岩岛群，左岸变得陡峭且作物稀少，右岸则丘陵连绵，山脚与河水之间隔着一道宽广的河堤。从夔州府一路上行至此，河床中遍布着这样的岩岛，它们的高度都差不多（20 至 30 英尺），峭壁、平顶、光裸、到了夏季就会被水淹没。但扇贝沱中的岩岛看上去更可爱些，它们的顶上透着青苔的绿色，这儿那儿地长着一些草皮。

向右转过一个急弯，我们穿过了一道又短又窄的峡谷，它的右岸竖立着 1000 至 1200 英尺的峭壁。而后我们进入了宽阔的驴子沱，这里到处都是五颜六色的卵石堆，石头和鸵鸟蛋差不多大，高出河面 20 英尺左右，两岸极其陡峭，以至于我们的船拉纤通过时几乎要擦到岸边。入夜后，在对面左岸急流的咆哮声中，我们还继续摸索着前进了 2 个小时，时不时撞上一块岩石，直至 8 点停泊在驴子沱村。里程，120 里（30 英里），总里程 414 英里。

周六，4 月 7 日。川江中只有两种风，这是扬子江从宜昌至重庆的河段名。由重庆往上，它就被称为"省河"，即省会之河。上述的两种风被称作"上风"和"下风"，因此帆船会升起没有任何竹条支撑的大四角帆，它们和那些漂亮的日本帆船大帆一样，只是底部延着一根帆桁拉开。而这根帆桁被绑在船中部的桅杆上，由两条牵索固定（很难称它们为帆船索），船尾先行。这些四角帆不能收起，当风向不对时，只能简单地放低卷起。无论风有多强，河上都掀不起大浪，中国人说这是因为河水流得太快，但实际上是因为永恒不断的涡流有效地扼制了浪头。之后，在上风的辅助下，我们拉纤越过了"野骡子滩"（它在夏季时很危险），河中与两岸布满了岩石。接着我们划船通过"铜锣峡"，这段短短的峡谷两侧都是 800 英尺高的山峰，再之后我们进入了"唐家沱"水域，岸上山间到处都是石灰窑。

自此后，我们渐渐驶入较为平静的河段，左岸是低矮但陡峭的锥形山丘，右岸的圆形小山种满了罂粟、烟草、大麦和豆子。我们在一座名唤"大佛寺"的美轮美奂的寺庙脚下停了下来，给船员们弄吃的。这座寺庙的周围是一大片围墙围起的树林，有竹林、橙子、山茶和其他树种。墙外有一尊巨大的石佛像，它镀着金，立在一处面朝河水的石亭中。要接近佛像还要走上一长段石阶，我们的船员对危险旅程的完结满心感激，例行在它面前磕了头。

我上岸观察寺庙，其中一个院子里还有五座巨大的石佛，佛像前布置着漂亮的石台、花园和鱼池，但它们一样都处于年久失修的状态。我沿着右岸继续向前，绕过左边的一处岩角后，就能看到南方一片高耸的山脉，在它们与我站立处之间，蔓延着从低到高层层叠叠的峭壁与山丘，其上全都覆盖着闪亮的白色房子，直至目不可及。在它们脚下，河流被岩礁分成了好几股水流，上面挤满了大大小小各式各样的数千船只，安稳地停泊于每一处河湾与静水上。这里是城池"理民府"，通常被称为上一级首府的"江北厅"。此城位于扬子江左岸，紧贴支流"嘉陵江"江口下方，该支流从西北方而来。在这条支流的对岸或右岸，在其与主河道交汇形成的高耸的砂岩半岛上，便是四川的商业都会重庆的姐妹城市。我正站在大河的右岸或东南岸，这里也有一条繁忙的狭长地带，由三城交汇，形成了目前为止我在中国见过的最壮观的场面。这场景让我无可避免地想到了魁北克，不同的是，这里的河面更狭窄，这里的山更高耸。

我在一个石台上站了很久，这里有很多这样的石台，河水在上面拍碎了浪花。我看着成群苦力忙碌着为成批帆船装货与卸货，那些船上装载的货物来自天南地北。成队搬运工驼着一捆捆巨大的蓬松白棉，爬上长长的台阶，这场景令人注目，远看就像是忙碌的兵蚁军团在驼着它们的卵。我闲散地凝望着这繁忙的场景，享受着这种不被人群打扰静静观望的新奇感觉，也享受着眼前这景象与之前漫漫长路上大自然的荒凉静谧所形成的鲜明反差。令人遗憾的是，此处便是我目前旅行的终点，我的工作要求我在下个月就返回汉口。走得愈远，就愈想走得更远。

四川（意为"四条河"），是十八省中最西端，同时也是最富裕及最大的省份，它的面积有 167000 平方英里，与法兰西的面积相差无几，记录的人口数量为三千万到三千五百万。这个省可以大致上被称为一个高原，它位于青藏高原的脚下，被广袤的山川切断了与其他省份的自由联系，这些山脉的海拔相对较低，但地势极其险峻。因此，就算是在中华帝国这样一个本就松散的政体中，四川省比起其他地方都要更独立于中央政府。紧随 17 世纪满族入侵引发的战争后，四川省被大洪水淹没，但自那以后，它安享了一段几乎无事打扰的太平岁月。在这样的境况下，异常富饶的土地、大体上的亚热带气候，以及完全有名无实的地税保证了它的繁荣发展。这里的人民很亲切，对陌生人的礼貌态度更是让人惊喜，尤其是当你忍受过沿海与中部省份人的粗鲁对待后。当然了，在这里旅行的少数外国人都能说话，因此也没人像沿海人一样把我们看作"哑巴"野蛮人。

我计划住在一个大布匹行里，老板万分热情地接待了我。烟台条约规定重庆要向外国商贸开放，鉴于这些条款很快就要执行，我预备对此处的实力草草做一次调查。

搭乘"申婆子"的漫长旅程就要终结了，最后，她转过船头对准东城门脚下多岩的陡坡，城门在我们上方约两百英尺处。我的船员们上岸去宣告我们的抵达，而我等在船里，高高兴兴地看着光着身子的小流浪儿追着老鼠，迅速上涨的河水把它们从洞里冲了出来。这次涨水着实让许多住在竹棚里的可怜人仓皇失措，他们挤在水边上等着水落下去，现在他们不得不匆忙地撤离了。一张轿椅终于被派到了船边来接我，我们迅速爬上陡峭的石阶，走进了城门。我坐在椅上穿过狭窄又拥挤的街道，来到房东位于"白象街"的住处。这是重庆的银行与批发业主商业街，有许多优秀的商行。这样的一个商行通常包括一系列高挑的单层建筑，一座连着一座向后方延伸，中间隔着庭院，这些建筑包括仓库、办公室以及公司雇用的员工与仆佣的住处。在许多情况下，比如我住的这一家，老板（"东家"）和他家人都住在远处。我的房东住在"上城"，上城坐落于约一百英尺上方的一处砂岩层上，就在商业区后方。我在商行里有一个独属于我的小房间，同"伙计"一起用膳，这个词的字面意义是伙伴，不过将他们描述为助手更合适点。我很高兴能有机会在逗留期间和此处的本地人自由攀谈。

我从宜昌旅行到这里花了 21 天：如果我像别人一样租了一艘大型的客船——叫作"鸹子"，我花的时间就要翻倍。多付出的时间主要是耽搁在等着拉纤越过险滩上，在大船等待的时间里，小船能沿着没人排队的另一边堤岸勉力通过，因此后者往往能免去 2 至 3 天的逗留。

从宜昌出发后的第 21 天，从汉口出发后的第 40 天，从上海出发后的第 59 天。航程 60 里，即 17 英里，从宜昌至此共401 英里。

根据布莱基斯顿船长的数据，里程为 358 地理英里，相当于 412 法定英里。从汉口至此 721 地理英里，相当于 829 法定英里。从上海到此 1309 地理英里，相当于 1506 法定英里。

第七章

重庆（一）

周日，4 月 8 日，天气还算好，只不过是阴天，只在中午出了一点太阳。在商行凉爽的庭院里，温度为 65 华氏度。

　　在中国，四川以其阴天和多雨的气候闻名，我待在该省的整个四月份里，每晚都要迎接瓢泼大雨。四川省似乎正处在一个云雾带下方，这个特殊地带从古代起便体现在了邻省云南省的名字中——意为"云的南方"。

　　自 1875 年马嘉里被杀后，北京委派了一位继任的英格兰代理领事至中国西部旅居，他的总部在重庆。1876 年的烟台条约规定了这名官员需监督中方所承诺的条款，它们被张贴在所有的大城镇里，宣告了英格兰子民在整个中华帝国通行无碍的权力；他还需报告这些边远地区的贸易能力。就这样，在这些领事的长眠之所，众多极其有趣且有价值的信息被收集起来，以领事报告的形式呈现给公众。后人无法仿效的贝德禄、斯宾士和谢立山①因其在这一地区历经艰辛收集原始数据，赢得了国民的一致赞扬。在我抵达此处时，谢立山先生已经离开前往贵州省（位处四川的东南），领事馆由"文书"H·M负责，梅先生，或以官衔称他为梅师爷。领事衙门位于上城，结构为现代中国合院式建筑。我造访时接待我的是梅先生，他是位云南人，也是位伊斯兰教徒。他去过新加坡，因此很熟悉野蛮人的"急"或不安分，鲜少旅行的中国人则对这种"急"非常惊讶且担心。于是他回应了我各种各样的问题，并把我介绍给了董先生，或董老爷。后者是一位煤矿老板，希望我能为他引进外国的泵送机械。在热情的房东董兴熙先生的饭桌上，这两个人和我一起吃了早餐。中国的上层商业阶级每天吃两顿正餐——10点的早餐和17点的午餐，不过晚睡的人会多吃一次晚餐，大部分商人都是如此，因为大多数生意是在晚上抽着鸦片烟谈妥的。我接受了董先生的邀请，明天前去参观他的乡间别墅，并在那里逗留一两天。在我们商行的台阶上，我看到一支考究的佛教队伍经过门前，整支队伍足足走了半个小时。无数生动的画面展示了各种各样的神话传说，每个神话都由4个盛装的男孩站在一个平台上呈现，平台由竹竿支撑，扛在两个男人肩上。打扮成圣人的孩子们有飘逸的白色长须，骑着马跟在队伍后面。所有的一切都是精美的构想，对我而言新奇无比。

----

① 亚历山大·霍西爵士（Sir Alexander Hosie, 1853 – 1925），中文名为谢立山，1881年任重庆领事。——译者注

下午我拿着一封介绍信，拜访了惠勒博士，他住在上城。我坐着轿椅到了他家，一路都是向上的石阶，街道宽阔且繁忙，但同时也很肮脏，与我在中国造访过的上百座城镇没什么两样。惠勒博士是美国美以美会的人，去年冬天带着妻子和三个女儿从九江来到此处。她们对离开大院毫不在意，欧洲女性对中国西部仍有着不可抗拒的好奇心。他们家的位置很可爱，可俯瞰小河（支流）流向江北厅的壮美景色。我和这个亲切友好的美国家庭一起喝了茶。

　　周一，4月9日，我在船上得了重感冒，前一个晚上又因为咳嗽整晚没睡，于是昨晚用了一点点精制鸦片，就是一般用来抽的那种。我睡得人事不省，一声也没有咳，不过醒来时头痛得快要裂开了。我一直打盹到下午2点，因为答应了董老爷要和他一起去他的别墅，我便穿戴整齐，坐进了一台由三个轿夫抬的轿椅中。轿椅的动作让我又开始犯恶心了，我现在确信用鸦片来做治疗还不如就那么病着。董老爷的住处就在山间的一道裂谷边上，谷中有一条大道通向成都——该省的省会。这条路是出重庆的唯一一条"旱路"，它修建在扬子江冲出的一个半岛上。扬子江在本地被称为字水河，这个名字源于河中如中国字般的卷浪，它们是无数涡流在平缓又闪亮的河面形成的，其中包括干流的河面，也包括小河，即支流的河面，后者大约有主干流的一半宽，从西北而来。这条河的水源来自甘肃和陕西，并与合州、巴州、遂宁和嘉定府连成了一片水网——当然了，这片水网由几乎连绵不绝的险滩所阻隔，险滩是四川所有河流的伴生物。上述旱路算是中国境内相当壮观的一条大路，它近5英尺宽，交叉平铺着沉重的石板。这条路近半程都由上上下下的石阶构成，这里的山丘和遍布中国的山丘一样，陡峭得令人侧目。在城内街道上走了一英里多后，我们出了西城门，走下约一百阶石梯来到一条马路上。这条路沿着砂岩悬崖的边缘而建，悬崖比河面（目前有三分之二是干涸的）高出大约150英尺，靠外建着漂亮的石栏杆，但在某些部位已经损毁了。而后，路面以石阶的方式向一座约500英尺高的山上攀升，路两旁尽是些小小的坟墓，它们大都没有名字。此间没有一棵树或一点灌木来打破这种单调，但奔腾的河水和对岸高耸的山峰形成了宏伟的景色，罂粟、大麦和豆子等春天的作物染绿了一切，树木环抱着如画的村庄，处处都是民居。四川东部有一个特征是我在中国其他地区旅行时没见过的，那就是既没有平原，也没有光裸的山丘，每一寸土地上都覆盖着作物或树木，只除了城周，无尽的墓地所占的土地面积比活人还多。就这样，我们在坟墓覆盖的山间一会儿上一会儿下地走了三英里，之后爬上一处树木繁茂的窄谷，从几处精心雕刻的石牌坊下面穿过，四川的牌坊比其他省份的都更多且更漂亮。接着我们穿过一个小村子，爬上一座高山，它俯瞰着一众山河所形成的壮美景色，而"董家"就建在这山上。最后我们终于在正式的客堂中歇了下来，它面朝一个漂亮的封闭式庭院，石台上放着巨大的花瓮，瓮中种满了橙子、山茶和杜鹃花树。我一下子就被这家里的小孩子们围住了，一共是三兄弟的18个孩子，

10个男孩和8个女孩。女人们只被允许从门帘的缝隙间偷窥我这个野蛮人。

我们一坐下来，拧干的热毛巾就被递到我们手上，好擦擦我们的脸。这个礼节相当提神。还有惯常的热茶，两个勤勉的仆人绝不会让它们变凉，他们提着一壶热水走来走去，客人每啜一口茶，他们都要把水补满。接着是庆祝我到来的中式晚宴，对于西方人来说，这事冗长乏味得很。我们七个人围着一张小方桌坐着，作为客人，我自己有一个单独的座位，而其他人都是两两坐在半长的凳子上。先是上了16大盘重调味的碎馅、水果和蔬菜，还有十几个浅碟，装着瓜子、花生、甜橙皮等等。桌子中间则是"换菜"，在整个宴会中，中间的菜被置换了十几次，它们主要是以不同方式烹饪的肥猪肉。这一天我们就在没完没了地一小口一小口地抿着热"糁熟"，一种用小米做的一种烈酒；咔擦咔擦地嗑着瓜子和花生，并用筷子尝各自不同的菜。贵客面前那极小的碟子里堆着各种珍品，是由过于客气的主人用筷子夹来的。渐渐地，在大约两小时后，大家都酒足饭饱，桌上杯盘狼藉，我们再也吞不下任何食物了。然而，中国人非常热衷的、吵吵嚷嚷的划拳游戏再次激得人们开始饮酒了，我非常擅长这个。这一次宴席中，完全没有一小片面包或一小口米饭来帮助我们咽下油腻的菜肴，只有时不时出现的热毛巾，用来擦嘴和出汗的额头，以及几口常见的水烟。一个小伙子负责随时给每位客人分发。他一手点燃火柴，一手拿着水烟筒，将长长的铜烟管递到某人嘴里。每个人面前都叠着一张小小的红色纸巾，5 英寸乘 2 英寸大，但用它根本擦不掉桌上的油点，涂漆的桌面上早就满布油渍了。而骨头和软骨之类的满地都是，混着倒出的烟叶，因为烟筒总是不停地被重新点燃。整个过程中，人们都坐在一张又高又硬的凳子上，对一个疲惫的西方旅者来说真是够折磨的，但中国人民从早到晚都窝在上面。最后，一个脏兮兮的仆人终于拿着饭桶出现了（他们全都又脏又油），我大大地松了一口气。他把饭桶放在一个边台上，旁边还有一叠小饭碗。他用木勺给每位客人装了一碗冒着热气的米饭，晚宴总算到了尾声。但饭碗里的饭必须吃光，否则人们只会认为你纯粹是在装客气。为了吃掉它，桌上某些又油又冷的汤被倒光了，客人们把汤倒进自己碗里，好吃光最后一粒米饭。饭后上了茶，酒就不会再出现了。对这条无情的规则我只能找到一个理由，那就是酒是用谷物做的，把酒置于茶之上，就好比把儿子置于父亲之上。中国到处都是这样的习俗，它们可能是有实际意义的，但理由都很稀奇。中式晚宴被各种人描述过一遍又一遍，但我还是讲述了今天的这一次，因为我认为那些描述很少能让人体会到这些宴席的沉闷，以及其无法给人一种真实的慰藉。不管怎样，要想和人们交往，你就必须压抑自己的厌恶，遵循他们的习惯。

　　我们 9 点时散场的，从黄昏至睡前的这几个小时就这么令人难受地度过了。坐在又高又硬的方凳上，身处一片昏暗中，只有一盏黯淡的油灯照明，它是一盏翘起的油腻腻的浅碟，置于一个高架上，装满了油，一根冒着烟的灯芯从边上伸出来。

在中国没有隐私，我在我泥地板的卧室里摊了摊手，屋里有一台雕工华美、处处镀金的床架，还有一排带着黄铜锁的红漆衣柜，以及惯常的硬凳子和小茶几。我被小心地扶到床上，床垫是稻草编的，有一床不太干净的棉被，以及非常肮脏的丝绸花床帷。中国人就像我们自己的祖先一样，穿着华丽的丝绸和缎子，内衣却往往脏到极致。尽管他们从理论上明白清洁的价值，但他们的整个儿人生——从公众场合到私下里——都几乎在完全地拒绝清洁。富人和穷人没什么两样，在我看来，四川人在这方面也并不比他们的邻居好到哪里去。一路逆流而上时，船员里的每个人身上都有疥疮，我给了他们一些药膏，他们也不愿意费劲去涂它。毫无疑问，他们对不适和苦痛漠不关心。另外，他们看起来极度缺乏想象力，所以永远也发明不出什么新东西，也因此，他们就不需要忍受这种能力的高度发展带来的折磨，也同时失去了我们更敏感的文明体系所赋予的几乎所有的高级愉悦。就像发展到某种级别的动物一样，他们的程序都遵循天性或是遗传趋势，而非遵循理性，而他们的抱负看来也局限在了感官的满足上。他们面对疾病和死亡时无动于衷，面对需要强力抵抗的危险时则缺乏勇气。

他们的宗教旨在抚慰罪恶的灵魂，他们相信卑微地向诸圣贤磕头能对他们世俗的事业有所帮助。他们自己的伦理道德系统以子女的孝顺和"风俗"为基础，这个系统运转良好，致力于扰乱人心，制造的伤害超过了善行。它们有众多过失，或称激进的缺陷。它们也有很多优点：中国人很好相处，对别人怀着友善的态度，在支持亲友关系时很团结，热情好客，依恋他们的雇主，当他们的感情被唤醒时，他们的公德心会上扬到一个欧洲人所不能理解的程度。但是，从最高层到最底层，整个社会系统都被贪污和欺诈侵蚀了。从仅存于统帅橱柜中的军队，和除了谷糠外什么都没有的公共粮仓，到不被遵守的公告，整个帝国充满欺骗。然而这就是他们根深蒂固的体系，如果有更加天才的领袖来统领他们，他们也许会是伟大的人民。要想知道果敢的领袖会让这些人民有什么变化，可以参见著名的"平坟令"，多个不同的入侵者王朝都颁布过这个法令。它是强制执行的，尤其是在公元第十世纪蒙古人入侵中原时，他们发现帝国有如此大面积的耕地被墓地占据，于是忽必烈可汗下令必须将它们犁平。遗憾的是，两百年前的满族征服者被劝说废除了这样的法令。

有钱有势的董家，已故的父亲为自己及其儿子们买了五品官衔，后者现在要被称为"老爷"。险滩船难让这个家庭损失了一大笔钱，不过他们仍然拥有一座煤矿（30英里外）、一座肥皂厂、丝绸纺织及染色生意（10英里外），城里还有贩售他们自己产品的店铺。一个兄弟是隔邻贵州省的知府，另外三人负责不同的生意。他们全都住在一起。男孩们由一名导师教导；漂亮且穿着俗丽的小女孩们可怜地跛着残足，学习针线和家政。在饭桌上，我惊讶地看到上座（我旁边的座位）坐了一个人，在衣冠楚楚的主人们中间，他的穿着很朴素，甚至可以说褴褛的。这个苍白的年轻人据说是老师，或家庭教师。让人高兴的是，中国各处都对老师非常地尊敬，要是在欧洲，他们的贫困会致使他们备受轻视。

周二，4月10日，又是一个美好且温暖的夏日。我出门散了一小会儿步，陪着我的还是我的房东们。我再一次赞美这陷在雾中的河谷景色，翠绿的峰顶露在上方，这一处那一处立着斑驳的砂岩悬崖，在阳光里闪耀着光辉。峰顶的土地属于董先生，他们大约在10年前在这里开了一个采石厂。担心"风水"被破坏的人们对此表示抗议，并在当地衙门对董家发起了诉讼。在漫长的耽搁过程中，只有地方官赚了钱，最后双方总算达成了协议：董家得了一笔巨款，作为利益保障的回报，他们的后嗣和继承人今后都不能烦扰"阴间"，即地下，只能利用"阳间"，即其财产的地面部分。我可能要补充一下，为了开这个采石场，他们摧毁了三个人工窑洞，留了一个完整的作为样本及消暑的寓所。四川的砂岩悬崖上到处都是这种窑洞，土著或是本地中国人说的蛮子曾住在这些窑洞里。大约一千年前，这些土著居住在这一整片区域以及隔邻的贵州和云南省，后来北部及东部的中国移民将他们驱赶了出去。现在，大众都被警告别去触犯这山头的"阴"，警告的冗长文示用红字与金字深深地刻在三块巨大的黑石板上，石板又被嵌在某种石拱门上，后者就建在房东门前的路边。我带走了一份文示的摹拓，好在闲暇时仔细研究。我觉得它非常有趣，因为它展示了风水信仰的本质，并且可以保证我能将这份文本翻译出来（本章最后附铭文）。无论如何，风水无疑在所有城市都是迷信，在恶人手里会变成强大的武器，并且对于这片土地上所有的工作都是一个妨害。

上面还有一片大围场，一直延伸到山顶，里面有房东父亲的坟墓。围场前方是一座漂亮的平台，由两座约 30 英尺高的石碑守卫，碑顶蹲着狮子。平台上有三张石桌，周围是一些石凳，全都雕刻成平常的木桩凳子样。中国所有的石制工艺都有一个奇妙的特质（牌坊、护墙、栏杆），都模仿了木制工艺。中国建筑的材料最初仅限于木制品，而木结构建筑的轮廓又源自早期游牧民族的帐篷。这些石凳石桌是提供给为死者扫墓的亲属使用的，他们在这里焚香，向阴间诸神供奉米饭，并且在此处进行某种类型的野餐。围场种着柏树，尖锥状的树型隐喻了书写中文所用的毛笔，从而喻示了文学。房东仔细向我指明了坟墓出色的"风水"。它面朝大河，两侧低处由约 500 英尺的陡峭山峰守卫，墓地呈南北走向，河流突兀折向左侧，隐入近前方的山坡中。整个水景是"进入"状（"来水"），从而为长眠此地者及其子孙带来福祉。我的房东自然对他父亲的墓穴位置很上心，但他也毫不犹豫地践踏了邻居们，也就是重庆人民的"风水"，他掘进了他们的"蛇颈"。因为整个重庆城像一只龟，在它之上，或在它周围绕着一条蛇。中国人认为这两种生物生活在一起，这个信念很荒谬，但我从未能撼动它，而上海出版的一份本地英文报纸的补录证实了它的流行之广。太原的一位通讯记者（梅斯尼上将）如此写道："1883 年 3 月，中国人总是声称蛇和龟是共栖的，我见过乌龟和陆龟的图画和金属铸件，上面会盘绕着一条蛇，象征力量和长寿。我所咨询的人总是告诉我同样的故事，这是这两种生物繁殖的唯一途径。不管怎么样，也不管自然学家们怎么说，我可以确定的一件事是：在某个夏日的午后，我沿着中堰河的河岸往前走，想给晚餐添条鲤鱼，却碰巧看到了一只龟正在横渡清澈的河流。它的头伸在水面上，离我大概有30码。我将步枪瞄准了它，但开火后，却是一条蛇断成两半浮在了水面上。龟则潜到了河底，在岩石间穿梭，游出了视线。我猜他的蛇客人只是在搭乘某种交通工具，或者不如说就是习惯了乘着龟渡船渡江。"

天气很热，我们基本上就是闲坐着，看男孩们跟着导师一起单调又嘈杂地反复背诵，再聊聊外国的各种奇观。到了晚上，我们爬上附近的一座高坡，那上面有一座庄严的坟墓，是房东某位姐妹的。从这里，我们可以俯瞰小河美轮美奂的山谷，而重庆市坐落在两条河流交汇成的一个半岛上，这两条河都流淌在狭窄的深谷中，两侧是陡峭的砂岩悬崖。在这个季节里，树木枝繁叶茂，作物也临近收割，景色异常美丽。

前文提到的公示在三块石灰岩板上重复宣告了三次，每一份都被嵌在一个厚重的砂岩框内。三份公示平行放置，分别由道台、知府和巴县发布。铭文如下：

奉圣谕，吾彭某，二品官衔，身为盐政专员，并四川永川、南川与铜梁地区监察；重庆、归州、绥定、忠州、骓州和资县地方官，官晋五品；三等公；十等加级在案者。于此，就眼前所废之事宣此禁令。

据虚衔二级官员肖如兰、三级官员李茂林、戴孔雀翎之罗远毅、举人王鼎昌、举人金铁尊、贡士林道沃、湖北同知陈集章、戴孔雀翎之李宪、四级官员李申海与叶文祥、地方代长官黄邦润、刘文易、刘永盛与杨道传、虚衔官员姚淳、王寅鼎、党盛资、王竞三、周世勇、王达咨、朱明怀、周筹义、郭维江与张朔舒各自所诉：

上述诸士力促发布禁令，以慎辅下述处所之事务：

渝（重庆）南郊纪门外佛图关下方（4 英里远），有一处名曰鹅项颈，邻石马槽村。经研案录，吾等察知此处实为佛图关气脉源起所在（即水源），切为渝地之咽喉处，凭此脉，本地学者云集，人民富足，商家纷至：一切皆据其相得益彰。而今，吾等再进一步，研查本省古录，见其中声言——"某位李言曾意图开凿此地，以贯通涪岷两江。诸葛武侯于是宣令，若此地一开，渝地将失其命脉，因此严禁触动该地。显而易见，鹅项颈为极重要之关卡，绝不容损：故该禁令务从古不易，信受奉行。"

但今某董家购得此地，听取石工狡诈之辞，掘石以获暴利：此事已长达十年之久，直至此地命脉被阻，以至近乎无从补救。现今，文人武将与贸易商人皆愈衰弱。通往两处最繁忙区域之太平门与朝天门亦如是，两处商贸渐趋迟滞萧条。究其根本，吾等觉知其源头显为地脉之伤。且，若非立即思索补救之法，文人、武将与商人何以承命？此等人士明了此事，必不袖手旁观。故彼召集文士、官员与商贩商讨此事，皆首肯捐献必要款项以购鹅项颈，使其为公共之地，称"培善堂"，以滋风水。上述董家对此已表赞同，契约已拟，所议价格已付清，转让已成。

此事对本城意义甚重，为免事历久而没、此议于后世旁落不存，吾等弗敢擅专，已往州县请愿，且今往更高当局陈情以决，乞得禁令以观后效，并镌于石中——"今后明令禁止开发佛图关至校门洞间地，无论公私，不得烦扰土地；自佛图关延至校门厅之地域与渝（重庆）城墙之入脉息息相关。自此，无论出于公用或私下修复之意图，任何人不得触动此地。禁止采石、烧窑或开沟，务必珍惜此地命脉并令后世万代周知。现今，颁此禁令后，若有任何人胆敢违背，尊长及请愿人便各有责任指其名，责其行，于其无从逃跑之际通知官府对其拘捕审讯。令一切人等明确服从，不得违抗。以此令为正（即周知）。"

记于当年中秋。

第八章

重庆（二）

周三，4月11日，早起回城，转道游览了一个大花园。它占据了俯瞰小河的一道狭窄幽谷，其中有庭院、寺庙、会客室、鱼池、蜿蜒的石子路和假山等等，被称为"宁江会馆"或江西会馆。整个帝国较大型的商业城市里都聚集着许多商贩，外省商贩在每个城市的行会都有自己的行会公寓。上方的山谷种满了成片壮丽的竹林，整个地界都弥漫着植物的清香，无论日光多么充足，这里的空气都像温室里一般闷热潮湿。在这如画的风景中，有漂亮的亭阁散落在园林周围，人们常常聚在这些地方"饮酒"，即"耍"，也就是玩。常见的橙树、山茶和杜鹃花占领了每一处缝隙，还有无数我不认识的花朵。

　　尽管董家热情好客，我还是很高兴能离开棉花埔（他们所住的村庄），因为中国村舍的生活真是沉闷得让人难以忍受，说实话城居生活也一样。当壁上的书卷被看完后，封闭的庭院就变得单调无聊。想观赏景色就必须出门走进街道，而当我起床出门时，身边总是跟着这些人：我自己的两个仆人和房东的仆人，还有这个家里的成员（不用说，只有男人），所以我能充分体会皇室成员的厌烦。被人跟着，被人盯着，这些人里甚至包括礼貌的大群闲人，这一切将美景带来的愉悦感毁掉了一半。天气太热太闷，运动就意味着大量流汗，而就好比我们自己的祖先一样，对当代中国人来说，洗澡是件陌生的事。

在住的商行里吃过晚饭后（5点），我像平常一样接见中国访客，庄重地坐在客厅前头的台子前，然后开始下象棋。这是商行里年轻人很热衷的一种娱乐活动，和中国的一切一样，它多多少少是一种粗浅的玩法。对我来说，它能让我度过中式居所里日落至就寝间这段昏暗的时光。9点，我们吃宵夜或晚餐。这是另一顿极其让人难受的餐点。在油灯下，我们用筷子夹食一些小碟子里的食物，有冷洋葱、切碎的韭葱、冷豌豆和豆荚，它们用醋和酱油调味，还有杏子和瓜子。上述这些都是下酒菜，中间我们不停地啜饮温热的米酒（实际上是一种啤酒，发酵的而非蒸馏的）。

周四，1883年4月12日，我拜访了当地官员：道台、巴县、当地治安官，告诉他们我打算逗留一阵。我发现他们非常健谈，并且和蔼可亲，我和他们讨论了港口开放的可能性。治安官后来给了我一张布告，让我贴在商行的墙上。它的序文引用了天津条约，根据后者，英格兰子民有权力因商贸和居住原因造访内地，布告还劝告人们公平地对待我，不要围着我或骚

190

扰我。这份布告基本上没什么必要，因为四川官员和四川人民看来与中国其他地区的人不同，他们与外国人交流时态度格外良好。

之后，我应中华内地会之邀造访，它是本地基督教会的主据点之一。这个使团属于英格兰，且不说我同情他们不得不像贫穷的中国人一样生活，能在他乡遇到自己的同胞总是让人高兴的，我很乐意去见他们。这个使团的成员无论男女都穿着中式服装。他们在重庆有五个人：传教士特伦奇先生，一位接受过精英教育的绅士；威尔逊先生，向某些苏格兰附属社团贩卖圣经的商人，他的工作就是向全国散发未删节的圣经译本，对于从家乡那些好人们手中艰难募集到的资金来说，这个用途很难算得上明智。在宜昌，这些书大部分被用来做鞋底，对于少部分难以阅读或是难以理解它们的中国人来说，如果没有口头的解释，这些书真的是"很愚蠢"。使团的第三位成员是爱德华兹医生，他是一位医师，对于中国穷人来说极其有帮助，但更富裕的人家总是滥用他的服务。还有两位女士，尼科尔夫人和另一位。他们在城市更上层更开阔的位置租用了很大一块相当荒废的地方，建了男孩女孩的学校

今天我的同伴是一位乐于助人的志愿者向导。不过他让我吃了一惊，他在回答惯常的问题时，对一位文官说他是直隶人，对另一位说他是山东人，但我认为他其实是个山西人。之后我问他隐瞒出生地的目的是什么，他回答说，最好别让官员知道得太多。没到过中国的人根本想不通：要准确了解一个最

简单的事实需要付出多少力气（上海和香港的风格过于欧化，难以真正了解本土人情）。

　　周五，4月13日，收到仅仅于十天前发出的宜昌信件。这里的邮局和全中国的一样，是私人组织的，而且非常可靠。信件由送信员运送，他们靠双脚在连绵山间的羊肠小道上走完全程。宜昌和汉口间也有相似的服务，两地间的送件通常只需5天。这些送信员必须是耐力十足的男人，他们得连续多日在崎岖的道路上每天行进40英里，全程近似于慢跑。单程送抵普通信件的邮资是6便士。任何人都可以创办邮递服务，和其他行业一样，高回报总是会引起竞争。在汉口和上海之间，外国蒸汽轮船能无偿运送邮件，但中国人往往通过本土邮局送信，以便确保信件能抵达正确的地址，对外行来说，中国信件的姓名住址根本就像天书。

　　下午我搭渡船过河（距离半英里，时间半小时），来到贵州路路口，这条路通向与其同名的省份，并至其省会贵州府，行程12天，单程90里，即25英里。这条路横越过面向重庆、高达1200英尺的陡峭山区，然后从一片连绵的山岭间穿过。作为帝国的主干道之一，此路有足足4英尺宽，铺着路石。爬上一段连续的上坡（部分是长长的台阶），来到道路的一个分岔点，一条支路向上通往某座山峰，而主路从这些山峰间穿过。左侧的山峰林木繁茂，散布着被称为"老君洞"的亭台庙宇。另一侧更巍峨的山峰上立着一座宝塔，补足着重庆的风水。从这陡峭的山间往一侧望去，景色壮丽，整座城市尽收眼底。

老君是一位可敬的道士，住在近峰顶的山洞里，一道清泉从洞中涌出。道观广阔秀丽，亦有平台，石栏平整的台阶连通着不同的大殿。从主台基上可以俯瞰河流银色的线条与整座城市。重庆城建在高达 100 至 150 英尺的砂岩绝壁上，但此处离河面超过了 2000 英尺，在北面拱卫着城市，因此远处的城郭就仿如建在平面上。老君洞对于重庆人来说是节庆期间的避暑胜地，但现在处处年景不好，无论是"玩耍"还是其他事都得仔细掂量钱袋，道士们（大大小小 17 个）都在抱怨入不敷出。此处有一众从本地神灵转投天主教怀抱的信徒，他们投入资金，从而建起了那些难看的灰白色教堂，这颜色是受了传教士的影响。与此同时，那美丽而古老的寺庙，那些凉爽的殿堂、绿树成荫的花园，那些艺术与自然浑然一体、令人心旷神怡厌倦俗世的一切都渐渐腐朽。甚至连那声响宁静幽远的大钟都逐渐被野蛮的古董收集者移走，代替它们的是邻近小教堂里刺耳的叮当声。有多少次，我在某些寂静的林谷中听到那深远的钟声，每一次敲击都隔着漫长的间隙，一些佛寺里响着僧人们的晚课，而我在漫步中停下来，看着那些礼赞者焚香祷告。

无论如何，老君洞的神甫目前生存艰难。一个煤矿正在破坏他们主神殿的地基，因此道士们正起诉对方，而这诉讼在花光他们的钱。也是在这里，第一次有人公开向我要钱。我没有预料到这次远足的路途这么长，因此没有带上苦力，也就没有人给我提钱袋（价值一先令的铜钱重一磅半）。他们用茶水和水烟热情款待我,当发现我没什么可以给他们时,多少有些不高兴。

周六,4月14日,天气很热。我回访了张行栋钱庄的经理,他姓"赵"。我在他那里吃了早饭,有小麦面包和粉丝汤,还有"发菜",一种非常细的海草,我难得如此享受一份餐点。这个钱庄是此处最主要的山西钱庄及商行,它存在了270年,总经理在家乡太原府管理整个产业。这些钱庄是帝国最受尊敬且管理最严格的产业,它们的分支深入18个省的每个重要城市,员工数量达到数百人。我问他如何负责运营一个存在了近三个世纪的公司。他回答道:"我们的规矩很严,内部员工都来自山西。他们要当学徒,住在商行里,晚上九点以后禁止出门。"他说南方的商业机构更松散。这些山西钱庄为散布于整个帝国的分行发出大宗款项的汇票,奇妙的是在如此迟缓的沟通情况下,他们竟然能够管理他们的财政。

下午我再度出门闲逛。从最近的"太平门"出城,走下240层肮脏的台阶,身边都是常见的运水工。城里用的水全都是通过各个城门从河里运上去的,抬水的苦力薪水很低,两大桶水只值4至5"钱"。我到了河滨,现在这里是干的,到处都是小酒馆、店铺、鸦片馆、木柴和煤炭店,但这一切在一个月后都得挪走,因为河水将再次暴涨。我注意到有两块孤零零的巨岩立在沙洲上,它们是从城墙下方的悬崖上掉下来的,而城墙已有部分被涨高的水侵蚀了。根据当地的信息(常常不可靠),这些岩石是三个冬天前落下来的。较大的那块大致上是个约 15 英尺的长方体，有相当大一部分已经被挖走，它在水边的位置很便利，是一块紧实均匀的灰色砂岩。这里是重庆的西南边，河床渐宽，在中央形成了一片巨大的沙石堤坝，称为"珊瑚坝"。其顶端大约有一平方英里的位置种了作物，上面还有一些村舍，在正常的年份里能堪堪逃过洪水。现在这片堤坝的顶端离河面约有 50 英尺，算是我在四川东部见过的唯一的一块平地。我沿着它的边缘走了近一英里，直到脚下如板球大小的松散卵石多到难以行走。我得提一提，之所以选择这么难走的路，是想要逃开那一大群一直跟着我的流浪儿。这些孩子被四川话友善地称为"娃娃儿"，他们聚集了大约有几百人，自得其乐得扯着嗓子喊："洋人跑马！"后来我得知这个叫法（或任何乌合之众的口号）都源自上海集会的西洋镜秀，这次集会是最近由一个巡回马戏团举办的，它激起了重庆年轻人嬉戏的心态，而我希望地上的石头能对他们的光脚形成阻碍。但事实并非如此，我只能跳进一艘舢板，让人载我渡河，这才逃开了他们。当这个让人愉快的结果发生时，聚集的娃儿们轰然大叫起来。

在过河时，5 海里/小时的水流将我们往下游冲了近一英里，但在对岸的涡流中，船只迅速收回了失地。这涡流通向一处小险滩，它由右岸伸出的一处阻碍河道的岩架形成。多天前，一艘载油的大帆船在这里失事了，她的船体被拖进浅水中，现在她漂在那里，甲板已不知所踪。她所装载的油桶堆在岸边，它们是竹编的，内里衬了竹纸。船员们舒舒服服地沿边扎营，在船帆做的雨篷下守卫着这些货物。靠岸后，我爬上陡峭的山坡，发现一座新坟，还有一些舒服的石凳，就建在突出的山坡上。我在炎热的阳光里坐下来，享受眼前的风景。无论从哪个高处看，重庆城的风光都别具风味，每个角度都形成一幅新的画面，画中有岩石、河流、林木、寺庙，有雉堞的城垛，还有屋顶的飞檐，各种细节让人眼花缭乱，只有摄影机才能正确地记录它们。我坐在那里眺望了半个小时，竭尽所能地在视网膜上留下这一切的印象，因为我不知道我还会不会再重访此处，这回忆将是我拥有的最怡人的旅行印象之一。

在欧洲，除了纯天然的景色外，眺望众多至胜美景的愉悦感总是会被人类新建的粗糙作品削减，在美国更是如此。令人遗憾的是，这种情况甚至开始在美丽的日本发生。在那美学之乡，人们开始疯狂地模仿西方的建筑与服装，旭日之岛就仿佛染上了枯萎病。但在中国这遥远的西部，还没有什么东西侵入这天人合一的境界。风水正当盛行，人类与土地的和谐就仿佛鸟之于空气，鱼之于水。建筑全都与环境融为一体。古老的城垛就如同天生于崎岖的悬崖之上，城墙随着山川江谷的曲线起伏，没有什么透露出与自然冲突的迹象，而我们粗野的西方正鼓励这种冲突。没有哪个自命不凡的暴发户会建起高楼凌驾于邻居的头顶，盗取他们的空气和阳光。比较醒目的建筑只有寺庙和衙门，前者以其绿色和金色的瓷瓦别具一格，后者以其两侧古雅的旗杆自成一派。据贝德禄称，它们象征着阴茎，其形状和西方的旗杆完全不同，杆子光裸，旗帜呈方形。如果有谁像安妮·芒雄斯女王撼动伦敦那样撼动这里的话，那龙与龟将（以暴民的形式）从沉睡的时代中惊醒，推翻那些不吉的建造，直至片瓦不存。这座城市对外国人表示出反感的唯一一处是源于罗马天主教传教士的行为。得益于几个老不死的神甫贪财所得，这些传教士继承了这笔古老的馈赠，成功获得了一块位置醒目的砂岩崖地。这是他们大教堂的选址，面积约有4英亩，在城市中央占据了一个居高临下的位置，在它上方还立着一座非常古老的道观。人们群起而攻之，毫无疑问，如果他们在最后关头没有同意官员的要求，接受另一处更有益但更不显眼、地势更矮，而且比较不破坏风水的选址，那他们可能就要牺牲自己的生命。如今，天主教会在这里建起了一幢丑恶的大玩意儿，是他们那种经典的砖块加灰泥堆成的，建在任何一座中国城市里都是在侮辱城市的美。感谢上帝，他们没能摧毁重庆的整体美感。

河流的动向也和周围的环境和谐一致。形态古怪的帆船都有一面方形主帆，在清新的上行顺风吹动下，风帆鼓起，船只迎着湍急的水流挪动着微乎其微的距离。尽管有帆，这些船只仍然靠一根在此看不见的纤绳牵引，岸上一群纤夫拉着它，沿着沟谷斜坡在岩道上上下移动，你大概只能在每艘每拉动的船只前方约四分之一英里处看到他们。

重庆城所矗立的半岛由层层叠叠的山岭环绕，山岭脚下流淌着既宽且深的扬子江，山岭上头到处都是农舍、村庄、酿酒厂和小工厂。扬子江较下游平原上升起的山脉光裸荒秃，不适合居住也不能放牧，上面没有树，贪婪的樵夫像对待敌人一样砍光了它们的植被，使它们看上去贫瘠又凄凉。四川的山则与之不同，如同欧洲城市周边的山一样，它们被自由但温柔地利用，这里的城郊看起来宁静又欢快，和远东的景色大相径庭。在湖北平原光秃秃的山脚下，城池在平地上突兀地升起，看上去就像一座营寨，搭在刻意被摧毁的乡郊，虽说整个景色显得极度狂野又浪漫，但也显得可怕又毫无魅力。我在重庆所居住的街道离南城墙只有步行不到 5 分钟的距离，而且高度和墙顶齐平。我常常推开我的雪茄，从封闭的商行走到城垛找位置坐下，眺望下方的河谷和对岸的郊野。由于岩壁陡峭，这里只有三四个地方可以登岸，渡船便在这些地方辛勤往来，看着这些小斑点花近半个小时慢慢挪动，也是种有趣的风景。对蒸汽机船来说，这是多大的机遇呀！一旦西方的能量与方法能够自由渗透进中国人这样热爱商贸的活跃民族，中国将可以在财富与资源上匹敌美国。西方人口的压力不久便将迫使这个国家真正开放自己，无论情愿还是不情愿，无论是清政府官吏还是重新焕发活力的民众，中国人将没有时间倦怠以致拾起鸦片烟管。

中国的内陆山城从远处看显得优雅又独特，但我要遗憾地说，和南欧许多风景如画的城镇一样，中国城市的魅力一到近前就会消失无踪。肮脏看来和中国人的群落不可分割，对于出现在错误地点的各种事物，从高到低的各个社会阶层都完全视而不见。华美的丝绸遮蔽着没有清洁的皮肤，从官员奢华的黑貂袖口伸出的指甲与肥皂和指甲刀无缘。春季，勤劳的苦力扔掉冬天的棉服。在狭窄拥挤的街道上，唯一的清道夫就是暴雨，如果凑近了看看内部，我们就会发现地板上的泥泞和家具上的灰尘依然顽固地积累着，一直要到新年才迎来每年唯一一次的大扫除。然而你又能指望这个民族怎么样呢，它把自己的女人弄成残废，让家庭的天然护卫无法从事任何一种活跃的行动。从河对岸回来时，尽管河面只有将三分之一英里宽，但渡河还是花了近半个小时，因为水流非常湍急。而后我再次爬上那通向太平门的又陡又脏的长阶，回到我的临时住所，途中没有受到多少侵扰，就仿如行走在汉口街头一样。

中国的夜晚沉闷得让人难受。墙下成排列着硬邦邦的方凳，我们闲坐在上面，自娱自乐地抽着地上的三喷水烟，从烟管中喷出烟烬。烟草总是在还在燃烧的情况下喷出来，加深地上的黑渍，后者早已堆积了三个月，比原本的地板高出了一英寸。好在我带着一个在中国旅行中不可或缺的好装备——英格兰蜡烛。有了它们的光亮，我就能和商行里的小年青们玩一些有趣的象棋游戏，后者看起来全都玩得很开心。中国象棋有一个古怪的特征，即卒子和其他棋子之间有两个炮，而只有在其他棋子插入到炮和它的攻击目标之间时，炮才能攻击。和中国的其他习俗一样，这种奇妙走法的起源已不可考。9点时，晚饭或宵夜来了，真的是"小夜。"一张照明微弱的桌子被放在院子里，上面放着一些冷食，比如腌猪肉片、浸醋的青豆、蚕豆等等，这些东西都要用筷子一个个夹起来，浸到小碟的酱油里。每个人前面都有一碟，然后慢慢地咀嚼，搭配它们的是无数杯温热的四川白酒，那杯子也只有一点大。这番文雅的损耗持续了一小时，必不可少的嗑瓜子的声音调和着气氛，中国人的茶点里不能没有瓜子。有时候我们猜拳，让夜晚变得热闹又紧张，刺激得每个人都醉到不可思议的程度。这种淡酒叫作"苦老酒"，很像著名的"绍兴酒"。它是用麦芽做的，滋味温和，并不让人讨厌，就好像是夹在啤酒和雪利酒之间的味道，比巴斯啤酒浓一点点，但没有后者那么呛。和中国所有常见消费品一样，它非常便宜，一加仑只要大约80钱，也就是四便士。住在中国内陆的外国人喝这种酒时就喝冷酒，发现味道也不差。

周日，1883年4月15日。今天我收到一位富裕人士的邀请，他叫王水振，是一名药商。药材是四川的大宗本土贸易。我应邀在"爱德堂"和他一起用餐。爱德堂是一处公园，在漂亮的重庆城城墙内外，这样的公园比比皆是。这些园林占地约2或3英亩，假山（此处的是天然的）、树木和小丘将公园隔成许多小天地。大大小小的亭阁随处可见，这样就能最大限度地为每一群游客保证隐私。柔软的砂岩上凿出了洞穴，以备炎热的天气所需，中国人很喜欢这样的洞穴，它们既凉爽又无风。这些"堂"多半由几个相处友好的世家共享，事实上这样的体系就好比我们的俱乐部，不过区别在于这些家庭是被公众认可的，而且主人会带来自己准备的食品酒水。爱德堂坐落在城市后方更高处，紧贴城墙，毗邻一道通向"小河"的陡峭山涧，因此这里通风良好，景色秀美。天气暖和，我们就坐着轿椅出门，这是重庆的出租车，去往城中任何一处的费用都是 25 钱。抵达目的地后，主人家在一个漂亮的客堂迎接了我们，这里看起来像个柑橘园。客人一共有 9 位，相互介绍以后，我们就团团围坐，按照惯常的礼仪相处了近一个小时，喝着茶，吃着一种"咸肉菜"——清淡的肉团子，等着正式的晚餐。我不会描述晚餐的内容，只能说，没有面包或米饭，世上最棒的菜肴和最易消化的食物也会让味蕾觉得乏味。宴席间从头到尾都在喝着热酒，仆人毫无间断地倒满小小的瓷杯。之后便是嘈杂的猜拳游戏，如果不加入会很失礼，而猜拳的目的是迫使大家喝酒，让宴席更加欢乐。交谈的内容很自然，从差劲的政府聊到中西方的风俗差异，从重庆开放的可能性聊到外国贸易和蒸汽运输。大约 7 点时我和主人家道别，他是个直率可亲的年轻中国人。而后我回到了自己暂住的阴暗又宽敞的商行中。

周一，1883 年 4 月 16 日。大清早，我接待了一位叫丁的先生，我想在附近"耍一耍"，而他就是我的导游。耍这个字的意思就是玩，欢乐的重庆人总是把这个字挂在嘴边。"好耍"就是很好玩，我被领着去游览众多当地名胜时，都会听到这样的推荐。此刻，吃完了 10 点钟的早饭，我便和朋友丁一起出发，沿城墙漫步，步行距离大约是 6 英里。我们从太平门开始，沿着宽阔的铺石道路走到城墙顶上。从左手边的雉堞间隙中望出去，下方两百英尺处可见奔腾的河水，右手边是一整排望不到底的药店，它们的前门朝大路开着，空气中弥漫着中国药材浓郁的芳香，这混合的药香中显然有大黄、甘草根、鸢尾根、独活草（欧当归）和麝香。向右转，将河流落在左后方，我们沿着城墙顶上铺好的道路往上走，转弯后便是长长的石阶，一直延伸至山涧的顶端，涧谷在这一侧依然如刀削般垂直往两翼下落。我们在这里游览了涤心堂，这是一处进行宴请与慈善行为的机构，包括一座庙宇、一座三层亭阁——帐篷状的斜顶上覆盖着绿色与黄色的瓷瓦、一间停尸房——穷人的棺材在埋葬前存放于此，还有常见的小花园、鱼池、小桥、也没落下岩洞——它们是这座花园城市的特色之一。从亭子的顶层望去，就如同在邻效的任何一处高点所见一般，岩石、河流和山川组成一幅清新的画卷，其间点缀着苍凉的城垛和庙宇的飞檐。我走过西北面城墙的阅兵场，有一些当地的志愿兵正在此练习弓箭，见我停下来观看，一位平民军士请我试射一箭。我射出的箭飞得挺远，也离任何一个标靶都够远。这位军士便恳请我去他家喝杯茶。我们下了城墙，走进附近一处高墙的大门后，我发现自己已身处于一片宽广的苗圃，招待我的主人家原来是位花商。他种的主要作物是矮株蜜橘，大小和胡桃树差不多。还有其他一些漂亮的开花植物和亚热带灌木，全都在四月天里花团锦簇。他的贤内助端着茶蹒跚而来，在提神的茶点后，我们再次出发巡游。城墙的转角处有一座方形的三层大石堡，三层皆有洞眼，但是最初为方便射手攻击所搭建的木台板已经全部腐朽了，就和中国的其他一切政府机制一样。继续沿内墙行走，河流也一直在脚下蜿蜒，左侧墙外的地面也在一直升高，那是一片杂乱的古坟场，中国城市周边的山坡上到处都是这样的坟场。我们左左右右，上上下下，直至走进爱德堂的大门，抵达昨日我享受过奢华宴席的庭院中：我觉得此时仿佛昨日重现，转弯时我惊讶地发现昨天宴请的主人上前来迎接我。中国所有的大家族门口都挤着闲汉或家臣，应该是他们向他禀报我来了。我的同伴告诉我，王先生正在款待一些女性宾客，用英格兰的方式即是说，是在进行一场名媛聚会，不过我谢绝了他的邀请，并不打算去加入她们。在此我要提一句，王先生的家庭是本地天主教主要家庭之一，像他们这样真正的基督徒无疑对我们抱有一种亲近的感情，就和我接触的所有重庆人一样友善。城墙从此处开始转向东方，沿着小河的峡谷峰顶曲线延伸，在地图上，小河又叫嘉陵江。这条支流的水流量约有主干流的一半，又深又急。不过与干流不同的是，在我造访期间，它的河水是清澈的绿色。它将重庆城与其北部"江北厅"（城市在河北边的部分）分开了。江北厅也围着城墙，有"厅级"管辖权，在"府"和"县"之间。城墙内有许多美丽的寺庙与官员住宅，坊市部分在下方的扬子江侧，再下方是一个天然良港，由一处工整的岩架形成，后者将港湾和主要的急流隔开了。我们便是在此为外国租界找到了最好的选址，重庆正亟待其开放。在小河中升起的砂岩悬崖上有一些窑洞的方形洞口，其起源仍是个谜。

　　我们继续沿城墙漫步，左侧是小河深深的河谷，右边就是狭窄而拥挤的繁忙街道。在某一处，砂岩悬崖垂直下落了约

200 英尺，在街道和城垛之间，就矗立着惠勒博士为美国卫理公会购买的本地住址。为了这片宽敞的地界，他们一共付了三千两银子。这些建筑正在被欧化，以便更适合这位博学的传教士、他的妻子及三个女儿居住，他们正在这片迷人但偏僻的地界上搭帐篷居住。传教士的这一作品是提交给中国人的诸多问题中最严重的一个，因为它在内陆花园之地中呈现了野蛮的形态。从中国人的角度来看，所有的外国人理所当然都是巨富，在我们的租界内没有穷人，否则传教士就不会像商人一样有那么多钱可以花在维系兵团上，也没有那么多钱资助流浪的中国人，让他们抛弃家族祠堂来信教，被封锁在奇怪又难以置信的教条里。

我们离开角楼，回身进城，在迅速穿过迷宫一般又窄又脏的街道后，丁先生领着我到达了一处有点让人意想不到的处所。这是一处宽敞的宅邸，有许多庭院，原来这里是他家族的住宅。我在这里被介绍给他的三个儿子，他们和五六个较小的堂表兄弟一起听老师讲课，每个人都扯着嗓子喊着自己的功课。他们通过这种死记硬背的方式学习四书，这样就能在以后的记忆里留下不可磨灭的印象，而文章的意义稍后将会详细解释。这个体系也许看起来很荒谬，但我被说服了：要将这种繁复的语言中无数的词汇刻入脑海，没有其他方法能和这种方法一样有效。一个少年给我们拿来了鸡蛋，它们是煮熟的，浮在一碗热水里，在长途步行后这算是一种不错的点心，只是没有配上面包。我们又在拥挤的街道上走了一英里，来到白象街，我同伴的生意机构就设在这里，是一座制糖厂。在这里我被介绍给他父亲，这位近 70 岁老人精神矍铄，他显然在积极地管理这里的工作。这里的生产规模很大，但是方法还是一贯的原始。

第九章

重庆（三）

周二，4 月 17 日。安静的户内一日，接收请柬，写明天要寄的信，做好预备工作，准备出发去参观我朋友董先生的煤矿。

　　周三，4 月 18 日。8 点，朋友董先生和他的侄子带着三只毛发蓬乱的小马来了，其中一匹马肯定是我的。这只状态良好的小动物站在那里，大约有 12 手①高，它是邻省贵州省的本地马。我的东道主们给它安了一具描字鞍。这种马鞍和中国所有的马鞍一样，是木头做的，不过整个马鞍上都覆盖着厚重的雕漆，完全就像是著名的苏州漆器。一床填絮的被子，再罩上一面异域毛毯，总算是遮住了这具艳丽但令人难受的装备，不仅成功隔绝了公众的视线，也保护了骑手的臀部。一群人围过来

---

　　① 测量马匹高度的单位，一手等于 10.16 厘米。——译者注

目送我们离开，而我们迅速骑上马背，欢快地小跑在打滑的街道。我的小马是运动能力最好的，因此我被要求领头。我本能地更倾向于步行穿过这狭窄拥挤的街道，但同伴们催促我加快速度，让我克服了这种冲动，因为我们要在9点抵达石马槽，那是我东道主的家，在那里我们要进行早餐。中国骑手总是在马脖子上挂一个铃铛项圈，铃铛声提醒行人们让到一边，而且这种欢快的叮当声为速度提供了节奏感，并为骑行增添了节日的氛围。我们穿过北城门，跑下一段蜿蜒的阶梯，两侧的店铺和小摊把阶梯挤得更窄，仅剩下6英尺的宽度。它一如既往地蒙着黑色的污渍，城中使用的所有的水都是通过这些城门驮进去的。我奇妙的小马匆匆忙忙地往下跑，途中没有发生任何意外，但还是让它的骑手受到了不小的惊吓。跑下大约150阶后，我们到了一处平台，它就好像是某种檐板上的路，沿着山谷的峰顶前进。奔腾的河水在我们左下方，陡峭的山丘在我们右手边，山上树木很少，到处都是坟墓。很多地方的旧石栏已经垮塌了，当我们转向跑进山里时，我一点也不觉得遗憾，我曾经乘着轿椅走过脚下的这条路。路上的交通非常繁忙，不过随处可见的关卡将交通管理得井井有条，很少发生什么纠纷，甚至根本不会发生。于是，一切都为轿椅让路，行人为骑手让路，辛苦的苦力为所有人让路。当道路太窄时，这些不幸的人们常常得下到旁边的稻田里，成排站在那里等着，让我们这些骑手先过去。我们的每匹马儿都有专门负责的马夫，此外还有两名扛行李的脚夫。我的马儿是东道主的资产，但其他几匹是租来的，价格是每匹180钱（9便士），包括马夫，后者照顾马儿，趁我们休息时在路边割取饲料。在这个受到偏爱的省份中，生活成本低到一种令人惊讶的程度，于此就可见一斑。在炎热的天气里骑了一小时马，我们便来到了石马槽的董家。在早晨的阳光下骑马实在是非常热，我们都很高兴能在家里的凉爽院落里休息。很快便有人叫我们吃早餐了，我的东道主在席上喝了很多热酒，而我自己只喝茶。在这些中国人眼里，我缺乏"酒量"真是一个令人遗憾的缺点。近11点时我们再度出发，越过一处短"山坳"，它是蛇颈，就是那条仁慈地将城市卷在陆内的大蛇，而对面的龟隐在对岸突出的绝壁里，完善了重庆的风水并为之带来繁荣。我们很快到了佛图关，它是一个小城池或堡垒，通向重庆的道路从它中间穿过。这里的城墙包裹着一处高耸的砂岩斜崖小丘，它属于曾经覆盖四川东部表面的古老砂岩高原，后者如今还剩下许多这样的残余物。我们顺着一段陡峭倾斜的阶梯前往城门，我的小马勇敢地攀上了这段斜梯，而后我们骑行穿过了这处堡垒。城内也是常见的窄街，还有那种差劲的乡镇房舍，但我没有见到枪支或卫戍部队的痕迹。从西边出城，我们又从另一段斜梯下了坡，开始沿着通向省会成都的西行大路前进。

这条路上上下下地延伸于一片地势起伏的郊野，周围的山丘全都种满了作物，当季的主要作物是鸦片和烟草，罂粟花漫山遍野。在狭小的山沟里，微型稻田呈梯田状往下蔓延，将谷底能用上的一点点平地都占据了。这些山沟的上半部分常常都是些直立岩层，大路从它们顶部通过，或是从中间切过，它在古代曾被一道漂亮的石栏杆围护，但现在栏杆已年久失修，在某些部分更是完全缺失。我的微型骏马对窄路的边缘有一种非常让人不安的偏好，这些地方的石板尽管没有完全缺失，却都显得往外倾斜。上坡和下坡的路都是些狭窄陡峭的荒废阶梯。这条路在最初修建时完全没有用上工程技术，那些贪婪的农民对其暗中的侵占让路况变得更糟。在离开主干道后，路面状况糟糕到了一定的程度，在某些地方，若不是我根本找不到地方下马，我会选择离开马鞍用两条腿走路。除了跌落下去的风险外，让一只小马在这样的郊野驮着我真的像是在虐待动物，但他们向我保证，它已经习惯了在贵州山间驮着两倍于我重量的货物行走。我硬起心肠，继续攀爬。

下午，我们终于到达了今天的目的地沙坪坝。我领头骑行在崎岖的路面上，注意到在右边的山坡上有一片辽阔的城墙，它的前方有一处宽广的台场，连着一道漂亮的石阶。这是一处贵族宅邸，在这片荒芜的地界上，它比我在途中遇到的一切都出众。当我得知这就是我们的目的地时，真的非常惊讶。我欢快地驾着马跑上阶梯，很高兴能逃开炫目的阳光，躲进前面绿树成荫的院落园林中去。我得知这是董家的古宅，现在他们换到了石马槽更低调但更便利的宅邸中去住了。董家将这处旧宅交给了重庆天主教会，后者将这里作为一处乡间别墅使用，现在它是他们的新大本营。在我来访期间，此处并没有被占用，只是有一个"织坊"正在运转。这丝绸织造工坊是无数"附属行业"之一，仍由董家运营，他们在重庆城有一家店铺经销自己的产品。织坊是一座高大的砖瓦"堆栈"，其中有大约20台织布机，以及同样多的纺纱机。大概有一百个人在工作，他们的薪水按件计算，除了包饭外每天能赚约一百钱。生产的货物质地精良，但销售范围基本仅限于本省。不过，在太平天国运动期间，当生产丝绸的湖州城被战火摧毁时，有大量这样的丝绸被装船运往东方，贸易兴旺，获利无数。只是四川丝绸并不能与湖州丝绸匹敌，因此现在这桩生意正慢慢凋零。我们和工头一起吃了晚饭，这一餐很简朴，只有米饭、豆子和猪肉。之后我们带着枪出去闲逛，我的朋友董先生是一位热情的户外运动爱好者，他带了一支贵州枪，枪管有近5英尺长，枪孔大约有豌豆大，可以发射铁丸。我们惊扰了几个周边农庄附近的小树林，又攀下几乎垂直的小河岸，岸崖约有600英尺高。乡郊风景秀美，湍急的河水在这个季节很清澈，岩礁间的水塘近乎静止，可以让人心情舒畅地游个泳，算是乡下人的一大奢华享受。我们从一处林木茂密的山沟再次攀上崖岸，此时的山沟还是干燥的。我们在一处石凳上坐下来，这里离沙坪坝的城墙不足一百码远，我们俯瞰山涧，欣赏眼前壮丽的景色。除了家中那封闭的微型花园，钟爱隐私与退隐的中国人从来都不会从自己住处的窗口欣赏风景，因此他们在一定程度上是在用令人压抑的沉闷折磨一个外国人。从这里能看到嘉陵江对岸陡峭的砂岩悬崖，这条河通常又被称为小河。在悬崖上有一些明显的方形窑洞口，这些窑洞遍布于这个省的河岸上，贝德禄先生曾极为生动地描述过对它们的探索。显然中国历史里永远都不会提及它们，我们对它们一无所知，只知道它们一定曾属于这片郊野的土著居民。这些洞穴最古怪费解的一点是：再也没有别人沿主河道（扬子江主干流）的两岸挖掘过这样的洞穴。在我们身后，一口巨石棺的一角从一片绿树林立的高地上露了出来。我的同伴告诉我，不屈不挠的贝德禄在造访沙坪坝时在某个夜里打开了它，结果在棺里只找到一层湿泥。不过就在前不久，这里的地主，也就是我的东道主曾在棺盖头侧的下方捡到一块蛇纹石磨光的石斧。现在它已是贝德禄先生的所有物，只是已经损坏了，因为发现它的人贪婪地想要把它弄开，指望在里面找到金子。在很多中国人眼里，也许只有金子才值得人们进行考古研究。

如今我们在旅程中途休憩的这座乡间别墅，是我造访过的中国住所里最优美的，值得简短地描述一番。它由一位退休的府台在 18 世纪建造，花费了大约两万两银子。宅地占地 4 英亩多一些，由 10 英尺高、5 英尺厚的石墙围绕。墙内是常见的连续的庭院和平层高堂，铺瓦的屋顶由巨大的木柱支撑，木柱基底是石制的。一切看上去都像是初建时那样崭新而辉煌。屋墙是砖砌的，地板是石制的。每个庭院都比前一个高出几阶，在所有庭院的后方是倾斜的岩坡，坡面覆盖着蕨类植物，坡顶是一片竹林。而岩面上喷出了一道清澈的泉水，为整座房子提供水源。仆人住的附属房舍、厨房和马厩都占地甚广，在最低的庭院前部，即这个庭院和外厅之间，有一个很深的鱼池，由石埠围着，上面还跨着两座石雕曲桥。一块地面郁郁葱葱地长满了这个纬度上的亚热带植物，它们长久疏于打理，使蜿蜒的小路几乎无法通行。就在这里立着一座优雅的石台，它是一座露天戏台，后方是一丛"高雅的"竹林，与普通的竹子不同，它们浅绿的茎干上有黑色的纹理。主建筑大部分保持着初建的样貌，修缮状况异乎寻常地好，但唯一的居住痕迹只在一个小院里，那里搭建了一座临时小教堂，装饰了彩色的圣徒画像，中央是圣心圣母，以一种最让人不快的方式撕扯开了她燃烧的心脏。西方教义的禁欲主义为其崇拜者展示了基督圣徒们受难的姿态，这与欢悦的佛教在庙宇里展示的肥胖又愉快的形象形成了鲜明的对比。也许两种宗教都脱离了创始者的信条，佛教在表面上更有吸引力，而如今的基督教更强调自我否定使人高贵的教义。但如果每个宗教的圣像象征就是其惯例回报的真实画面，那我宁可做一个"罗汉"而非一个圣徒！

周四，4 月 19 日。清晨，我们都坐在马鞍上，预备再次迎战这起起伏伏大部分"破碎"的郊野。我们的路程与小河平行，穿越一片更加崩坏的乡野，攀行于比昨天还要陡峭的小径。因为必须穿过无数的山沟，所以我们就得没完没了地上坡下坡，这些山沟是溪流在柔软的岩石上冲出来的，溪流则一路奔向主河道。溪上往往跨着没有防护措施的光滑石桥，它们被维护得很好，但铺在稻田间田垄上以及爬上岩崖坡的石径则往往只有 12 英寸宽，而且路面上的小石板都和水平面有一些角度差。某些地方的石板完全消失了，留下一些小小的裂口。我们的小马像猫一样轻快地从上面跃过，只有我时不时要为它的落脚点感到战栗。阳光带着这一地区初夏的威力倾泻而下，几乎没有一丝风。我在四川从 3 月中旬待到 5 月初，除了夜里偶尔的暴雨外，整段时间里没有下一滴雨。中午，我们在路边的一座小庙里休息。这里有一湾甜美清凉的泉水，就着这泉水，我们咽下了此地像饺子一般的的小麦小蛋糕。庙宇离路面有一段陡峭的阶梯，它抵着岩面屹立，由此远望，风景如画。川东特殊的地貌让郊野的风景显得格外迷人，每半英里风景就会焕然一新。严格来说树木并不多，但散布的农庄和庙宇周围环绕着一些小树林，而大路沿线参天的榕树树荫总是让人不想再挪动脚步。之前在一棵榕树底下，我们享用了极好的樱桃，它们一小堆一小堆地放在路边的一张桌子上，每堆卖 3 钱。

庙里的住持去赶集了，此处由一位衣衫褴褛的赤脚小和尚照看。在我们休息时，来了一个穷苦的女人，她带着她的小儿子，两人都穿着自己最新的衣服。他们根本没理会陌生人，只管悠闲地解开带来的几捆红蜡烛，将它们竖在堂内的不同佛像前，点亮了它们。然后那位老妇人抽出了一个圆垫，跪下去向中央的佛陀磕头。每座庙宇都有一座音声深远的大钟，那衣衫褴褛的小男孩在这里的钟旁找了个舒服的位置，老妇人的前额每磕在石地板上一次，他便在钟上轻轻敲一声，大概是要唤起信徒所供奉的圣者的注意。磕头结束后，老人让她的儿子从金佛前方的圣坛上立的一个竹筒里摇"签"，她捡起掉在地板上的一片竹子，将它交给小和尚。于是后者拿出了一本四开本的大本手抄本，签上的数字在书上有对应的页面。小和尚自己无法胜任解读圣谕的任务，我的同伴就庄严地把签文读给他听。老妇人的丈夫似乎病得快死了，她是来祈求佛祖让他康复的，现在她得到了祈祷的答案。回复多少有些模棱两可，但通常都是好话。老妇人蹒跚着走下了陡峭的台阶，一手拿着东西，一手扶在儿子身上，显然得到了很大的安慰。我在中国住了这么久，还是无法接受这种可怕又痛苦的缠足。但愿能有如古时征服者般的独裁者登上皇位，发布谕令禁止对一半人口进行这样无理的折磨。这样的谕令当会被遵守，因为令中国人痛悔的这一潮流也是暴君迫使她们遵守的。在蒙古人统治期间，私人坟墓与公共墓地就和如今一样占据了巨大的耕地面积，于是圣旨颁下，这些墓地都被犁开了。与此事一样著名的是，现今这个王朝是于 1644 年建立的，从那时起，整个国家就几乎毫无异议地接受了满族的服装和可憎的辫子。这就说明，在一个像中国人这样对何事都无动于衷的民族中，任何命令都会得到执行。

我们再次出发，最终目的地煤矿所在的山岭已经映入眼帘。这片山岭本身比它周围的郊野要高出约 1000 英尺，也就是说比河面高出 1700 英尺。它略呈东北偏北和西南偏南走向，被小河拦腰切断，从而形成了一处小规模的峡谷风景，与下游主河道那些壮丽的峡谷相似。我们穿过了一两个繁荣的村落，还有一些河侧谷口的小港湾。这片乡野种满了作物，山脚是稻米，山坡上是鸦片和烟草。我们在日落时到达了山岭脚下，爬上山后，作物就被甩在了身后。马儿顺着一条陡峭的山路，穿过繁茂的松树林，这条山路盘绕在一处山涧的峰顶，山涧底部流着一条喧闹的溪流，它是从上方的煤矿处流下来的。最后，采矿造成的一处巨大斜坡阻碍了我们的去路，然而小马攀了上去，带着我们来到一处小高原上，此时，星辰刚刚出现在前方几乎垂直的山巅。光线堪堪能让我们分辨出附近大约 50 名闲散的苦力，他们赤裸的身体上都是煤渍，还有一些双层木棚屋，它们建在山侧的斜坡上，下方就是与地面齐平的煤矿入口。我们走上第二层，穿过一群好奇但极度克制的苦力，他们刚刚换值下班，正洗完澡在闲晃。而后我们进入楼后的一个小房间，这里是领班的房间，我们在这里坐了下来，加上这位好人的床，地方都差点不够我们几个人挤下。晚餐很简朴，由红米饭和蚕豆组成，搭配的茶水简直令人作呕，我基本上没法把它咽下去。东道主告诉我，这茶叶就长在附近的山上，干茶叶一磅只需要 3.5 便士。这种本应芬芳的植物此时基本只由茎和小枝组成，里面混着一些大叶片，多多少少都有些发霉。中国人把这样类似的东西都称为"茶"，也不管里面是不是有真正的茶。在矿山上，所有人的吃喝都差不多，他们注重食物的成本更胜于质量。在阳光下度过了漫长的一天后，我实在是想喝一杯普通的提神的茶水，但我彻底失望了。因为太累了，我就把参观煤矿的计划推迟到了第二天早晨。与此同时，我记录下了主要的数据，它们是乐于助人的主管提供给我的：

每天出产的煤	30 吨
在涨水阻碍工作前，每天出产的煤	60 吨
雇佣的总人数	120
	在四个矿洞里工作的采煤工人	36
	在矿洞与洞口间运煤的工人	36
	用竹泵抽水的工人	36
	用转扇通风的工人	12

除了主管和领班外，还有两位会计师和老板的代理人被委派来计算产量，并收取权利金。每"兜子"（260 斤量的筐）175 个铜钱，相当于每吨（2240 磅）5 便士。目前，煤矿的主人是我的朋友董先生。

煤矿 24 小时不停班，工人每天 12 个小时轮换一次，他们的米饭由煤矿承租人提供，每天分三次运来。他们的工钱是每天 140 钱，相当于 6.5 便士，还有食物大约值这一半的价。薪水每 10 日结一次，结算日就像是节日一样，因为他们只工作了 9 日便拿到了 10 天的薪水。另外，每对工人，即一名采矿者和一名运输者，必须每天在矿洞口交付 11 "兜子"煤。也就是说每吨煤的运送实际上要花费一先令的劳力。

通风风扇是圆形的，被封闭在箱中，和那些扬选茶叶的风扇很像。新鲜的空气通过竹管被送入。正在工作的风扇有三个，一个在矿洞入口，就在转门的外面；一个在坑道的尽头，1000 英尺之外；还有一个紧邻采矿点。冬天时不需要这些风扇，它们只在夏季工作，从农历第三个月的第三天开始，转动到第九个月的第九天，即 4 月至 9 月。

另外还有一处花销自然是照明，其工具是桐油灯，每个运煤工人头顶都有一盏，每次更换 10 盎司灯油，采矿人每次的灯油只有 6 盎司。根据提供消息者称，这种桐油来自桐树的果子，而点燃它所得的烟灰就被用来制作所谓的印度墨水。他们告诉我，如果用菜油或是其他油，会熏得人咳嗽。

1882 年，董家在煤矿所得的权利金为 781 两，也就是大约 200 先令。

这个煤矿的历史很有意思。它在近 20 年前由一位资本家开矿，但主矿道完工时（这条矿道在砂岩中穿行了 1000 英尺，开通费时 6 年），这位资本家的资产被耗尽了。于是他抵押了煤矿，不过由于仍然需要资金，他便以 4000 两银子将它卖给了董家，这相当于开矿费用的一半，赎回抵押后还略剩一点点。承押人本想自己得到这个煤矿，便拒绝交付它，他在矿区周围驻扎了武装力量，强行阻止董先生取得其所有权。这位董先生自然很愤恨，他立刻着手集结武力，以进驻自己的产业。几天后，他在邻近一处农庄内集结了自己的军队，决定进行夜袭。这次袭击是由我现在的同伴——董九爷亲自带领的，他在他这一辈（包括所有的堂兄弟）排行第九。黎明时分，大约 20 个人拿着矛和一些火枪出发了，希望能乘敌不备，兵不血刃地拿下此地。然而，尽管天色还暗，他们还是被发现了，遭到了一轮齐射，幸运的是没有人受伤。于是董家人发起了冲锋，敌人列队退进了周围的丛林，然而他们其中一个跌到了地上，被一支长矛扎穿了。这对董先生来说可不算不幸。领地就此得手，避免了打官司会带来的延迟。然而，尽管董家的人逍遥法外，前承押人却不会疏忽己方一人丧命给他带来的优势。

他向府台控诉谋杀，董先生为了避免官方的追究，又花了4000两银子，在此地这是一笔相当大的款项。现在他总算能安稳地掌控煤矿了，从其中所获的微薄赢利便如前所述。

这里的煤矿显然不需要课税，官府满足于煤炭运输时所得的过境税，无论它是多少。这座煤矿离河岸有8里，也就是两英里多一点的距离，河边上有一个仓库用以煤炭待销，买家由此通过水路将煤运往重庆。从山路运输到施家梁（仓库）每担煤要花费27钱，到重庆的30英里水路则只需要14钱。由施家梁卖出的煤炭每担133磅值110至130钱，即每吨约6先令。这是一种柔软的烟煤，显然质地优良。

周五，4月20日。早上4点起床，套上一件本地的印花棉布外套，再穿上一双对我来说太小的草鞋，我便进入了煤矿。矿道高8英尺，宽5英尺，它几乎是平行的，不过略略有些向外倾斜，整个矿道长1000英尺。矿道中央铺设了木制的轨道车，兜子或煤筐就放置在四个小铁轮上。入口处是一扇双开门，只有装满了煤的兜子往外经过时才会由人推开。我们走入其中，推着一个空兜子在前方，让它引领我们走在通道中心，远离两侧挖出的水渠。他们告诉我，入口之所以要如此小心地关闭，是为了保留费力泵入的新鲜空气。我们在泥浆中缓慢前进，途中不得不频繁地把我们空荡荡的小车整个儿挪下轨道，好给每一兜颠簸向外的煤炭让路。最后我们到了隧道的顶端，在此处，横向的岔道向左右叉开，一位孤独的摇扇人面朝我们坐在黑暗里，转动着轮盘，空气由此被泵入左侧的走道。左侧也和主矿道一样，有一道闭合的双开门。右边是一条废弃的走道，因为顶部塌方，已经不能通行了。穿过左边的大门，我们沿着低矮的走道摸索前进，而且不得不全程弯着腰，在近500码后，我们来到了目前的采矿区。我们从这里沿着矿层转向右边，矿层似乎有大约3英尺厚，和地平面呈一个小于25度的角度。矿工们正用一种单头锄挖凿巷道，他们已经挖到了下方近处的水层，正费劲地用竹泵维持目前的水面高度。空气似乎相当清新，但狭促的环境催促我迅速撤退到了露天的空气中。所有的矿工在换班后都可以洗个热水澡，我们也享用了同样的热水，在一群赞赏的人眼前穿好衣服，坐下来吃一顿快乐的早餐。早饭搭配的是便宜但不难喝的热酒，老板和承租人热切地讨论着引入蒸汽泵机的可能性。

9点时，我们再次骑上强健的小马，开始沿陡坡往山下行进。这是个极其可爱的早晨，道路开始沿着一道小小的山涧下行，山涧上方的植被遮天蔽日，小小的瀑布在我们脚下轰鸣，旅程变得非常令人愉悦。透过叶片的间隙，能窥见我们昨日穿过的欢快溪谷，远处蓝色的山川环抱着它们。下到半山腰时，我们见到了一处小凉棚，它搭在一片小空地上，里面坐着正在开挖的新矿的会计师和办事员。他们先是恳切地邀请我们歇一歇，喝杯茶，接着又提出要领我们去矿区。新矿区的工作目前已开始了大约六个月，已凿出了一条与前往董先生矿区的隧道相似的隧道，往山中凿进了40英尺。两个人正在着手开采坚硬的砂岩，隧道前进的速度为一天7英寸。他们预计在大约7

年内挖至煤矿层。航行于扬子江上时，我所见的湖北省的矿业挖掘实在是惨不忍睹，而这里的工作规划有条不紊，与前者形成鲜明的对比。四川省的一切都是如此，让人对该省罕见的繁荣留下积极的印象。隧道的高度达到了 8 英尺（显然对中国人来说是没必要的），只单单是为了更好的通风。

四川高原的地表全由砂岩组成，据李希霍芬称，在这层砂岩下方的煤系是世界上最广阔的矿区之一。高原上横越着无数东北及西南走向的山脉，这些升起的山脉使水平岩层向上翘起，从而使岩层更易挖掘，随便哪一处都可以采矿。在这些位置，只要简单地开出水平的坑洞，就能相对轻松地挖出煤炭。河水到处切开这些山岭，形成峡谷，并使不同的地层完美地暴露在外，这当中就嵌着煤矿层。

我们现在继续前往施家梁，计划在那里乘船回到重庆。为了运煤工的膳食，铺了一道 10 英寸宽的石板路。我们路上就遇到了一列运煤工，正背着空筐回矿区，听到小马项圈的铃铛声，他们迅速站到了路边让我们通过。突然间，我的同伴让我转上左侧一条陡路，在爬上一段整洁的石阶后，我们来到了林家口农庄，它是山壑中的一块平地。原来这就是董家多年前集结武力的那个农庄，为了保护我们现在的东道主，使其免受上述那场战斗中不幸杀人带来的后果，董家不得不花了 4000 两。我们这位东道主是中国西部农场主阶级的典型代表。他个子很高，体型匀称，举止温和高贵，和中国商人的外貌有着极大的反差，就好比典型的英格兰农场主对比于伦敦市民。农庄建筑占地面积很大，是两层楼，呈三角排布，有一处露天庭院俯瞰着一道生机勃勃的山谷。谷底就是河水，而谷中的水源是一条欢闹的小溪，如惯常一般，溪水被用来灌溉那占据了更开阔空间的稻田。上方是一直蔓延至山巅的竹林和松树林。冬季的豆子和玉米田现在正被罂粟花占领，它们刚刚成熟可供收割。近距离观察它们的蒴果，可以发现果子被四棱刀割过，鸦片的原料正从这些伤口中慢慢渗出，因此，当我步行穿过田地时，白衣服上便沾满了褐色的汁液。我对鸦片种植的主题曾有许多论述，西部省份里漫山遍野的罂粟让每个旅行者都为之惊愕。这种有害的药物被强行引进，而引进的相关信息处处都要提到英格兰人，这个发现真的相当烦人。鸦片烟斗几乎可以肯定是中国人发明的，因为它在其他任何大陆上都不为人所知。因其恶性影响，我认为把钱和时间花在它上面所造成的后果，要比它对健康的直接影响恶劣得多。在中国，一个工人的薪水堪堪足够满足其身心需求，花在鸦片上的钱是从他的日常食物中扣除的。因此，穷人中的吸毒者看起来总是饿得半死，而他们的家庭往往要承受残酷的贫穷，就像英格兰那些穷人里的酗酒者。对于一个营养良好的中国人而言，夜里抽支烟只是一种消遣，是在一种于东方来说难得的宁静状态中愉悦地消磨时光。商人在烟雾中能顺利谈成许多好生意，就像我们家乡的谈判桌上往往会有一瓶酒。对于这个阶层来说，对着烟管消磨一些时间不算是什么严重的事，而对于公务员来说就完全不同了。在中国，一位清政府官员的工作是非常艰苦的，最有意志最有干劲的官员也几乎无法补上拖欠的工作，尤其是在战争、暴乱与饥荒频发的动荡年代，而帝国在过去50年里都一直在不断地遭受这种折磨。

中国官员的职责很不明确，他们要负责行政与审判工作，有时甚至还奇怪地混入军事职能，他们在最有利的情况下都要依赖自己的下属。然而，当他们屈服于鸦片，将大半的时间花费在鸦片馆时，贪婪与恶政便无可扼制。问题在于整个体系，它使一个人根本无法胜任自己的岗位。这样的人被称为有"瘾"，即极度渴求鸦片，就如同我们的酗酒者的恶化版。要下旨根绝这种恶习，无异于进行世界历史中尚未发生过的一场社会革命。中国和西方一样，也有好心肠但不切实际的慈善家，他们曾试图暂停鸦片的种植，但事实证明，哪怕是这样的尝试都无法实现。东道主之前在林家口告诉我，他自己是不抽鸦片的，如果上头禁止收购这种药物，那他的冬季罂粟田仍然能够以其他作物赚钱，比如种子中提取的油，茎秆烧成灰后可以产生用于染色的碱液，还有大量的叶片可以喂猪。每个中国人都养猪。中国所有城镇的粪肥都会被施于田地中，因此，这些作物不会耗尽地里的养分，也不会致使夏季的玉米减产。鸦片永远都不会被种在平地的稻田中，它们只会被种在很陡峭的山坡上，别的作物种在这些山坡上不会有多少产量。

烟草是另一种非常重要的产品，四川烟草的质量远胜于其它省份的烟草。作为一个外国人，我经常见到海岸省份的人抽烟，他们在一个极小的斗中塞满烟草，从其中吸烟，而燃烧的灰烬就那么被敲在地板上，不只是一点点，这让习惯了整洁的西方人非常受不了。而在这里，我见到了一种完全不同的吸烟方式。烟草叶被装在一个小袋子里携带（填料与包装纸是分开的），每次要抽烟时就做一支短短的雪茄，用管子悠闲地吸烟。这里的烟草风味绝佳，一磅值大约 4 便士。

我们的东道主希望我们和他一起在林家口住一晚，当我表示必须当天回到重庆时，他相当不高兴。事实上，时间一天天飞逝，我担心如果不能让本地的朋友感受到我想要离开的急迫，那我可能无法及时在茶季赶到汉口。因此，尽管前一晚这里已经为了我们杀了一头不幸的猪，庭院里还溅着血迹，尽管东道主极其恳切地请求我，我还是惋惜地离开了：在离开前只和大家一起分享了糖果、蛋糕和酒。

我们沿着狭窄蜿蜒的小路下了山，有无数的山涧分割开大地，这条小路一直沿着某条山涧的岸边延伸，柔软的砂岩岸上点缀着繁茂的蕨类和藤蔓植物。我们安全抵达了"施家梁"的小村庄，这里有要塞和轮渡站。小村有一条铺石的窄街，房舍都建在一条倾斜的岩架上，唯一的平地在贮煤仓库所占据的河沟口。这里锁着大约 200 吨煤，等待着售出并装船下行至重庆。现在的水位很低，一片约 100 英尺高的斜坡下才是河岸，一些煤驳船正在装载，成行的搬运工正在往船上装煤，还有一些工人在把煤运向河边。每一担煤的重量都由无处不在的杆秤仔细称量。整个场景看起来忙碌又繁荣，这似乎是四川村庄的特征。与此同时，有一艘船被租下，好将我们顺流运至重庆，我们的小马和马夫将走捷径前往对岸。我兴致勃勃地看着这些小马机灵地走上狭窄的跳板，跳进渡船的船板，完全不惧怕施家梁下方急流的咆哮声。这些贵州马闻名于整个中国西部，就它们的身型而言，它们可能是世界上最强大的动物。

四川所有的河流都很湍急，逆流航行似乎要以经过的水量来计算，而不是以经过的实际里程来计算。因此，我得知前方的里程只有90里，即25英里，同样的航程逆流而上却被估计为120里。里并不是一种确切的计量单位，不同地方的里总是不一样。对于外国旅行者来说，一纬度250里算是一种便利的标准算法，这样每一法定英里就等于3.62里。这是一个相当准确的平均数。

根据地图，这条河叫"嘉陵江"，是从汉水往上后唯一一条来自北方的支流，汉水到此有800英里。不过在此处，它叫作"林家河"，林家就位于稍高处的山上。从现在上船的位置可以仰望峡谷，河水开山劈岭由谷中来，我们刚刚就是从它下方的斜坡而来。峡谷又陡又窄，底部飞腾着急流，完全就像是扬子江峡谷的微缩型翻版，回头我肯定会好好游览一番。这个峡谷被称为"观音峡"（观音是善行女神，在佛教中的地位好比欧洲的圣母玛丽亚），它的上游部分叫作"温汤峡"。峡内有一座庙和矿泉浴场，对皮肤病很有疗效。这里半数以上的人口备受皮肤病折磨。这座峡谷所暴露的煤矿层包括了我刚刚造访的矿区，峡中出产的煤炭被装入篮中，从矿坑口顺着竹绳直接滑入崖底的驳船。

我们的船轻快地顺流而下，船夫只需将船保持在急流的正中，避开两侧的涡流和岩礁。同行的还有一小队样式古旧的船只，它们满载着甘肃边界来药物：大黄和甘草根。这些船由粗糙的厚木板制成，以竹钉钉牢。它们只用以顺流航行，到了重庆后，它们将被拆解，散木板将被卖掉，用来建房子。中国人真是古怪，竟然会把如此贵重的产品托付给如此脆弱的交通工具。

景色之美难以言喻，两岸的山谷每过一个转角都呈现一幅崭新的画卷。冬季作物都已经成熟以待收割，每面山坡都种满了植物，只有四处林立的峭壁是光裸的，与周边的绿色形成醒目的对比。在这些崖壁上有洞穴的方形入口，那是此地原土著居民的住所，看起来就像是一座石塞的炮眼。现在的本地居民对这些洞穴没什么兴趣，对这些古怪的遗迹仍然知之甚少。他们只能告诉你，它们属于蛮子或"黑暗野人"。更近的时代，它们是"蛮夷"或"黑暗野人"的家。之前，人们能通过脚手架爬上这些洞穴，但现在这些脚手架消失了，要探索它们，就需要绳子和梯子，遗憾的是我没时间准备它们。贝德禄先生向英格兰地理学会寄了一份详细的相关报告，但他也无法对其创建者下定论。和四川所有的河流一样，小河上有一连串池塘和险滩，河床上多处都拦着岩礁，河水尚未能成功将它们分解。重庆上游几英里处是石门，这处硬砂岩岩架比目前的冬季水位高出大约 20 英尺，流经它的河水分成了 4 股狭窄蜿蜒的湍流。只要岩礁还露在水面上，导航就很容易，但夏季里河水暴涨，岩礁被淹没，河道就会变得极其危险。每一处都有它自己的传说，如果我把整个航行中听到的所有故事都写出来，恐怕这日记永远都不会结束。略熟悉中国历史的人都知道，在明朝灭亡之前的动乱时代，也就是17世纪上半叶，残忍的张献忠叛乱几乎让四川省变成无人区。这里的人口来自湖广和江西的移民，给他们分配土地时条件格外优惠，这些优惠条款被如实执行，直至今日。土地税在统计数字上只是象征性的，这里比起其他任何一个省份的土地税都要少得多，而这里的土地却是帝国中最富饶的一部分。在张献忠叛乱期间，一位姓董的重庆清官投入小河自尽，他的身体变成了礁石，它依然在石门上游不远处阻碍着航行。近处是"石马河"，对岸立着一只没有脚的石马。这是一只不幸的动物，它习惯在夜里游荡，啃食庄稼（中国没有栅栏），残忍的乡人砍掉了它的脚，他们认为这样它就不会再游荡了。但守护一切生物的佛陀将它变成了此处的石头，到了暗夜里，石头就会活过来，继续破坏田地。再往前些，我们又穿过一群小岩礁，河水还没有将它们完全侵蚀，它们以"九十缸"闻名，每一缸里都装满了银子，据说是大屠杀之前的居民藏匿在这里的，就等着报答某位要把它们清出河道的有公德心的勘测员。我们沉迷于这种种奇谈，轻舟加速前行，在日落时到达了重庆。在讲述这些有趣的故事时，我的中国同伴优雅地倚在船上，靠着一张国外制造的红色毯子。他们大力赞颂这毯子比本地棉被更好，与后者不同，跳蚤无法在它的羊毛表面上跳跃，因此也更容易被捉住捏死，这可以现场演示。

船停泊在北门的城垛下方，我们沿着一段陡峭而肮脏的阶梯爬了 300 阶，穿过城门，而后几乎是摸索着穿过昏暗的街道，最后及时到家赶上了晚餐。我急于知道我们的小马在黑暗中如何走过多岩的路面，但他们叫我不要担心，因为它们习惯了走夜路，而且"难道它们不是和所有马匹一样，距毛后面长着'夜眼'吗？"

周六，4 月 21 日。我在这里待了两周，河水在此期间上涨了 10 英尺，淹过了城市对面的大部分卵石河床。今天它突然降了 6 英尺，给冬季里沿着城墙下方水边蔓延的"竹镇"又留出了一点喘息的时间。今天我去了山西会馆，这幢建筑漂亮又宽敞，装饰得富丽堂皇。它紧贴着城墙内部建造，面朝对岸风景如画的山丘。大堂与城墙之间有一处平台，与城墙上的炮眼高度一致，站在此处望去，景色壮美，然而建筑内部什么也看不见，像往常一样，一切都被封闭在了四面高墙之内。这里正在举办晚宴和戏剧，庭院里摆满了桌子，每张桌子刚好围坐 8 个人。我隐在巨大的镀金佛像后面（它占据了最前端的讲台），不想加入宴席，也不想因为自己的意外出现导致骚乱。事实上，与其他许多事物一样，这些行会在中国目前的状态和用处多半会让人想起我们国家在中世纪时的状况。

相同的比较可见于公共设施的庄严宏伟与家舍内部相对的邋遢；妇女被排除于节庆聚会之外；服装的丰富与服装之下隐藏的肮脏；对所有公共庆典，包括宗教的与世俗的庆典都非常热衷；私下里的苛刻节俭与公开的奢侈浪费；一切贸易争端都通过行会解决，回避一切法律与律师；行会制定的规则被无条件遵守，商业文字的礼仪也被严格执行；行会得到慷慨的捐赠与遗产，当灾难与不幸发生时，人们第一个会想到向这些机构请求资金援助。在这方面，四川尤其值得研究，它的风俗完全没有被外界的思想影响。比起其他省份，近年它也更少受到政治方面的干扰，不过它的历史免不了周期性的动乱，像这样的动乱，西方也并不少于东方。中国行会的贸易管制仍然能量磅礴，而且就我所见来看，它一直在为自己的成员谋利，也无负于行业的荣誉。有时我甚至希望我们的商业公会也能对它们在名义上代表的行业做出一些监管。在这里，个人的不满变成了行会关注的问题，个人从而受到保护，免受官员不公正的勒索，以及强大的垄断者常施的暴虐手段。沿海岸建立的富裕的外国公司不得不小心应对这些行会，因此行会总会遭到一些人的妒忌，不过毫无疑问的是，它们的行为大体上有益于令其成员维持公平交易，并且可以为他们隔离外界的不公。在过去12个月里，它们就不止一次在河岸港口展示过自己的力量。太古轮船公司的一艘2000吨的大蒸汽船在扬子江发生船难，完全报废。货主全是中国人，他们要求公司赔偿货物损失，公司出于对"忌讳"的恐惧被迫赔偿了他们。关于如今中国的这种惯例，我们不应该忘记另一个类似的例子：我们自己的政府在租赁船舶时，仅仅简单地用一支笔划掉提货单上专横的例外条款，就迫使船主为"主人或员工的疏忽"负责，当损失或损害发生时，船主就必须赔偿，好比如去年祖鲁战争中在好望角遇难的蒸汽船。对于我们来说，保险费自然应该使船主免受这样的损失，但也有许多风险是保险无法涵盖的，个人在面对某些例外条款时是很无助的，这些条款使船主无须照料他的货物，后者必然会同意它们。不过，在我们国家唯有政府能做的事，在中国却可以由行会来做。另一个例子是汉口茶业公会的决议，1883 年春，它删掉了该港口长期执行的不公平的称重体系。公会主席只是给所有外国买家发放了一份通知，从此以后人们就必须坚持精确的称量，长久以来的不公立即就被革除了。

　　周二，4 月 24 日。重庆的每处街角几乎都有轿椅站，我乘上这特别的出租车，前往西门。要抵达那里，我差不多要横穿整个城市，路程约有一英里半，但感觉上要远得多，因为一路都是上坡，坚硬的岩石上凿出了许多阶梯。事实上，这座城市被分为上城和下城，即"上半城"和"下半城"。前者建在一处砂岩崖顶，比后者高出大约一百英尺，而崖壁整体过于陡峭，以至于无法在上面建造任何房屋。商行和主要衙门都在下城，传教士的据地、漂亮的花园和英格兰领事馆都在上城，从上城可以眺望连绵的远方和优美的风景。在城内搭乘轿椅，无论去哪里的花费都是 25 钱。最妙的是，苦力不会向一个能讲中国话的人索要更多，所以文明的野蛮人倒比本地人更有优势。于是我经常乘轿椅穿过城市直至城门，免得被人围观，他们倒是能完全自由地在城里自如行走。离开西门后，道路向下延伸进一道狭窄的山涧，又向上越过满是坟墓的山岭，这山岭像新月般穿行于两条河之间，而城墙在它的尾部。焚场建在山涧中，城中的废纸被庄严地投入此处的火焰。这些焚场经过精心的建造，围墙内有一座花园和一间村舍用以举办仪式，另有一座方形宝塔状塔楼，约有 50 英尺高，纸张就被投入其中燃烧。中国人认为汉字极为神圣，任何写了汉字的纸张都不能再用作其他用途，由此人们组成了一些慈善团体，它们供养着纸张小贩，他们的工作就是挨家挨户地进行周期性访问，收集每一片被弃置不用的写了字的纸。这些小贩还携带着一对竹桶，用来装取任何被不自觉丢弃在街道垃圾中的纸片。这种状况在其他地界也很显著，因此我们可以看到，这里的人对迷信的投入要多于对科学的投入，巨大的劳动量被奉献给迷信的事物，如果它们被用在清扫上就更好了。

目前，我的目的地是小河岸边的一座村舍，大约离城两英里。这个地方以其花园闻名，是一处举办宴会的胜地。蜿蜒于山间的道路渐渐下降，直至来到一处围墙环绕的地界，它离河岸还有四分之一英里。我身边只跟着一名苦力当向导，我们敲了敲门，一位女子开了门，然后我们便走进了一处种满盆栽柑橘的庭院。围墙里有一系列建筑，每个庭院里都种满了盆栽花植，因此可以接待多个团体。我在一处亭阁坐下来，一些年轻的女孩子端上了茶，她们是女主人的女儿。她们、她们的母亲、她们的堂姐妹、还有她们的姨妈都围在旁边，对我提出各种各样的问题。令人愉快的是，这里不像中国的其他地方。当一个外国人在场时，可敬的女人们在交流过程中并不会被令人痛苦的羞怯所阻碍，当然，她们也并不缺少真正的谦逊。女主人显然是位寡妇，她的丈夫刚刚逝世不久，留下她带着许多女儿生活，而除了这片产业外，她也没有什么别的倚仗。她将这地方租给出来野餐的城里人，努力想要养活一大家子人，但这努力没有得到太好的回报。和其他地方一样，四川现在不太景气，富裕的商人阶级都在节省钱财，我在老君洞就听过相同的哀叹。和其他人不同的是，这位老妇人根本没有吵嚷着索要钱财，她反而坚决拒绝给茶水收费。只不过，她想要卖掉这处产业，试图说服我用1000吊钱（200先令）买下它。相比于一个外国人在附近港口试图为任何货物商讨价格时所遭到的阴沉接待，这份"礼节"真是分外不同！在热天气里赶路后，于此享受茶水和休憩，而后我下到了河岸边，这里有一处"沱"，或塘，其水流迟缓，水面宽且深，非常适合沐浴，所以我立刻就这么做了。一小群安静的人挤在岸边，没有人对我发表粗鲁的评论。穿上衣服后，我便坐在岸边欣赏风景。一位老先生把他的烟管递给我，他详述了河水的危险，它现在在我们脚下宁静地流淌着，但秋季的洪水会使它暴涨。我沿着河岸走回城市，一会儿走在长满草的沙洲上，一会儿攀爬在一处岩岬中凿出的石阶上，最后完成了一次愉悦的远足，并对一份算是清淡的普通本地晚餐产生了食欲。

周三，4月25日。房东一大早就出现了，还带着他的小女儿。他从上城家中将女儿带来商行，是要来看一次道场表演，后者会从我们面前的白象街经过。这个 10 岁女孩瘦瘦小小，显得比年纪还要小，而且脸色苍白，以至于我问她父亲她有没有什么问题。他说："没有，不过她的脚很痛。"就和所有在发育的女孩子一样，她也必须要承受这项可怕的习俗。她的脚被绷带缠了起来，直至它们看上去更像一双玩偶的脚而不是人的。这可怜的小孩若不撑着别人的手，就根本不想走路，经过庭院间的台阶时更是要被抱上抱下。我和其他中国男人谈论过这个问题，而我的东道主和他们一样，都认为这种风俗的存在对孩子们来说是种遗憾，但若等她们长大了却没有缠足，没有人会比女孩子们自己对此更悔恨。简单地说，这是一种时尚，任何抑制它的家庭都会被社交圈排斥，而这个家的女孩子们也将被排除在所有体面的竞争之外。除了南方的船娘和西边的土著部落外，中国所有的女人，无论穷富，都因这野蛮的时尚而残疾了，也许例外的只有一些乞丐和流浪儿。这个风俗显然令人们顺从于习惯，并使父母们对孩子所受的磨难硬起心肠。只有极少数英格兰人能有机会和本地人打成一片，窥见他们家庭生活的一角；也只有在极罕见的场合下，一个人才能真正认识到这令人憎恶的惯例中所含的恐怖的邪恶，那些生活在开放港口的人则很难注意到这种事；而注定要和外国人打交道的女人们，则会特别以自然的方式被养育长大。在中国人眼里，非畸形的脚是丑恶的，与一切卑劣相关。中国人非常崇拜自然，风水迷信说明他们很害怕自己与自然不和。在季风定期吹拂的中国城市里，有一种说法，有害的东西会随北风而来，因此房屋绝对都要坐北朝南。这一学说是根据自然的真实规律建立的，很值得注定访华的外国人仔细模仿。同样的，在一个人民生活要仰赖灌溉田地的城市里，人们以一种担心惊扰地龙的宗教思想角度，正确地警惕着对水道的惊扰。但人都有双重环境，想要活得幸福，他就必须尽力与两边保持一致，但这两方往往是不相容的。中国人与大多数民族一样，成功地尽力使自己与天然环境保持一致，但是，社会环境的威力对他们来说显然过于强大了，这一点和西方人一样，只不过程度略低。当遇到上述情况，需要用不可抗力打断其与风俗的纽带时，我真心认为，等到我们的军队统领北京，若我们有勇气夺取龙座，并发布命令从此禁止女孩子们裹脚，那这道命令将会被人们遵守。一开始也许会不高兴，但以后肯定会很感激。这样的手段在其他状况下可能称不上正当，但在这种情况下，出于人道主义，它是完全合情合理的，而且这样专制的谕令在中国历史中有不止一次先例。众所周知，满族人不仅引进了辫子，还强制不情愿的人们穿上袖口剪裁如马蹄的窄袖服装，如今，明朝飘逸的服装只能在戏台和佛教僧侣的身上看见了。吴三桂是现在这个王朝第一位君主旗下的云南总督，他发现云南有一大堆难以理解的古怪方言，便命令这里的人民学习北京话，违者处死。到如今，在这个偏远省份旅行的人都会因为此处中文的纯粹而震惊。中国人是一个遵守法令的民族，他们极度尊敬法统权威，能够忍受既定的现实。纵观他们悠久的历史，他们的叛乱真的没有看起来那么频繁，而这些叛乱的源头总是当地的压迫又或饥荒没有得到减轻，从来没有人单纯因为外族统治而举行起义。任何一个生活在中国人当中的人都无法对畸形足的问题视而不见，因此必然会想要摸索出一种也许无法实现的补救方法。

与年轻中国女孩纤瘦倦怠的形象相比，满族家庭的女孩则显得粗野又强健，我在重庆的公馆或衙门里认识这样的女孩，她们可以参加过往官员的接待会。其父亲是一个矍铄的老人，和一个体面的汉人没什么区别，但他的女儿看起来很健康，且生气勃勃。这样的对比过于鲜明，以至于我还没注意她们的脚，就已经震惊于她们罕见的健康容颜和自如的姿态。让我好奇的是，也许就是因为这种差别，满族人不同于从前的任何一方异族征服者，他们不能与本地人随意通婚。他们仍然是身体上的统治者，只不过显然从智能上略低一筹，而且，他们看来已经失去了两个世纪前那种醒目的能量，这能量曾让他们仅以一小撮人纵横整个中国。他们似乎天生有一种不屈不挠的勇猛，却比汉人自己还要更缺乏主动性。也许这是因为无论从哪个方面看，他们都是吃国家饷粮的人。他们人数太少，因此汉人对他们没有多少忌妒心，只认为他们受到上天偏爱。就像刚刚入侵成功时一样，他们在主要城市中建立了有名无实的要塞，但他们住在别的地方，他们与他们的家人世代都如此，根本不与其他人混居。他们被禁止占有土地，没有贸易，依靠分发下来的一点点津贴过着懒散的生活。他们的军队用的是弓箭，军事力量虚弱不堪，而且我从来没见过一支满族军团配备火枪！行政机构特别为他们准备了固定数目的岗位，因为如果他们必须与思维更加活跃的中国人进行竞争选拔，胜出才能上岗，那他们就完了。实际上，汉族官员占据了各省最高层的职位，然而他们的互相嫉妒以及不愿意改变的守旧，使满族至今都还牢坐在皇位上。如果能出现一位像康熙一样精力充沛的皇帝，并且他试图真正将政府权力抓在手中，那么没人知道会发生什么。他们仅仅能预计到东方最大帝国渐渐衰退的文明与西方侵略性的文明究竟谁会胜出，这个结果现在已经呼之欲出。

周四，4月26日。有一位姓陈的广东商人邀请我今天去下城的一座花园中，与他一起用餐。他向我保证晚餐将以欧洲的方式烹饪，他一直在上海和广州生活，应该能够体会野蛮人对饮食的需求。到达目的地后，我被引见给两位广东官员，他们正靠在客厅一端的台子上，抽着难闻的大烟消磨时光。人员很快就到齐了，我们在中央的圆桌前坐了下来，一共是 7 个人。不幸的是，晚餐显然是极其失败的，其他客人无法接受那奇怪的肉。为了向东道主的殷勤好客表达应有的欣赏，我不得不尽最大努力吞咽饭菜，以弥补同桌客人的兴趣缺失。今天非常热，所以我请求脱掉外套，准备义无反顾地大吃一番。的确，如果需要什么东西来向公众证明，比起我们野蛮的进食方式，他们有着更优越的天然的文雅，那这场宴席就足够了。在中国菜里，鸡肉会被整齐地切开，浸泡在可口的酱汁里，只需要优雅地用筷子夹进口中就可以了。而现在，一只粗糙的白煮禽类被放在桌子上，也没有刀可以拆解它。每位客人都分到了一把象牙柄的小刀以及一支双尖餐叉，我们费了老大的劲，终于得以咀嚼这尸体的碎片，而且还没有搭配面包或蔬菜。之后上来了一条烤得"半熟"的羊腿，肉本身还不错，但没有土豆和面包，总觉得难以下咽。好在最后总算上了一些中国菜，还有一杯香茶把这风格各异的菜肴冲下肚去。之前的旅行中，我通常只吃中式饭菜，因而觉得自己像个受害者，但在这一餐后，这种想法开始有些消退了。晚餐结束了，我们换到另一处庭院中，一位当地的画家已准备好为我们画个集体像。此人是位广东人，是一些英格兰旅行家从上海带来的，我无法从他所说的中文译名中得知这些人的名字，而这些人将他带到这么远的地方来，就是为了让他描绘途中的风景。这位画家已在重庆定居了，显然生意也蒸蒸日上。群像被成功地描画了下来，成为一份有趣的拜访记录。在这里我得提一提，我听到画家对他的同乡官员们详述了他的经历。他长期以来受眼炎的折磨，在咨询了本城中国内地会的爱德华兹医生后，终于痊愈了。他仔仔细细地叙述那位医生没有收取报酬（"一个钱不要"），但也很没必要地加了一句，说他从来没想过要成为一个基督徒。另外，这个人过得很好，完全可以支付治疗的费用。之后，我向亲切的东道主和他的两位官员朋友道了再见，后者在省会成都任职。然后我回到家里，像往常一样在昏暗中度过了夜晚。中国人没有新书没有报纸消遣，难怪要渐渐把夜晚的时间花在烟管社交上。就像我们国家的底层民众，差不多出于相同的原因，他们也热衷于泡在酒吧里。如果中国人要戒断鸦片，那他们必须拥有其他娱乐活动，以及更令人兴奋的活动，西方企业的进驻便可以满足这些需求。

第十章

又见峡谷

周五，4月27日。我拜访了中国内地会，向他们辞行，他们在本城有五六名成员。在中国所有的新教教会中，中国内地会是最活跃的，也是唯一一个效仿天主教接受本地服装的教会。他们生活艰难，工作的对象极其不领情，但是，由于他们认为自己只是在执行主的命令，结果也留给主去掌控，因此他们显然并不在乎中国没有多少、甚至完全没有皈依的新教徒。实际上，要使一个中国人变成一个基督徒，又要同时让他做一个忠诚的家人和臣民，这是根本不可能的。儒家思想已经深深融入了家庭礼仪与政治学说，推翻一项，另一项必然一起倾覆。"我带来的不是和平，而是剑。"这句话在这个国家完全得到了例证，中国人之所以能容忍传教士，完全是因为他们的软弱。据说恭亲王向阿礼国爵士道别时曾这样说："带走你们的鸦片和传教士。"对此，有一句很有启发性的评论，那就是在中国的外国人很少会雇用基督徒或吸鸦片的人。有一件事并不是所有人都知道，作为一个切实的民族，荷兰人统治着大部分马来人，却在整片广阔的领土上完全禁止传教。中国人也想做同样的事，对此我们无须惊讶，从公义上说，像这样的内部经济问题，政府应当可以自由处理。

周六，4月29日。在没完没了的耽搁和我坚持不懈的催促后，我们终于将顺河而下的出发时间安排在了次日。已经雇用了一条只装了少许货物的小船，运气好的话，我们有望在一周内回到宜昌。晚上，一家与我有生意往来的布行为我开了一场送别宴。照风俗，宴席时间定在4点。我们坐了下来，各方加起来一共16人，两张方桌，每张桌前8个人。

周一，4月30日。今天像往常一样10点吃早餐，餐后我们忙忙乱乱总算是出发了。我们先步行前往太平门，一群聚集来送别的朋友陪着我们。从城门向下到河边共有220阶长阶，其宽度整整有20英尺，在长阶末尾，一艘小货船正载着我们的行李等在那里，它将把我们送上江船。后者泊在逆嘉陵江或小河短距离向上的一处安全港中，装载普通货物的船舶都停靠在此，这处令人惊叹的天然港湾在主河道上紧邻江北厅的下方，正被几乎难以驾驭的巨型盐船占据。我们顺流而下经过城墙，几分钟后便到了小河河口，通过拉纤逆行了一小段距离，靠在了我们的江船旁边。原来它是艘申婆子，比我来重庆时搭乘的那一艘略大一些，还有一个区别是，目前它处于满载状态，显然没有地方给乘客睡觉。就如我之前解释的，这些帆船的形状就像放大的独木舟，各处都是敞开的，只有中央有所保留，货物就装在中央部分，由结实的竹垫遮蔽成斜顶拱篷。前舱由松散的木板铺成甲板，其边缘搭在狭窄的舷缘上，给船员及其储备提供了休憩之所。烧饭的炉子和厨房也在前舱，不过只会在马上要到饭点时开放，当船逆风行驶时，呛人的烟雾就会通过开放的船舱，让饥饿的乘客饱吸一顿。船长待在船尾，他通常也是船主，常常会在船尾藏一些自己的东西做风险投资。目前我们的船上装的是鸭羽，它们要被运往上海出售，最终目的地很可能是伦敦的民辛巷。这些羽毛被竹垫包成巨大的捆束，几乎要碰到三英尺高的篷顶。船尾留了一块小洼地，我们三个人可以在吃饭时围着那里的一张小桌子蹲着。看起来，顺流而下时不像上行的旅程，除了夜里，我没有机会离开船只，而且我也迫切地想看看下行的风景，于是我立刻认定了这艘船不行。中国的货物押运员对这样的膳宿条件很满意，他们只想求一周的俗世无忧，远离焦虑，除了被叫起吃饭外不必受任何打扰。不过，我想看看我的朋友怎么说，因为我知道太早抗议没什么用，而且船只也不可能今天就出发。果然，在费劲攀爬着穿过船舱后，他们全都开始指责那个受委托雇用船只的不幸的人，对他破口大骂。这次雇用被取消了，我们决定再找一艘更好的。这个下午不太可能找到别的私人住所，而且我坚决拒绝了返回岸上的提议，那样的话，我们就必须再和两天以来告别的所有朋友再告辞一遍，于是我们待在了船上，蹲在自己的行李顶上。此时，商行派来了一个小伙子，来看看是否能帮我们在一艘盐船上找到位置。在这个季节，航运中最繁忙的就是盐船，每天都会有 5 到 6 艘盐船启航。我们在大太阳下精疲力尽地坐了三个小时，互相传递着烟斗来消磨时间，又吃掉了几包蛋糕和甜食（朋友们送的这些东西让我加快了离开的脚步）后，我们的"跑腿"回来了。他在明天启航的一艘盐船上为我们找到了位置，于是，我们在日落的时候换了地方。

在嘉陵江河口下方，与江北厅城并列之处，就是我之前描述过的重庆北郊，河面在此变宽，有一条长长的岩架起伏延伸，隔开了主河道的急流与一处湖湾样的水面，湖湾另一面则是左岸陡峭的小山。盐船密密匝匝地停泊于此，船首朝岸。我们从船尾爬上高高的船舷，走进主甲板上的船长舱室，在地板上铺开被褥，没吃晚饭就迅速睡着了。旅程是 8 天，对方同意把费用降到 3 人 16 美元，其中包括一份和水手们一样简单的白米饭，每天三餐，"配菜"则需要我们自己购买。睡在这间舱室地板上的还有领航员，他是个健壮高大的汉人，鹅蛋形的脸庞很英俊，举止高贵，显然对自己的职业充满了自豪感。贴着舱室后面是一间隔开的小舱室，那里睡着船长、他的妻子和两个孩子，客舱侍者被分派到了我们这边。我们将在白天出发。

周六，5 月 1 日。船长大清早叫醒了我，生硬地要求我们赶紧起床，马上把被褥收起来。被如此粗鲁地搅扰早晨的睡眠，我并不是特别高兴，不过想到我们现在终于可以出发了，前几天让人烦恼的耽搁终于结束了，我又觉得很欣慰。每一刻都很有意义，因为我只有 8 天时间去赶上汉口的宜昌蒸汽船，后者将进行一趟 10 天的往返航程，如果我错过了这趟，就必然赶不上汉口的茶季，它于 5 月 15 日左右开始。然而，当我们还在半醉半醒之间时，就被催着上了侧面的一艘大舢板上，我终于明白自己是要返回岸上，想想我当时有多么吃惊吧。我的人手上提着所有的行李，并催促我服从这一行动，我顺从了他们，等着稍后他们给我解释。我们的舢板划着桨穿过水面，来到河流中心的岩礁上。既然船员还在这里，我能想到的就是船长不希望别人看到启航时有外国人在船上。之后我才发现事情实际上是这样的：盐在整个帝国是由政府垄断的，只准许有特别许可证的商人贩售它。盐船全都挂着官府的旗帜，以特定的航线，在固定的日期航行。鉴于货物的价值以及航行的危险，他们顺流而下时不准携带乘客，以免后者干扰他们，尤其是干扰领航员。现在，官方监察员天亮后不久就要来清查船只，因此船长急于摆脱他们。

我们站的这块礁石隔开了莲雾洞港湾里静止的水面与外侧奔腾的急流，它上方的水道里没有停泊点，因此这里被称为"梁头"。礁石大约长三分之一英里，宽度从 20 码至 100 码不等。它显然是一条坚硬的砂岩岩架的一部分，河水冲断了它，并且仍然在侵蚀它。对岸横着一片与它极其相似的结构，从低矮的陡崖上平平地伸了出来，到了夏季，此处和右岸将变成河岸，所有的礁石都将完全消失在水面以下。但现在，礁石上却延伸着一条长街，竹编架构和草垫做墙的房子几乎盖住了整片礁石，它们是去年冬天随着水面下降，在陆续露出的地面上渐渐建起来的，最高处的房子此刻离水面也不超过15英尺。河水早已漫过了较低的部分，由于最近的涨水，几处房舍中的东西已经被匆忙搬走，只余下建筑立在水中，而这些垫墙和竹架也正在被慢慢拆走，运至对岸。在冬季里，来来往往的无数船员无疑让此处生意兴隆，这也就解释了这处临时城镇为何会有如此广阔的一片建筑。我们在一位糕点货郎那里买了一些"玉米饼"，而后漫步走进一间宽敞的茶店，坐下来享用茶点。每个人面前都摆了一个瓷杯，杯里有一些绿色的茶叶，冲进沸水，如常盖上盖子，最后，一个装了热水的巨大陶罐被放在桌子中央，我们可以随意添茶。这一切享受，包括我们随意支配的自由，以及中式的懒散，乐意这么享受多久就享受多久。然而我得遗憾地说，我发现这茶看上去碧绿澄澈，却苦得让人难以下咽。我不得不用热水满足自己，起得太早的我实在是非常乐意来一杯提神的饮料。在中国，植物泡的水就叫"茶"（我们自己甚至也有牛肉茶的说法），在真正的茶叶被发现之前的许多世纪里，它可能被用来指代任何一种植物泡的饮料。我在梁头喝的茶里没有一片"茶叶"，它们显然全是晒干的嫩春柳叶。我闲逛了两三小时，等着我们拖拖拉拉的船长派人来找我们，由于时间充裕，我便有绝好的机会仔细审视我们被放逐的这块岩岛。它粗糙的轮廓被水磨得圆滑，不过在某些位置，斜坡还是非常陡峭，所以人们在岩石上整齐地凿出了短阶。整个表面如蜂巢般布满了垂直的柱状圆洞，它们就仿佛是由一柄强大的螺旋钻钻出来的，深度从几寸至几英尺不等，直径也大小不等。事实上有许多螺旋钻一直在工作，这些工具还待在原地，正悠闲地窝在坑洞底部，只等着永恒的自然之手以洪水的形态再度启动它们。它们是从别的地方被带来的，只不过特别适合清除破坏性的岩礁，这些斑岩片麻岩的卵石是一路从西藏的山脉上被冲下来的。你可以把这种洞称为钻洞，许多钻洞接近水边，一侧已经损毁，因此坚硬的岩石也被迅速瓦解。从西藏一路至湖广大平原，整个河床都在发生这样的过程，而湖广平原上渐渐填满这样的岩屑，它们没能继续下行前往江苏的大河三角洲。我又戳又捞地从洼地底部弄出这些卵石，这些坑洼大都盛着一池味道不好的死水，我的中国同伴看着我这样做，自然以为我是在找金子。我对他们解释了一番，说这是件有趣的事，但解释没有成功，他们根本就不相信。很难让一个中国人相信自然现象源于自然原因，而非源于各种神秘的神灵，这就如同在西方，你也很难说服一位诚心相信巫术的人，让他相信巫术不存在，或者不如说巫术与现世的超自然现象无关。热情的崇拜者们认为中国先贤真正洞悉了自然的工作原理，我对此非常怀疑，不过我很确定如今的风水只是迷信，它干扰了一切发展，并阻碍着人们探索真正的治疗方法，以治愈人类，尤其是中国人类依旧受其困扰的诸多疾病。和普通中国人一起生活及旅行，无论时间多久都是一件恼人的事，所以，那些投身到中国内陆的欧洲人再度进入真正的文明社会后，看起来显得很古怪。退一步说，至少对他们的同胞来说很古怪，也就不是什么令人惊讶的事。这并不像是和野蛮人一起生活：中国人从表面来看完全就是一个有教养的文明民族，因此当你透过现象看到本质时，就会更加的失望。于此旅行时，从中受益的唯一方式是隐藏你真正的感受，表面上同意他们所有荒谬的信仰。在这一点上，于西方旅行的中国人就做得很完美，每个中国孩子天生都是演员。因此，欧洲的少许中国访客得到了敏锐的名声，而事实上他们远没有达到这样的程度。在极少数的例子中，在他们发表的日记里，事实的真相被揭开，你会奇怪地发现他们的想法是多么琐碎，他们根本没能领会西方发展的精髓。因此，无论是外交家还是商人，从欧洲返回的中国人看来都没有受到西方思想的有益影响，这让我们很是失望。

天空万里无云，烈日当头，光裸的岩石上反射的光线逼得我回到了茶店舒服的遮蔽中。直至10点，在近5个小时的等待后，我们的船到了。舢板已经同时划动，慢慢地穿过湖湾静水。这里可以看见盐船的下甲板，每侧有十几片桨在挥动，就像一只巨大的蜈蚣。我们的舢板很快赶上了它，登上盐船后，我们发现它顺水漂流的速度是每小时5英里。这里用了漂流二字，因为虽然有不止60个纤夫在扯着船舷，但他们都只是在让这重载的交通工具船首朝向正前方。在下行的航程里，大小帆船都会将桅杆取下，将它们捆在一侧。除此之外，舱面船室高高地耸立在翘起的船尾，两个特征都让船只看起来很笨拙。船头遮盖着草垫，当夜里船工们在甲板上睡觉时，或是风雨太大无法前进时，这些草垫就会被推到舱室上。而在另一端的船尾，上行时所需的巨量纤绳会盖住一切。我们的主要动力包括四片巨桨，每片由8个人操控，它们由未剥皮的小枞树制成，较粗的末端在船内，直径超过一英尺，前端绑着一块短木板，以充当桨片。另一片相似的巨桨也有大约40英尺长，它直接伸出船首，桨头劈开前方的波浪，它和船舵的巨大转门一起，引领笨拙的大船安全穿过岩礁和险滩。还有两支侧橹（螺旋运作的短桨），每支由五六个人操纵，分别在两侧船桨的前方。这些巨桨被中国人称为"车"，区别于普通的"桨"。我们穿越水面的过程极其缓慢，船员们费劲地拉动巨桨，不过速度稳定在每分钟11下，每一下划动都让大船前进5至6英尺，也就是每小时前进1200码。简而言之，只要领航员充分了解当地情况，并且在合适的时机选择正确的水道，那么，要让船避开旋涡安全通过险滩，只需要船只保持舵效速度就够了。根据水况，8至10天的下行航程中，每位船员的薪水是300钱，外加三餐米饭，以及全程三次每次8盎司的猪肉。上行航程需要30至40天，薪水则是800到1000钱（3先令6便士）。相比之下，如果是在一艘外国蒸汽船上工作，苦力至少能得到8美元，米饭还值2美元；而奴隶的劳作则几乎换不到任何工钱。在扬子江这段河道上航行的蒸汽船自然会遭到妒忌，但只要它们如常雇用本地劳工，也不在无须教导新手时带上外省人，那么反对的声音很快就会消失。经常有人问我，我们什么时候开始通行蒸汽机船，这说明了未经检验的外国商人在中国是多么缺乏动力，根据烟台条约，在扬子江上游通航蒸汽船的准许已经下达了 7 年，他们仍然没有采取任何行动利用已到手的特权。

午后不久，我们在铜锣峡峡口水面相对平静的"沱"岸边停下了，对此我深恶痛绝。和其他峡谷一样，铜锣峡与之前的水道呈突兀的直角，从裂开的山缝中穿过，其入口完全隐藏于视线之外，除非你来到它的正对面。此处是重庆城下游 10 英里处的第一道屏障，盐船必须在这里再次接受检查。与此同时，没能在重庆赶上盐船的船员也在这里加入了我们。这个站点没有村庄，只有海关官员所用的一座宽敞竹屋，还有通常会配备的小炮艇。我们在烈日下耽搁了 4 个小时，我没什么事情可做，只能写我的日记，看着小男孩在岸上玩耍芦苇做的小船，它们惟妙惟肖地模拟了全中国山涧里用的竹筏。最后我们终于起锚，漂流进入了铜锣峡。宜昌和重庆间蜿蜒的主水道总长 400 英里，指向正东偏北的方向。重庆在北纬 29 度 33 分，东经 107 度 2 分。宜昌在北纬 30 度 41 分，东经 111 度 53 分。两地在纬度上差了 68 地理英里，经度上差了 267 英里。根据《行川必要》，宜昌和巴县（重庆）间的距离为 1800 里，据一度 250 里的比例，也就是 432 法定英里，它可能并不比实际距离长多少。一直到出版了一张精确的地图，且其比例等同于海军测绘员描绘的扬子江下游地图，航道的真实距离才终于为人所知。布莱基斯顿探险测绘的地图距离令人钦佩，而且他们在最不利的条件下迅速完成了里程碑式的工作，但是要展现河流所有的曲线和角度，这地图的比例就有些小了。较长的河道呈西南—东北走向，与山脉的大体走向平行，不过在山脉被冲断之处，也就是在那不断出现的峡谷中，河水总是与山脉纵轴呈直角，于是河道便呈西北—东南走向，结果便产生了锐利但壮丽的转弯，以及伴行的旋涡和险滩。

铜锣峡的名字源于铜锣状的岩石，据说它在右岸的悬崖上，相比于左岸的一面铜鼓来说很明显。铜锣峡也是在一片石灰岩高地中劈开的，后者抬升起了一片煤矿脉，矿洞从悬崖表面向内部深入。悬崖本身看起来像是一连串陡峭的阶梯，其间产生的岩架面积足以生长繁茂的雪松和竹林。在侧面一道小山涧的入口一座小岩峰的高处，我发现了一座隐蔽的农舍，若没有它，峡谷就完全是荒凉的，在四川郊野连绵的耕田与欢快的农庄之间形成一处突兀的荒野。这里的河面足有半英里宽，两侧的山岭有 1200 或 1500 英尺以上，我无法估量它们的具体高度。扬子江峡谷中的一切都太过巨大，以至于距离很难估算。布莱基斯顿船长是一位细心的观察家，但在经过实地测量后，人们发现他给出的一两处高度数据比实际数据整整低了一半。从盐船的甲板上望去，我们就好像是峡谷中的唯一过客，只有经过仔细地观察，我才能发现那些上行帆船正在崖岸下由纤绳拉动前进，若要发现那些在船只前方岩石纤道上攀爬的纤夫，那就需要一架性能良好的望远镜了。我们的速度简直是飞掠而过！几分钟内我们就轻盈越过了一处岩角，在逆流而上时，此处花了我们许多个小时！不过，尽管我们相对陆地的速度不超过 6 海里/小时，若要欣赏风景，这速度还是太快了，我很高兴自己在上行途中有机会悠闲地欣赏两岸风光。在如今的蒸汽船上，你只有在几处地方有机会彻底地享受这一切！虽然中式旅行有许多不适之处，但我认为，它的不慌不忙就弥补了一切，至少在这样的地区，每一码土地都有其别致之处，每一英里都是一幅崭新的画卷。右岸有一处优美的瀑布跌落悬崖，但它的低语声被急流的咆哮完全掩盖，峡谷中看似静止的水流实际上奔腾着往下一处河道冲去。越过此处和"野驴子滩"，我们于日落前在"鱼嘴沱"泊岸，不到 4 个小时的航行里程为 60 里，即大约 18 英里。河水的上涨减少了野驴滩的危险，它再也不是我们上行时那令人敬畏的障碍。如往常一样，当河水上涨时，水体就变成了一种浓郁的巧克力色，在玻璃杯里看起来几乎就像是一杯真正的珍贵饮料。每个夏季都有成千上万吨西藏冻土被挟裹而下，填高湖广大平原上众多未曾填平的洼地。更细微的颗粒则远至入海口，整整跨越 2000 英里的路程。

对这样大的帆船来说，选择停泊点是一件重要的事。首先，水必须足够深，这些船只通常会停在岸下近处，夜里水会下落 6 到 8 英尺，要保证船底不会触及河底。其次，停泊点的水体必须流动良好，以防渗漏，不过水流也不能太过强劲到把船冲走的程度。在逆流停住的过程中，人们着手为夜晚的停泊做准备工作。潜水员系着绳子入水上岸，将绳子拴在地面的一个桩子上；接着，船员将一根巨大的小枞树或"车"从船首伸出，抵到岸上作为支撑，另一根则从船尾推出，两根车都被牢牢系在甲板的"缆柱"上，后者就如岸上打入的桩子一般。

最后，所有人都被分派了晚饭，船员们8到10个一群蹲在饭桶边上。晚饭一眨眼就结束了，草垫铺满了前甲板，大都赤裸着的船员把自己裹得像鱼罐头一样，迅速进入了梦乡。有一些人——也许十个里有一个——在睡前花费一个多小时，沉迷于毒品。与此同时，我们也做出了类似的举动，两个舱室和船尾的舵舱装满了乘客，疲惫的领航员也摊在自己的船上。关于禁止这些大型货船接纳乘客的规则，现在我领会到了其中包含的智慧。当我们坐着一边聊天一边抽烟时，船长妻子尖锐的声音一直在不停地回响，我注意到可怜的领航员在他的床上翻来覆去，试图入睡。当我们的灯光熄灭时，已经快要11点了，还有两个抽大烟的人正在我对面的床铺上点着小灯继续抽烟，那是和我们一样要去汉口的商人。自船启航开始，除了吃饭，领航员就没有一刻离开过船舵，和别的水手一样，他吃饭的时间也是选在船只可以任意漂流的易行河段，在这种时候，就由船长暂代他的岗位。他的航程到沙市为止，薪水是12美元。船长通常就是船主，他的主要职责似乎是在危险水域催促船员们更加努力。其实有一位领头人专门负责此事，那是位真正的滑稽演员，行为就好像疯子一样，但船长发现还是有必要让自己成为第二个滑稽演员。我们的船长是位高瘦笔挺、活力旺盛的人，大约55岁。他有很大的"后台"，因为他成为了这些危险水域中最大吨位船舶之一的船长，对于一些有趣的地方，我会向他提出问题，而他一副纡尊降贵的样子回答我，就如一位丘纳德公司的船长一样。最后我总算睡着了，尽管所有的机器都停下了，但天气真是太热了。第二天我醒来时，船早就已经启航了。

　　周三，5月2日。他们在清晨就起来了，现在是5点，他们挪走了草垫，将它们推在船尾的甲板舱室上，在启航前吃下热腾腾的早餐。半个小时后，我们进入了"温汤峡"，它是牧东长河段的开口。这是与主山脉平行的长河段之一，呈西南—东北走向。河水在陡峭的山谷中奔腾，以无数河道穿过迷宫般的礁石群。这些礁石目前比水面高出约15英尺，但在夏季会完全没于水下，到时候航行的危险将大大增加。在现在这个季节，主河道还很明显，并且足够宽，任何平衡点的宽度都不下于一百码。但站在下甲板上望去，若以短缩透视法看，礁石群在第一眼看来显得无法通过。这条河段的末尾是双龙滩，此处还有勤勉制作草垫的落石村，其名源于对岸一块危险的石头，即正要落下的石头。我们在8点半越过落石村，9点15分抵达"扇背头"，根据当地航志，两者间距为30里，即45分钟行了8英里，真实里程可能是5英里。"扇背头"在"扇石"的后面，面对"扇崖"，上行的船只要绕过这处险恶之地。它下游的南岸是"观音庙"，这是整个帝国随处可见的观音庙中的一座，这种庙在南方尤其多。然后我们经过了"三江超"，到了风景如画的古城"长寿"。我的同伴之一是重庆本地人，他告诉我，他曾上过两年的寄宿学校。这是我第一次听说中国有类似的机构存在。据航志称，长寿县离扇背头有30里，这30里花了我们整整一个小时。但如果我继续列举河上的所有险滩和礁石，那我的日记就永远写不完了，重庆与宜昌之间的这些地名可不只一千个。事实上，我们飞掠过它们的速度太快了，我根本来不及体会两岸无数的有趣之处。上行途中我错过了许多景点，在下行途中它们展现出了更鲜明的特征。在冗长沉闷的上行中，有许多如画的风景深深刻在了我的记忆中，但它们现在都瞬间即逝。每一处险滩都是飞掠而过，虽说它们显然没有上行时那么危险，但我们也根本没时间意识到它们到底有多危险。在长寿城上游处的王家滩，一艘比我们早一天从重庆启航的大盐船搁浅在了一大片卵石岬角上，后者沿南岸铺展开来，令河道狭窄得就像一条小急流。还有一些船在礁石或旋涡上遭了难，整个儿沉没了。对于这些笨拙的大船来说，敏捷的船舵和完美的守则是很有必要的，最重要的是在正确的时机选择合适的河道，以避开旋涡。船只一旦陷入旋涡，就再也无法操控了。这里没有任何下锚点，船上也根本没有锚。现在，就像上行航程一样，一切能够让船员兴奋起来的准备都做好了。在接近险滩时，一个古怪的四管装置将发出四枪，它的枪管焊上了铁环以加固。船上的侍者握着它的木制把手，站在舷墙后，这个发枪的任务被转交给了他。工头在桨上舞动着，他在巨大的树干上跳来跳去，其体重显然对它们毫无影响。他扯着嗓子喊叫着，做着手势，用藤杖拍打着船员们光裸的背部，这些举措可能成功地在关键时刻将盐船的速度提升到了每小时 1 海里。接着船长将会接替他，催促不幸的桨手拿出最大力气。与此同时，船员们自己也喊得像疯子一样，尽可能快地在松散的甲板木板上跺脚。如果有一位旁观者突然来到这里，他会以为发生了什么骚乱。我走到首舱的门口，往外望着甲板，注视着这奇怪的场景。他们自然全都面对着我，我的笑容让这些人大笑了起来，嚷得更大声了。但乖戾的船长则示意我进舱去，之后我要求他解释这一行为，他告诉我我的存在打扰了他们。不管怎么样，我倒是相信自己在那里令他们高兴，逗他们发笑，并且让他们工作得更卖劲了。布莱基斯顿船长告诉我们，他称这些人为船夫，扬子江上的这些勇敢的船夫们给他带来了愉快的回忆。很肯定的是，他说的这些人工作很残酷，薪水也很可怜。他认为整个世界上再也不会有比他们脾气更好的一群伙伴了。脏兮兮的，报酬很少，大多数人从头到脚都是疥疮，像狗一样被对待，但他们在工作时有顽强的意志，而且随时随地要开个玩笑。在整个旅程中我都穿着可笑的外国服装，但他们没有人对我说过任何一句粗野的话。就如我在上行旅途中记录的一样，不止一次，当我在岸上漫步，却不小心卡在难走的地方时，他们都会热心地来帮助我。由于船上过于喧嚣，船只在水中的行进速度只能通过这样的方式来测量：将一块饼干从船舷扔出去，仔细观察它向后的曲线。难怪就像中国人说的一样，帆船里十艘有一艘要搁浅，二十艘就有一艘要整个儿完蛋。

我们在江上飞掠，经过了"黄鱼岭"，岩石遍布的"石家池"河段，还有"宁石""状元滩""火风滩"。接着进入"剪刀峡"，这是一处林木繁茂的优美峡谷，在涪州上游约10英里处。之后经过"赛风土"小村，著名的阎王的家乡。穿过"黑龙峡"狭窄的"龟门",最后经过"龙王嘴",我们进入了重城涪州脚下的河段。现在是3点,开始刮下午常见的上行风了,它对上行船只来说极为重要,但对于我们今日接下来的行程而言,却是致命的。让我极为懊恼的是,我很快发现盐船掉了个头,在右岸找了一处便利之所,停了下来准备过夜了。由于船舶动力微弱,一点点微风都会干扰驾驶,在这种复杂的航行中,风向略有不对就可能让船偏离正确的航道。在非常罕见的又直又开阔的河段中,一股顶头风将迫使所有下行船舶下锚停泊,由于扬子江上游根本没听说过锚的存在,更准确地说,是迫使船只以上文说过的方式将自己拴在岸边。在今天这个情况下,大河在涪州有一个危险的直角转弯,它就在我们前方,另外,汇入扬子江的龚滩河现在正在涨水,在河中形成了一处极危险的旋涡。城镇正对面就是岩礁和宽广的沙洲,我注意到上面有许多古怪的"扭尾"帆船,这些本地特有的船只被拖上沙洲等待修理,还有一些新船正在建造,但现在这些礁石和沙洲全都淹没在了水中,只有旋涡的曲线标记出了危险的岸滩,后者几乎延伸到了河流正中。重庆和汉口之间的扬子江有两条主要支流(也只有这两条可以航行),一条源自洞庭湖,一条就是龚滩河,它们都有一个古怪的特征:它们的流向与注入后的河流下游呈一条直线,在上行的旅行者来看,它们本身倒像是主河道,而真正的主河道却拐过一个弯,和这支流呈直角分布。在这样的河口自然会形成凶猛的旋涡,另外,就像涪州对面一样,其崖岸险峻,起伏的悬崖形成岩角,完全遮蔽了上行的河道。涪州城就建在两条河的夹角处，它高耸于河中，背后是枝繁叶茂的山坡，俯瞰下方长长的河谷。上行船抵达此处需要费力地拖纤，但他们在数小时的行程之外便可以看见这处醒目的城池。这些山城每一座都形成了惊人又独特的风景，一旦见过便永远难忘，技艺精湛的画家造访它们便绝不会失望。安邺①探索湄公河的辉煌记录中曾呈现过许多这样的景色，此外我就别无所知了。前方狂野的河水，不可思议的中国建筑风格，与周围的地貌完全地融合在一起，这幅画面有多么独特，就有多么美。

我们停泊之处被称为"利正园"。泊船时，我们的领航员无意中遵循了谢立山最近出版的旅行志中的指南，后者在提及此处时写道："抵达利正园时，水面正高，这里很适合停泊。如果遇到了突然刮起的狂暴的上行风，那就是时候停下来了。如果涪州的小河涨了水，那一般也无法前进。就算是在低水位时期遇到上行风，停在此处避风也是对的。"

我们上了岸，沿着岩岸走向城市。城墙外的民众正忙于挪动他们的房子，要避开暗暗上涨的水面。我们观察到有一处巨大的竹墙仓库正冒出蒸汽，便走了进去。原来这里是一处政府的盐库，但人们已经把所有的盐包都挪走了，节俭的仓库管理员正在煮沸清扫出的垃圾和土地面的上层物质，从里头蒸发出黑色的精盐。这种必要物资通常很便宜，它们是就近生产的，

---

① 马利·约瑟夫·弗朗西斯·安邺（Marie Joseph Francis Garnier），法国海军军官、探险家，曾作为副队长带领探险队探测湄公河。——译者注

我们在上行途中甚至在河床上看到过煮盐，盐在四川的零售价是一斤50钱，相当于一磅2便士，然而政府通过垄断从中赚取了巨大的利益。汉口位于扬州"盐沼"和四川盐井的半中间，那里的盐价就升到了80钱。顺流而下直至上海，那里供应的盐来自附近的舟山群岛，后者航运频繁，走私盛行，于是盐价便降到了28钱，即每磅一便士多一点。而在离运输主干道较为偏远的地区，以及交通不利于走私的地区，盐价会瞬间飙升。夔州是著名的涪州茶乡的中心，1864年我在那里旅行，发现盐价是每斤180钱，相当于每磅9便士。四年前，在据此西南100英里处的炎州，叛乱的紧急状态导致厘金或运输入市税急剧上升，以至于那里的盐价变成夔州的两倍。这虚高的盐价与皮肤病的大肆盛行有多少关系，请诸位自行想象。它造成的一个影响是从日本诸岛大量进口海带，在中国，几乎每家餐桌上都有不同制法的海带。当然了，在重庆我就没有吃到过，本地不供应这种调味品。无论如何，盐税是帝国最重要的税收途径之一，每个省的盐运使都只比省长官低一级。被发现走私盐的船会被当场查抄，偶尔能看到这种不幸的罪船被暴露在海关站点旁的河岸上，船体被锯成两半，见证中国关税的法不容情。

涪州是航运的重要枢纽，不过城市面积相对较小，我们没花多少时间就穿过肮脏的城郊来到城门处。城墙又厚又矮，加上城垛也不超过20英尺，骑在马上便无法通过拱门。主街道上有一些不错的店铺，交通拥挤，女人们背着装着粉煤的漂亮背篓，从人群中挤过。我在此又试着想买一个峡谷村庄特有的背篓，相比于中国苦力永远挑着的扁担，它们是一种讨人喜欢的替代物，但我还是没买到。没有哪个搬运工愿意舍一个给我，也没有店铺卖这个。就像中国的大多数日常用品一样，它们都是农民在自己家里做的，是必需品，没有人会省下钱来买这个。背篓略呈圆锥形，口部大张，肩带也是相同的材质，整个篓子舒适地贴在背上，能承受高达250磅的重量，消耗的体力却是尽可能的小。小孩子经常舒舒服服地站在背篓里，就这样被背在背上。我还试着想弄到一个"歪屁股"船的模型，这种特别的船在龚滩河上航行。我的重庆同伴有位亲戚在此开了一间书画店，我向店主预付了5美金，引诱他接下这份订单。之后我在城墙顶部闲逛，在中国城镇里，这是唯一一处五感不受荼毒的散步地点。我在此处好好地享受了一番龚滩河河谷壮丽的景色。东城墙建在一处悬崖的边缘，崖壁垂直下落，直至下方翻腾的水边。上行时我们在此处曾看到竹制的城镇以及连绵的船队，此时它们与沙洲一起都消失不见了。如往常一样，城墙内半数的面积都被庙宇、花园、字碑等公共建筑占领，它们的红墙与彩色瓷瓦屋顶装点着城市，让后者在远处呈现出一种明媚欢快的形态，当城市建在陡坡上时就更是如此。这些建筑大都修葺不善，而且在这沦落的时代里，它们和各处的类似建筑一样都很少被使用，精美的庭院里长满了杂草。

我想在此处找一艘能立刻带我们去宜昌的小船，因为我已经厌烦了盐船频繁的耽搁，而且他们很肯定地说，在下游处的厘金站点，盐船还要耽搁得更久。而且，我也很愿意再花 15 美元，以避免和同伴们一起在那封闭的环境中再住 10 天。小船的私密性更有利于我安静地观察急流，并完成日志和素描。但我们找不到适合的船。黄昏时我们回去吃晚饭，在盐船上又过了一夜。之后我叼着我的雪茄，再次上岸漫步。我和一些船夫聊了聊天，他们的船停在附近，是我进城时来的。他们告诉我，这个季节必然盛行上行风，船只在夔关也必然要耽搁，所以盐船不可能在 10 天内到达目的地，但一艘"五板"可以在 5 天内完成旅程。新近刚好有一艘五板下行，而且它肯定停在涪州过夜了，这艘船是空船，我也许能够雇用它。这些五板在这里被称为"五板儿"，意思就是五块板，它们是扬子江上游的舢板，而普通的"舢板"或敞舱船是"三块板"。五板比舢板更大，有更多的自由空间，船上有一处经典形状的方形拖柄，在下行时，它与桅杆一起都被另行拆载了。上行时，五板儿是大帆船的驳运船，它们将纤绳运到岸上，在横渡时将船员运到对岸。它们没有多少膳宿空间，但它们是非常安全的船只，其船员熟悉每一块礁石和每一处涡流，就算碰上了礁石，它们坚韧的硬木船底也会从礁上弹开，而满载的货船则会遭殃。在上行时乘五板是不可行的，它们只能做驳运船；它们也不适合在某地逗留太久，船中央的草垫拱篷就是唯一的雨雪防护处。但对于下行的短途旅行而言，它们非常方便。原本在重庆时我非常想要雇佣这样一艘船，但我的中国伙伴拒绝考虑它。但是，现在我坚持要我的同伴趁夜去涪州尽力找到那条船，然后我抱着希望上床睡觉。当我摊开铺盖时，一个睡在隔壁的同船乘客恳求我给铺盖掉个头，让我头顶着我们之间的隔板睡觉。他的理由是"风水"，中国的信仰，我很有风度地答应了。我知道头对头或脚对脚睡是符合礼节的，不过之前没有注意到这个规则也适用于相邻舱室的居住者。之后我和我的侍者讨论了此事，他说中国人在任何情况下都讲究礼节。我反驳道："这种时候，让领航员安安静静地休息一个晚上才是更重要的礼节，他们完全不理此事，却关注这种琐碎，这算什么礼节？"

周四，5月3日。我第一次被吵醒是凌晨1点，舷侧传来溅水的声音，令人高兴，因为这说明五板已经租到了。我的朋友安排好了一切，我们将于黎明出发。五板有六个船员，包括老大，还有他的妻子做助手。租船花了15美元，条件是在5天内让我们登陆宜昌。

我们的行李和货品都先运到了五板上，6点，我们再度出发，在绕过岩岬、迅速掠向丰都之前，太阳都还未升起。在这处岬角上方约300英尺处，建着周煌庙，周煌曾是道光帝的老师。

好天气已经持续了两个月，现在它终于要结束了。求雨、斋戒，以及我们在上行途中看到的各城南城门关闭，终于都成功求得了结果。两岸的山巅都罩上了浓雾，景象显得更加恢宏，但这也表明，搭乘这艘毫无防护的小船，我们的旅途将不会多么舒适。顶头风猛烈地刮了起来，迄今为止任由船只漂流的船员们现在开始工作了，他们用力地划着桨，以维持它的前进速度。我们边上一直有一艘又短又宽的帆船，它有又长又高的舱室，由十几个桨手在草垫雨篷下操控，有一个很适合它的名字，叫"爬窝儿"。但它现在被迫停下来了。停在岩岸下方的上行帆船现在都看不见了，我们似乎独自搭上了强劲的水流，这里的水面有四分之三英里宽。雨现在下得很大，船员们没有准备下游地区常穿的襄衣，因此不得不窝到船尾，蜷在草垫下躲雨。与此同时，我们的船在涡流中漂浮，它的摇摆最终令我头昏眼花。这个状态一直保持到了中午，此时我们已经接近了丰都上游危险的礁石群，最终被迫靠岸。我们之前提过"川江"的一个显著的特征，即无论它翻滚得多么汹涌，却永远都不会掀起一片巨浪，没完没了的涡流和上下交错的水体将每一道涟漪消除在萌芽期间。

涪州城和丰都城距离 35 英里，其间的水道有连续的九滩五超，以及 16 块礁石，在上行时必须小心地绕过这些地方。事实上，从宜昌往上的河道中就没有哪处的水流是平静的。它就是一口沸腾的长锅，坚毅的四川船夫们只有精确了解当地河况，并且经过长久的练习，才能安全地航行。现在我们的船头和船尾都贴着岸上松散的卵石，这个停泊点叫"灶门峡"，是一段风景如画的河段，就在丰都城上游处，和河中的其他停泊点一样荒僻。两岸的悬崖几乎是垂直上升了 600 至 700 英尺，再后方的锥形山峰更高出两三倍，现在它们的峰顶都隐藏在云雾中。在狭窄的石灰岩岩架上能看到一小片一小片的大麦田，你会觉得只有猴子才能勉强爬到那些地方，但现在这些田地都已经收割了。和四川各地一样，这里的峰顶也被城垛所环绕，那是人们的避难所，这个省和邻省一样，常常遭到众多游牧民族和缺少粮饷的军队的摧残。岩石上到处用白色的大字写着"河道不清"，这景象仍然让人觉得古怪。你也许会以为这话指的是那无数的岩礁，但并非如此，这些岩石的存在过于明显，无须提醒。它们指的是水匪河盗，哪怕国家投入了无数税金和水上治安力量不断搜捕他们，这些家伙依然骚扰着中国内陆几乎所有的水道。除此 4 个字之外，还有一句话也经常出现："小船早泊。"11 点时，天气变好了，只不过清新的上行风仍然在刮着。我们将船推离岸边，漂过了可怕的"蚕背滩"。它的名字也是源于岩石的形状。船在翻滚的河水中旋转着，在下方的旋涡中掉了两次头，我们老大告诉我们，在这里，这是必要的礼节。4 点时我们飞掠过了丰都城，在两个小时里行过了上行时需要耗时一整天的航程。当时我们曾极其艰难地拉纤经过了一处礁石群，现在此处多半都被淹没了，只有河水翻涌的咆哮暗示着它们的存在。航行的危险性更大了：只有一位经验丰富的领航员能够及时找到正确的航道，安全通过此处。而对于一位不熟悉此地的人来说，被冲到礁石上撞成碎片的风险是令人惊骇的，但这样的时刻其实只是几个瞬间。你还没来得及意识到危险，就会发现自己已经安稳地漂流在下游平静的水面上了。我们越过了丰都双城：山坡上的那一座有着壮观的城墙，圈着一块广阔又空荡的土地；另一座是繁忙的商业枢纽，却挤在河岸与后方陡峭的山坡之间。

丰都城下游是一段长河，宽达四分之三英里，长及 7 至 8 英里。其终点是无数横断山脉之一，河水于此冲断了山岭，猛地转过一个直角，直至完全越过这拦路的山脉，才再次往反方向突兀地转弯，回到原本的东北偏东走向。这里的峡谷与河床一样宽，由此处至宜昌的河段上全都如此。此处的左岸也很陡峭，这里那里的狭窄岩架上有不少极小片的大麦田。右岸的岩质却更加柔软，较为温和的轮廓使人们能够种上繁茂的作物。

第十一章

回到宜昌

回到宜昌——汉口——河中变化——救生艇——四川蒸汽机船运行的可行性——意外——中国的"觉醒"——普林尼眼中的中国人

顺流而下的旅程现在只剩下最后一日了。在我们与"西方文明"（宜昌外国租界）之间，只隔着"腰叉河"的河郊荒野以及宜昌峡谷曲折的长河。我们在按小时增加的水量中掠过一个又一个险滩，此时你很难再想起拉纤上行时在每一处岩角付出的艰辛努力。最后一夜，我们泊在黄陵庙，这是上行途中第一次遭遇斑岩与花岗岩的岩角。在日落前，我上岸漫步，最后看一看这荒野峡谷，日落的余晖点亮了四处散落的巨岩堆。这个峡谷在连绵的石灰岩与水成岩山脉中是个例外，河水从屏山开始一路辟山前行，而屏山是湖北平原上可航行的最高点，离此有800英里远。这个峡谷所属的山脉以黄陵庙为东端，整条山脉可以被视为这整片山区的高地中轴。在它的东西两翼，是坡度缓和的水成岩岩层，河道从其中穿过，流淌在刀削般的峡谷中。另一方面，这里的水分解了结晶物质，留下了溶解度不高的岩石，散落在浩瀚的碎片中。河水穿梭流过这些巨大的岩堆，在看不见前方水体的岩角上，峡谷的底部只余下一大片贫瘠的碎石，而上方的山坡则闪耀着盛春的翠绿。帆船上行的过程十分沉闷，不幸的纤夫们要艰苦地在连绵的山岬上前行，后者都是破碎的岩角。此处驻扎着无数的救生船，河中所有的危险区域都一样。

我们匆匆穿越宜昌峡谷，相比于我们刚刚经过的宏伟山水，接近城市时的风景从某种程度上来说很乏味。唯一有趣的事物是"柯道山"，从这个角度看，这座山像个完美的金字塔，形状和大小都很像基奥普斯金字塔。宜昌的风水就是被这座山破坏的，宜昌的善人们现在正花费无数银两抵消它的负面影响。

现在是五月初，河水上涨的程度足以让中国商办公司的江东号蒸汽船航行，开始它在本季节的第一次航行。我搭乘它返回了汉口，用 36 个小时完成了上行时花费近一个月完成的旅程。宜昌下游的河流已经近乎满水位，只能望见巨大的堤坝后的屋顶。

汉口是我旅程的终点，它的位置离入海口有 600 海里，此处的河面有近一英里宽，水深足以让最大型的海船每夏航行至此装载茶叶。这个内陆商业枢纽建在一片泥地上，此处是汉江与扬子江交汇之处，前者可通船舶向西北通航 1000 英里。汉口的意思就是"汉江之口"。此处是一片冲积大平原的中心，平原上散布着陡峭多岩的山丘，仿若许多岛屿。汉阳是汉江对岸的城市，从汉阳的某处山顶鸟瞰，眼前是武汉、汉阳和汉口组成的一幅三江汇流的美丽画卷。在此处还未因叛乱而人口大减的许久之前，著名的古伯察神甫曾路过此处，他认为三城的人口总数应该有 500 万。如今，这里的总人口可能有 100万——不会更多了。据说此处的繁华要归功于它罕见的吉利方位。这里龙、蛇与龟形俱全，并且三者相融和谐，使城市的风水臻于完美。在河流北面，汉阳陡峭的山丘形成了龟；山脚下一块突出伸进河中的岩石是它的头。在这龟的头上建了一座漂亮的三层庙宇，以将它固定在此处，它突起的鼻子阻碍了下行的水流，在其下方形成了一处滞水，因此令上方来的财富免于过快地被移走。对岸卷着一条巨大的蛇，你也许能顺着它优雅的曲线一路蜿蜒穿过武汉。它的尾巴停在南城墙上方的平地上，由尾尖的一处宝塔固定，它的吻部略突起，在一处岩角处伸入河中，正面对着龟的头，下方同样有一处对应的涡流。这块岩石上有它自己的亭阁——著名的黄鹤楼，它是一座实心的四层高塔，立在无数高高的木柱上，据说年代可追溯至明朝。从英租堤岸远望河面，这座塔是风景中最醒目最优美的一处，可悲的是，它于 1884 年彻底毁于大火，人们担心蛇遭此骚乱，将会对三城降以灾祸。在第二年冬天，一片广袤的沙洲在几天内生成，绵延一英里长，而汉口岸区的深水也突然变成了旱地。这片旱地占据了近半河床，并迅速被临时店铺覆盖，这些店里卖的都是来往船员所需的物品，而预先在堤岸（漂亮的石堤，高 50 英尺）处卸货的外国蒸汽船就不得不在半英里外下锚。不过，对港口来说幸运的是，这片沙洲在次年再度被水流切开了。河水中挟带的沉积物于此变得极其丰富，你只需要在水流中放一些障碍物，如此造成一片静水，这些物质就必定能沉淀下来，在极短时间内就达到巨大的体量。据此，汉江水流以直角汇入主干流，就如同一处水坝，因而在其下游处形成了这片沙洲。

扬子江的救生艇是我在中国遇见过的唯一可靠的政府组织。它们就此启程，驻扎于宜昌到重庆全程的每个危险点，由一位何"总督"统领。他的总部在宜昌，负责大河航道的治安，并保护无数旅者免受河上的诸多危险。他的妥善安排可以《扬子指南》为例，其标题为"行川备要"，何总督列举了无数危险，并附注说明了该如何最好地避开它们。救生艇系统建立的一大刺激源是1881年的船难，著名的鲍将军在岷岭滩遭此不幸，他的妻子和两个儿子溺亡，许多贵重的财产也就此遗失。在更近的1883年，救生服务帮助救起了一位领事：克里斯多夫·加德纳，他在青滩遭遇船难。遗憾的是，我们的政府没有褒奖那两位不屈不挠的船员，我认为他们的行为难能可贵。这些水手的日薪只有大约6便士，不过每救起一条生命，就会得到1000钱的奖励，而捞起每一具尸体则奖800钱——无论男女，这就是救生管理规则。救生船都造得异常坚固，有粗壮的龙骨和光亮的船舷，再加上华丽的制服，整个队伍看起来非常潇洒。他们不停地往复巡逻，沿涡流而上，再沿险滩而下，敏锐地注意着是否有灾难发生。

事故并不罕见，不过相比于巨大的航运交通量，它们的数字也不能算是过多。住在宜昌时我仔细地打听过，得出的结论是：宜昌和重庆之间，在险滩上失去的船只和货物比例大概是2.5%。这其中包括了事后货物被水浸泡的损坏，这种损坏在损失中占了大半。而生命的损失不算大，因为帆船在撞上礁石后，通常能成功地抵达险滩下方平静的水湾。中国人对精确统计毫无概念，因此，在中国无法对涉及数字的任何问题做出准确结论。不过可以肯定的是，中国人没有保险，因此当损失发生时，造成的结果是毁灭性的。所以，蒸汽机船无疑会受商人们的欢迎，若是它们开通前往重庆的航线，那无保险的帆船将迅速被舍弃。如此，帆船货运减少，蒸汽机船定期往来，四川人民将可以越来越多地把他们多样且无穷的产品大量运往东部，从而又能够极大提升他们对外国产品的购买力。蒸汽机船在主河道上航行，将可以为其无数支流水网带来更大的交通量，帆船很快就能从中得到补偿。这一点已经在扬子江下游得到了显著的证明。自汉口于1860年向蒸汽机船开放以来，直达航运量至今已上升至每日都要雇用一艘2000吨位的蒸汽船，而该港口至上海十分之九的交通量都由蒸汽船完成。然而，河中的帆船数量更胜以往。它们被雇用来运输蒸汽船卸在五大河港（蒸汽机船目前通航处仅限于此）的货物，将其运往偏远的地区，这些地区能经由与扬子江相连接的无数湖泊和大河到达。

蒸汽船在扬子江上游通航的问题常常遭到质疑，只要是认真考察过前述旅程的人，便会同意这个问题并不简单。同时我也很肯定，只要满足了必要条件，那就没有什么不能克服的问题。这些条件是：强大的蒸汽机船、轻松的操控系统、吃水不超过目前的帆船。仔细研究此事后，我发现几乎所有的船难都发生在上行途中：刮擦到了岩岸、拖引动力时常不足、无法与强大的涡流抗争以至于被甩到礁石上、缺少支撑的脆弱舷侧很快就会被撞出洞来。一艘能远离岸边的蒸汽船将不会遭遇这些风险，在必要的时候，它能随心所欲地放慢上行的速度。它的危险将来自下行时。现在，如果观察下行中的帆船，我们会发现，船上只需有足够的动力维持舵效速度，它们便可以毫无困难地保持在河道的中央。对于轻舟来产，河中央无论在哪个季节都有足够的水和空间让它们航行，因此，吃水量相同的蒸汽船只要紧跟在帆船后方，便很难操作失败。随着时间的增长，蒸汽船的船长也能了解河况，拥有更多自信。优秀的领航员能带着帆船一路越过每个险滩，他们能根据地标了解到每块险礁位于何种水深，因为水面的高度每天都不一样。在他们的带领下，笨拙的帆船也能完美地安全下行。下行途中发生的大多数事故都是发生在小船上，这些船老大觉得自己不需要本地领航员也能安全航行。当然了，蒸汽机船想要完成相同的旅程，就必须经过专门的改造。中国和日本水域还未有这样的蒸汽机船，这是因为人们疏于进行烟台条约在限定条件下认可的尝试。该条约由威妥玛爵士和李鸿章在 1876 年签署，条款规定一旦蒸汽机船成功沿河上行，便要斟酌安排重庆港开放外贸。

条款措辞的复杂程度足以满足最厉害的外交家的职业骄傲，其中满含争议的种子，以供缔约双方随时发起争吵。关于上游的条款可以比照于一个著名的例子：一个男孩只有学会了游泳才能下水。毫无疑问，当有合适的蒸汽机船预备向上游航行时，中国人将就获得必要许可进行试航一事被施压，但北京当局也必然会躲在条约那模棱两可的条款后面，尽可能久地拖延许可的时间。

　　根据最近伦敦报纸的文章判断，我国似乎相信中国人愿意翻开历史新的篇章，接受西方的先进发展。而就我自己的经验来看，官方希望能凭借优越的机械用具获得好处，这念头仅限于战争工具。"吾等可在被迫与蛮人交流的过程中获益，以驱其于国门之外。"这是伟大的爱国者曾国藩在死前不久交予君王的重任。这是非常自然的：有五六个饥渴的国家在叩响他们的大门，土耳其和埃及的命运已经摆在他们面前，中国人已山穷水尽，找不出办法抗击傲慢自负的野蛮人，守护他们完整且纯粹的古老文明。这是一个无望的任务，但你也禁不住要同情他们。他们的自然资源与美国的一样多，但这些财富深埋于地下尚未开发，而他们将不得不对其作出阐述。曾国藩因此而受到推崇，为了纪念他，帝国在武昌的一座山上建了一座庙宇，其中鲜活地展示了他辛勤工作的场景（武昌是湖北省的政府中心，位于扬子江南岸，正对着经济中心汉口）。前驻英大使曾爵士是他的大儿子。我们全都企盼着的铁路也许马上就会开始试验性修建，中国人将使用他们自己的资源，但我们永远也无法看到中国像日本一样在外国经验的辅助下设计并坚持修造，直至形成巨大的铁路交通网。从上海到吴淞有一段短短的铁路，却在1874年被毁坏了，从这里可以看出，官员们顽固地抗拒过于强制性的改革。中国人民倒是很高兴有这10英里长的试验性铁路，因为它连接了上海与吴淞口，列车一经允许通行便挤满了人。本地政府自然许可了此事，但根本就没有和中央政府商讨。威妥玛爵士允许北京官员购买这条线路，以为他们会接手自己经营它，在我看来这个举措是很不明智的。他不了解中国人。这条线路被购买后没多久，就被拆下来扔进了海里。作为中国的商业中心，由外国企业渐渐建立而成，上海与吴淞港的交通仍然只能依靠楼船和一些蒸汽船，其水路距离是14英里。铁路所在的路面曾暂时被用作车道，但渐渐也被丢在那里荒废，陆路交通方式再次变回了古老的步行。中国官僚机构对外国改革有什么样的感觉，可以他们对上海供水系统的态度为范例。上海宏伟的外国租界中有漂亮、整洁且宽阔的马路，有豪华的码头和林荫大道，有水力、煤气和电灯。而租界边上就是无可言喻的肮脏的本地人城区。本地人倒是非常感谢这种差别，因为，尽管地方税金很高，还有专横的"租界"规则，他们却蜂拥而来，进入了为外国人专门辟出的地界。这些人数量太多（高达15万人左右），以至于对欧洲居民来说，他们的存在变成了一种麻烦。只有房主除外，他们的租金因此而大幅度增长。与此同时，这种差别对中国高官来说是眼中钉肉中刺，他们在自己破碎的高墙后发火，当供水公司申请要为本地人城区提供纯水服务时，他们拒绝了这份申请。

我没有切入点可以探讨是什么样的动机引发了这样彻头彻尾的保守主义，许多动机是值得尊重的。在河上，他们担心纤夫们失去工作；他们守旧地反对矿业，实际上他们反对除农业外的一切工业，这种抗拒令大量人口无法在众多新公司中寻找职业，而蒸汽交通将不可避免地促生许多新企业，现在阻碍所有类似企业的限制条件终将消失。

我们不得不从日本为蒸汽机船进口煤炭，为此我经常嘲笑宜昌的中国官员，要知道宜昌离扬子江入海口有 1000 英里，并且城市边上就是世界上最大最易开采的煤田（据李希霍芬）。然而这就是事实。矿藏的任何事务都不准任何外国人插手，他们甚至要劝阻本土人民大规模采矿，因为官员们惧怕乱民集结，矿工在他们看来就是乱民。因此大西部的矿藏资源一直未曾开采，数千肢体健全的人得靠乞讨谋生。没有任何迹象表明近期的未来会发生改变。若非如此，像牲口一样劳作却只能勉强糊口的广大民众便可以得到更多优越的职业机会，他们也许能赚到体面的薪水，令自己的家乡更加富裕。

整整三个月没有接触中国的上流社会，当我再次回到欧洲文明的舒适与便利中时，这种毫无改变的状况以及这一群体的停滞不前都让我感到震惊。就像马可·波罗先生描述的一样，昨日就像今日。事实上我们可以回溯 10 个世纪，回到普林尼的时代，我们会发现当时的人与现在有相同的特质。为此，我要以普林尼的话做结尾，它切合当下的实际，就如当年它刚被写下时一样（普林尼《阿米安》，第 6 章第 23 则）。

"中国人性情温和，他们躲避与其他种族的交流，但随时准备交换与贸易。"

"中国人活得很安静，总是避开武器和战争，除了和平与宁静外，他们也喜欢休憩，他们从不对邻居寻衅滋事。"

"他们有舒适又健康的气候、清澈的空气、温和有利的风。在许多遮天蔽日的树林（桑树）里，他们从树上收获轻软的物质，频繁地往上洒水，梳理出一种非常精致纤细的东西，那是绒毛和水的混合物，他们用其中抽出的丝线制成丝绸。从前只有贵族才能使用它们，但现在最下层的阶级也能毫无区别地使用了。"

"它们的名气一点也不小于最精美的毛线（棉花），后者是他们从自己郊野中的树上收集下来的。丝绸便被运往世界各地，用来制作昂贵的服装。"

在丝绸制作的记录中，古人对其的概念非常模糊，但除此之外，古人对这个遥远的国度拥有极其准确的认识，这就令人惊叹。中国人对战争极度厌恶，喜爱安逸，但他们几乎比历史上的任何民族都要备受内乱和战火的摧残。他们的历史看来证明了一个道理：要想获得和平与安宁，最糟糕的方式就是只求表面，对于国家和个人都是如此。

图书在版编目（CIP）数据

穿越扬子江峡谷／（英）阿奇博尔德·约翰·利特尔
著；许辉辉译著．—北京：中国文史出版社，2018.7
ISBN 978 - 7 - 5205 - 0470 - 6

Ⅰ．①穿… Ⅱ．①阿… ②许… Ⅲ．①游记—作品集
—英国—近代 Ⅳ．①I561.64

中国版本图书馆 CIP 数据核字（2018）第 210600 号

责任编辑：李军政

出版发行：**中国文史出版社**
社　　址：北京市西城区太平桥大街23号　　　邮编：100811
电　　话：010 - 66173572　66168268　66192736（发行部）
传　　真：010 - 66192703
印　　装：北京地大彩印有限公司
经　　销：全国新华书店
开　　本：710×1020　1/16
印　　张：18
字　　数：160 千字
版　　次：2019 年 1 月北京第 1 版
印　　次：2019 年 1 月第 1 次印刷
定　　价：58.00 元